小学館文庫

異人の守り手

手代木正太郎

小学館

異人の守り手

第一話　邪馬台国を掘る

（一）

窓を開けて、まず見えたのは八重椿（つばき）の花だった。

ホテルの庭に咲くその真っ赤な花弁を目にし、ハインリヒは、自分が東の果ての小さな島国――〝日本（ニッポン）〟にいるのだと改めて実感させられる。

潮風が室内へ吹き込み、心地よく彼の口髭（くちひげ）を撫（な）でた。

建ち並ぶ黒瓦の先に、夥（おびただ）しい数の帆船や蒸気船、ボートの停泊した横浜湾（ヨコハマ・ベイ）が眺められる。海に二本突き出た花崗岩（かこうがん）の埠頭（ふとう）も見えた。

早朝、天気こそあいにくの曇り空だが、遠くから活気ある喧騒が微かに聞こえていた。開港地横浜はすでに目覚めているのだ。

(さあ、今日も出かけよう)

ハインリヒは、着替えと洗顔を終え、朝食を済ませると、さっそくホテルを出た。

ホテルの庭には窓から見えた八重椿の木が幾本も植えられ、その、実に日本的な赤い花を絢爛に咲き誇らせている。

敷地を出ると、砂利で舗装された幅広い通りを、ビーバーハットを被った西洋紳士や、ドレス姿の西洋婦人の行き交うのが見受けられた。

ゴロゴロと車輪を回転させながらハインリヒの目の前を馬車が通過し、東に目をやればカトリック教会横浜天主堂の鋭角な屋根が望まれる。

一見すると欧州のありきたりな町の風景だが、よくよく見ればそうではない。

柵に囲まれた敷地に建つ木造の家々は、ベランダがぐるりと巡らされたコロニアル様式だ。屋根は黒い瓦葺。西洋建築に東洋の要素が巧みに取り込まれている。

また往来を歩くのは西洋人ばかりではない。

額から頭頂部までを剃りあげ、残った髪を結い上げた珍妙なヘアスタイル——髷の男が逞しい肌を露出させ、荷を運んでいた。

ここは間違いなく日本なのだ。

ハインリヒは、通りを西へと進む。横浜の町は、海を背に左側が外国人居留地、右側が日本人町と二分されている。彼の向かう先は日本人町だ。

やがて本町通りを日本人町まで進むと風景が一変する。

物凄（ものすご）い賑（にぎ）わいだった。

先程まで西洋的な要素の多かった家々が、木造漆喰（しっくい）塗りのすっかり日本的な建物に変わっている。屋根瓦も壁も黒いが、格子窓のついた二階部分だけが白く塗られていた。

ズラリと並ぶ商店や屋台は道に面して開かれ、生糸、野菜、果物、海産物、揚げ物、生魚の握り鮨（ケーキ）、絹織物、陶磁器、漆製品、さらには野鳥の類まで様々な日本の産物が商われ、まるで「さあ、外国人の皆様、これが我らの日本ですよ。実に素晴らしいでしょう！」と誇示するがごとくである。

笠（かさ）を被った旅姿の男が物珍しげに辺りを見回していた。ほとんど裸に近い格好の人足たちが、大八車に乗せた重い荷を運んでいる。商店では日本人商人たちが愛想よく接客していた。植木売りや、天秤棒（てんびんぼう）を担いだ魚屋が売り声を上げている。高下駄を履いた婦人が談笑しながらチョコチョコと独特な足取りで歩いていた。

日本人だけでなく、洋装のイギリス人やアメリカ人、オランダ人の商人がステッキを突いて歩く姿や、その使用人と思しき黒人、酔っぱらったフランス水兵、褐色の肌のインド人、辮髪を垂らした中国人の買弁などもいた。

世界中のありとあらゆる人種が、この小さな開港地に集まったかのようである。

驚くべきことに、この煌びやかな貿易港横浜は、ほんの六年ほど前まで、本牧台地から突き出た砂州に過ぎず、百戸ほどの民家しかない寒村であったという。

辺鄙な漁村の運命が変わったのは、浦賀にアメリカ東インド艦隊司令長官ペリーが来航してからである。

ペリーは四隻の軍艦を率い鎖国政策を取っていた日本へ高圧的に開港を迫った。

幾たびもの交渉の末、通商条約が結ばれたが、初め諸外国が指定した開港地は横浜ではなく神奈川であったという。

とはいえ東海道沿いの神奈川を開港しては、日本人と外国人との衝突が懸念される。

そこで幕府が目をつけたのが、神奈川宿の対岸、野毛山によって東海道から隔てられた横浜村だった。幕府は「横浜村も神奈川の一部である」という理屈を押し通し、早々に横浜を開港場として整備し、既成事実を作ってしまった。

その整備期間たるや、僅か四ヶ月足らず。

僅か四ヶ月で、幕府は運上所を建て、居住区を作り、波止場を築き、江戸の商人を日本人町に出店させ、さらには東海道とこの横浜を結ぶ横浜道まで開通させた。

かくして魔法のごとく出現したこの横浜には、商機を求めて世界中の冒険心溢れる商人たちが続々と移住してきた。日本人商人もまた海の向こうから来る新たな顧客相手に一攫千金を夢見、次々と横浜へやってきた。

そうして開港から六年ほど——横浜は日本の内にあって日本とは異なる特異な町として、急激な発展を遂げたのであった。

これが慶応元年五月、明治維新を数年後に控えた幕末の横浜の姿なのである。

（いいな、この町は……）

雑踏の内を悠々と歩むハインリヒの胸は高揚していた。

産声をあげたばかりのこの開港地は全身全霊で新時代の幕開けを喜び叫んでいる。

横浜に漲る若々しいエネルギーは、ハインリヒの現在の心境にひどく合致していた。

（フフフ。ついに私はこんな東の果てにまで来てしまったぞ）

思えば、ハインリヒの人生そのものが長い旅のごときものだった。

ドイツ連邦メクレンブルク＝シュヴェーリン大公国の小さな村で、牧師の子として生まれたハインリヒ。

父は聖職者でありながら飲んだくれの暴力親父だった。ハインリヒの幼少期は貧困、暴力、近隣の人々から向けられる白い目に晒される悲惨なものだった。

十九歳で、苦境から脱しようと当てもなくベネズエラ行きの汽船に乗り込んだが、その船が難破し、オランダに流れ着いた。そのままアムステルダムで簿記や配達員の職などで糊口を凌ぎ、二十三歳でシュレーダー商会へ入社して、ロシアの代理店へと派遣される。間もなく独立し、アメリカに渡って銀行業を始め、ゴールドラッシュに沸きかえる中、砂金の売買によって利益を上げた。その後、再びロシアに戻り、藍染め産業やクリミア戦争への補給物資の密輸などで巨利を得た。

ドイツ、オランダ、ロシア、アメリカとハインリヒは凄まじい行動力で世界を渡り歩き、優秀な頭脳と決断力で巨万の富を手にしたのである。

が、四十三歳という年齢に達し、これだけの一財産を築きながら、ハインリヒは未だに満足していなかった。

（まだまだだ。もっと私は大きなことをやってやるぞ。世界中が驚くようなことだ。歴史に名を残すような大偉業をやってのけるのだ！）

金は手にした。もうこれ以上は、いくら溜めこんだところでつまらぬし、「俺はこれだけの金を持っているぞ」などと言ってみたところで誰も驚きはしない。

（金じゃない。ロマンだ。大きなロマンを見せつけてやるのだ。私の見せつけてやったロマンに世界中が沸きかえるような、壮大なロマンだ！）

と、発起したものの、さあ何をやるか、となると思いつかない。

よい考えが浮かばぬなら行動する。そうやって成功を手にしてきた。

（よし！　ロマンを探し、世界中を巡り歩いてやろうではないか！）

思い立ったが早いか、ハインリヒは世界周遊の旅に出た。

そしてチュニスから旅を始め、エジプトからインドへ、ヒマラヤ、シンガポール、ジャワ、インドシナ、清国などなど……およそ丸一年以上もかけて世界を旅し、ついに辿りついたのが、この最果ての港、日本の横浜だった。

（うむ。この町はいいぞ。何かを見つけられそうだ）

ハインリヒはいつしか波止場前の広場へと辿りついていた。

褌ひとつの船頭や人足たちが、色鮮やかな刺青を露わにして勇ましく働いている。

運上所の前では役人が波止場から降ろされる荷を丹念に検める姿も見受けられた。

海沿いに白い二階建ての建物がある。

通称〝英一番館〟の名で知られるジャーディン・マセソン商会横浜支社の商館だ。

この英一番館を訪ねるのがハインリヒの本日の目的である。

約束の時間まで横浜の町を散策していたのだが、少々早く着きすぎた。

何となく波止場の風景を眺めていると——

（おや？）

ハインリヒの目が、広場隅の塀で止まった。

そこに、ごろりとひとりの男が肘枕で寝っ転がっている。

（いたな……）

昨日、港に降り立った時も、あの男は同じように寝転がっていた。

横になっているのでよくはわからないが、日本人にしては背が高いように思われる。

頭髪を剃っておらず、伸びっぱなしのボサボサした髪を後頭部で結わえていた。

褐色の素肌に色あせた濃紺の半纏（ロープ）をひっかけ、職人風の裁着袴（ズボン）を穿（は）いている。

二十代の半ばほどに見えるが、西洋人のハインリヒからは、日本人はやや幼く見えてしまうので、本当はもう少し上かもしれない。

目細く、鼻細く、顎もまた細い。凡庸な容貌と言っていいだろう。

が、ひとつ、大きな特徴があった。

——顔の刀傷だ。

左頬から首を通って、鎖骨の辺りまで縦一線の刀傷があるのだ。特徴のない男の顔の中で、その一本の古傷だけが、ひどく印象的だった。

人がそこにいる、というより、刀傷がそこにいる。

そして、刀傷は、完全に港の一風景になっていた。

運上所がある。英一番館がある。帆船が見える。そして、刀傷がある。

しかし彼は違和感もなく港に溶け込んでいた。港で忙しく働く人々の誰ひとりとして刀傷の男を気に留めていない。野良猫とおおよそ同じような扱いなのだろうか。

ハインリヒ自身、それほど男が気になったわけでもなかった。

ただ、昨日もいた男が、またそこに「いたな」と思っただけだ。すでに意識も視線も、男からは逸(そ)れていた。だが——

「やあ、旦那」

ふいに声をかけられ、ハインリヒは振り返る。

男が身を起こし、座り込んでいた。にこにことハインリヒへ微笑(ほほえ)みかけている。

ハインリヒは、今しがたの言葉をこの男が発したとは思わず、周囲を見回した。

なぜならば、先程の「やあ、旦那」は、日本語ではなく、彼の母国語で「やあ(グーテンターク)、旦那(ヘル)」と発されたからだった。まさか、この浮浪者のような男にドイツ語を話すだけの教養があるとは思えなかった。しかし、続けて男が——

「おや？　旦那は、ドイツの御方じゃあございませんでしたか？」

と、片言ながらドイツ語で話したことで、この男であったと気がつく。

驚いたが、動揺を人に見せることを好まぬハインリヒは、努めて落ち着いた態度を装い、素っ気なく尋ねた。

「ほお、君は、私の国の言葉がわかるのかね？」

「あまり達者とは言えませんがね」

飄然（ひょうぜん）と答える男の態度は、柔らかく屈託がない。

土埃（つちぼこり）に塗（まみ）れながら道端に寝転がっているような男だ。さぞかし賤（いや）しく粗野な人物であろうと思っていたが、案外理知的で微かに気品すら漂わせている。

「確かに私はドイツ連邦の生まれだよ。なぜ、わかったのかね？」

「船から降りてくる異人さんを日がな一日眺めてますからね。お顔つきを拝見すれば、だいたいどこのお国の方か見当がつきます」

と、男は言っているが、東洋を旅してきたハインリヒの経験では、どこの国を訪れても西洋人は一緒くたに見られ、初見で母国を言い当てられたのは初めてだった。

「言葉は？」

「ああ、英語なら、昔ちょっとばかり学んだことがあったもので、それを使って他の国の御方ともお話ししているうちに、なんとなく覚えました」

「つまり、他にも話せると？」

「話せるってほどじゃないですが、ドイツ、イギリス、フランス、ロシア、オランダ、スイス、清国辺りの御方となら、まあ、お話しするのに難儀はしないですね」

少なくとも日本語を含め、八か国語はしゃべれることになる。

驚きの語学力だが、語学に関して、ハインリヒは誰にも負けぬという自負があった。

「大したものだな。私もね、十八か国語を話すことができるのだよ。あいにく日本の言葉は話せぬがね。若い頃に苦学してそれぐらいは覚えたものだよ」

だから私は君がそれだけ話せたところで驚きはしないのだよ、と言いたいわけだ。

ただ、十八か国語というのは少々盛った数字であった。実際は十といくつである。

刀傷の男はハインリヒと異なり素直に感心した風を見せつつ、

「それが本当なら旦那こそ大した御方だ」

信じたのか信じておらぬのかよくわからぬ言葉を返した。

「本当だよ」

「いや、そのぐらいのことはお出来になる方だとは思っておりましたよ。僕はね、昨日ここで一度旦那をお見かけして、何かなさる御方だと思いましたよ」

「ほお？」

「旦那の面魂（つらだましい）には、何かやってやろうって気迫が漲っております。旦那、この横浜で何か商いをされて、一旗揚げるおつもりでしょう？」

ハインリヒは、フフッと鼻で笑った。

「残念ながら、それは外れだ」

「あれ？　おかしいな？　ただの旅行者とも思えませんでしたが……」

「どうしてどうして私はただの旅行者さ。アフリカから旅を始め、チュニスの古代遺跡も見たし、ヒマラヤの霊峰も仰ぎ見た。清国ではかの万里の長城も拝見したものさ」

「へえ！」

男のほそっこい目の奥が輝きだしたのに、ハインリヒは気をよくする。

「私は事業に成功し、莫大（ばくだい）な富を得ている。だが、そんなものは私にとっては手段に過ぎなくてね。本当の目的は、世界を巡り未知なるものをこの目で見ることなのさ」

「ってことは、旦那は、そうやって世界中を旅なさるために商いして金を稼いだと？」

「ま。そういうことだよ」

嘘（うそ）だ。先に述べたように、ハインリヒは一財産築いた末、他にやることがなくなって旅に出たのだ。商売に精を出していた頃は旅のことなど考えてもいなかった。

先程の十八か国語同様、彼はたびたびこのような嘘を吐く。

ハインリヒには、その強い自己顕示欲ゆえに己の人生をよりドラマティックに脚色して語る悪癖があった。

彼自身、自分の嘘に酔いしれ、そうだと思い込む。その思い込みを活力に変えて、結果的に成功を掴んでしまうのだからたいしたものだ。

「面白い御方だ」

と、男は、笑った。

「僕はね、異国の方のそういうところが好きなんですよ。よろしければ、旦那の旅のお話をもっと聞かせてくれませんかね？」

「構わんよ。少々暇を持て余していたんだ」

ハインリヒは、男の前に屈みこんで、旅の話をし始めた。

例によってハインリヒの話には、ところどころ事実と異なる脚色が加えられていた。

各国の遺跡や風俗に触れた際の己の感想を、その当時思いもしなかった大げさで詩的なものに変え、時には他人の冒険的な体験談や旅行パンフレットで読んだだけの珍奇な文化風俗を、さも自分が体験したかのように語った。

男はハインリヒの母国語を思った以上に理解しており、そのうえ聞き上手だった。気持ちよいところで相槌を入れ、時に尋ね返しなどしながら嘆声をあげる。自然、ハインリヒも饒舌になり、付け加わる脚色の度合いも大きくなった。が、話を聞き終えた後、男がにこにこ顔で言ったのはこの一言である。

「本当だとしたら、すごいお話だ」

どうも、眉に唾しながら聞いていたらしい。

(不思議な男だ。無学なようで賢い。礼儀正しいが、どこかふてぶてしさもある)

港の役人でないのは言うまでもないが、船頭とも人足ともどこか違っていた。身なりこそ埃に塗れているが、物乞いにも見えない。

「君は一体何者なんだね?」

「ああ、それを先に言うべきでしたね。案内人とでも言ったところでしょうかね?」

「案内人?」

「ええ。外国の方を相手に横浜やその周辺を案内するんですよ。この通り異国の言葉も多少話せますので、通弁もやれます。そういうことをやって日銭を稼いでいる者です」

「つまりガイドだな?」

「そういうことです。どうですか？　僕を雇ってはくれませんかね？」

ハインリヒは、呆(あき)れた。

（なんだ。この男、客を取ろうとして私に話しかけてきていたのか）

結局この男も、今まで旅してきた国々で出会った物乞いや物売りと大差ないのだとわかり、ほんの少し失望した。

ハインリヒは、少々意地悪でもしてやりたい気持ちになる。

「ふーむ。雇っても構わぬが、横浜の外も案内してくれるのかね？」

「ええ」

「江戸でもかい？」

「なんですって？」

男の顔が、やや険しくなった。これは予想した反応だった。

愉快になり、ハインリヒは何も知らぬ風を装って、こんなことを言ってみる。

「美しき大君(タイクン)（将軍）の都、江戸というものを見てみたいのだよ。せっかく日本に来たのに江戸を見物せぬのは損だと思うのだがね」

男は難しげに眉を寄せ、ぽりぽりと鼻の横を掻(か)いた。

「旦那、それは無茶というものですよ」

「おや、なぜだね？」

　わかっていてハインリヒは問う。

「外国の御方は横浜から十里より先へ出ちゃいけない決まりなんですよ。特に江戸は、外交官の方しか入れません。第一――」

　ふいに、優しげだった男の表情に、鋭い何かが生まれた。

「――危ない……」

　男のどこかただならぬ語調に、ハインリヒは、ぞくりとしたものを覚える。

「旦那、横浜に来て日本人に会い、どうお感じになりました？」

「まだ昨日来たばかりだが、真面目で礼儀正しく、愛想がよいと思ったな。旅をしたどこの国の人間よりも素晴らしい……」

　それは偽らざるハインリヒの本心からの印象だった。

「それは横浜の中だけのことと思いなさい。浜の外には異人さんを快く思わない連中がずいぶんといます。特に攘夷浪士（じょういろうし）とかね……」

「ジョーイローシ……？」

「江戸にいた外国公使の方々は、みんな攘夷浪士が恐（こわ）くて横浜に引き上げてますよ。江戸に行くなんて無謀な考えはお捨てなさいな……」

低い声で発されたその言葉は、諭すというより、脅すような響きがあった。

妙な圧迫を覚え、ハインリヒは我知らず、ごくりと空唾を呑む。

「や。すみません。あんまり恐がらせるようなことを言っても仕方ありませんね」

男の顔が、一転、先程の愛嬌のある笑顔に戻った。

「異国の御方には、それこそ日本人は真面目で礼儀正しい、いいやつらだって思ったままお国へ帰っていただきたい。江戸は、まあ、無理ですが、神奈川、鎌倉、小田原の手前辺りまででしたら、僕がいくらでもご案内いたしますよ」

ハインリヒは柔らかく戻った男の雰囲気に、ほっとした。

「案内を頼みたいところだが、今日は一日予定が詰まっていてね」

「今日でなくたって構いません。しばらく御滞在なさるんでしょう？　気が向いたら、どうぞお声掛けくださいよ。僕は、だいたいここにおります。いない時はそこの――」

男は、町の方を振り返る。

建ち並ぶ家屋の向こうに高い椨の木が青々と枝葉を広げているのが見えた。

「――〝玉楠の木〟の下におります」

「わかった。気が向いたら伺おう。ところで君の名は？」

「ああ、これはいけない。名乗るのを忘れていた」

男はおどけた仕草で後頭部を叩き、こう名乗った。

「秦漣太郎です」

「ミナトレンタロ……」

「この町の方々からは〝港のレン〟と呼ばれていますよ」

白い歯を見せ、海風のごとく笑った男に、そのあだ名はぴったりだった。

（二）

「攘夷浪士？　ああ、確かにやつらは危険ですよ」

ハインリヒの問いに、サトウはこう答えた。

このハンサムなイギリス青年は、イギリス領事館に勤務する通訳官である。

ハインリヒは英一番館を訪ねた後、その足でイギリス領事館を訪れていた。

一般の外国人は江戸に入ることができないと漣太郎に言われたが、そのようなこと、
だが、入る方法があるのも知っている。ハインリヒは日本に来る前からあらかじめ聞き知っていた。

江戸に滞在する公使から招待を受け、正式な客人として江戸を訪問すればよいのだ。

幸いハインリヒは、ジャーディン・マセソン商会の長崎代理店長トーマス・グラバーと懇意の間柄である。ハインリヒは来浜前にグラバーへ手紙を送り、駐日公使と面会できるよう取り計らってもらっていた。

残念ながらイギリス公使であるラザフォード・オールコックは帰国しており、代理公使のチャールズ・ウィンチェスターもまた多忙なため、面会は叶わなかった。

それで代わりにハインリヒに応対したのが、このアーネスト・サトウというイギリス人通訳官だったのである。

知的でユーモラス、さらに日本の事情にやけに通じているサトウとの雑談は弾み、ふとハインリヒは漣太郎の言っていた「ジョーイローシ」について尋ねてみたのだ。

「今、この国では尊王攘夷と言って、宗教的君主である帝を敬い、外国人を排斥しようという危険な思想が広まっているんです。特に水戸、長州、薩摩の二本差し階級の間で盛んで、彼らはたびたび我ら外国人に牙をむきます」

「剣呑な話だな」

「笑い事じゃありませんよ。まず六年ほど前に横浜でロシア軍人ふたりが襲われ、命を落としました。アメリカ公使館の通訳ヒュースケンが江戸で斬られる事件もありましたね。オールコック卿の雇っていた伝吉という通弁も公使館の門前で刺されて死にました。イギリス公使館自体、二度も襲撃されています」

さすがにハインリヒの顔も険しくなる。

来日前、ハインリヒは駐日公使オールコックが日本での体験を著した『大君の都』を読んでいたので、今聞かされた事件のいくつかは知っていた。

だが、現役の外交官から直接聞かせられると生々しさがまったく違う。

「大きなもので言えば、薩摩の行列が生麦で起こしたリチャードソン殺害事件と、長州が馬関海峡を通過する外国船を砲撃した事件でしょう。このふたつは少数の暴徒ではなく地方領主の行ったことでしたから、英国も報復せざるを得ませんでした」

生麦事件と、長州藩が立て続けに三か国の船に砲撃した事件のことだ。

「彼らはなぜそこまで外国人を嫌うのだ？」

「開国を要求するに当たり、アメリカが高圧的に出過ぎたところがあります。海外貿易による物価高騰が、国民の生活を困窮させたのも大きな要因でしょう。ですが、それよりも、もっと根源的な理由がある」

「なんだね、それは？」

「──異人は穢れ」

「ケガレ……？」

「日本独特の概念なので説明が難しいですね。〝不潔〟とでもいったところでしょう。ただし物質的な不潔さではなく、宗教的な不潔さです。『聖性が侵された状態』と言えばわかりやすいかもしれません。それを日本人は忌み嫌います」

思えば、横浜で見た日本人は大抵、清潔好きだった。身分の上下に拘らず入浴を欠かすことがない。それが〝ケガレ〟の思想に起因するものかどうかは定かではないが。

「日本人にとって日本は神の子孫である帝に統べられた神聖な土地です。そこに蛮族である異国人が入り込み、踏み荒らすことは、穢れであり許しがたいことなんですよ」

「襲って殺害するほどに……？」

「ええ。そうです」

この二日横浜で過ごしたハインリヒには信じられぬことだった。横浜で出会った日本人は、礼儀正しく愛嬌があり、好意的な態度を示してくれたものである。

「まあ、二本差し階級以外の日本人はそう我らに敵対的ではありませんよ。初め、驚かれはしますが、好意的に接してくれます。攘夷の先鋒であった長州や薩摩にしても近頃は考えを改めていますしね」

「そうなのか？」

「彼らも馬鹿ではない。我らから手痛い報復を受け、いたずらに異国を排斥するよりも、あえて受け入れて国を強くすることに方針を転換してきているんです。むしろ我ら英国は大君政府（幕府）よりも長州や薩摩と友好的な関係を築けて……」

言いかけてサトウは咳払(せきばら)いをした。

今のは、失言であった。倒幕を画策する長州や薩摩に、イギリスが肩入れし始めていることは易々(やすやす)と部外者に話すべきことではない。

「とにかく」

と、言いつくろうようにサトウは改めて口を開く。

「生麦の一件以来、幕府も横浜の警固を強化するようになりましたし、以前と比べれば浪士による犯罪も減ってはきています。未だに我らを狙うようなやからは時流を読めぬ愚か者や、一時の感情に流されたただの暴漢、あるいは……」

「――生粋の攘夷主義者でしょうね」

ここでサトウは僅かに考えるような間を作る。

「生粋……」

「彼らに理屈は通用しない。宗教的妄執に取りつかれている。彼らにとって西欧の文化風俗一切が穢れであり、いかなる手段を使ってでも排除せねばならぬものなのです」

　サトウは、ひとつ息を吐き、真剣な眼差し(まなざ)をハインリヒへ向けた。

「気をつけてください。頻度が減ったとはいえ、外国人が襲われる事件は続いています。昨年の冬にも鎌倉でイギリス士官二名が浪士に斬り殺されました」

「鎌倉で？」

　訪れてみようと思っていた土地だったので、ハインリヒはいささか衝撃を受けた。

「そういうことが未だに起こっているんですよ。横浜を出る時は銃を携帯し、この国に慣れた人間を同伴することをお勧めします」

「うむ。そうしよう」

「必ずですよ」

　その後、ふたりの会話はハインリヒの江戸入りに関するものへ移った。

　漣太郎が言っていた通り江戸に滞在していた公使やその随員は、皆、横浜に退去しているそうだ。江戸の英公使館となっている東禅寺も無人であり、ハインリヒを招待することはできないらしい。

　ただし、アメリカ代理公使アントン・ポートマンが、ただひとり江戸に残っているとのことだった。ハインリヒは、アメリカ領事館に掛け合うことを勧められた。

領事館を出た時には、すでに陽が傾きかけていた。

（このままホテルに戻るのも味気ないな。どれ、夜の横浜を散策してみるか）

運上所裏手のお貸長屋周辺に外国人向けの飲食店が密集していたのをハインリヒは思い出し、そこへ行ってみる気になった。

馴れぬ異国の繁華街を夜が更けるまでひとりで歩くというのは、いささか不用心である。しかも、先程日本人による外国人襲撃の話を聞かされたばかり。人通りが途絶える前に宿に引き上げてしまおうと思うのが、普通の旅行者だろう。

だが、ハインリヒには恐れを知らぬ冒険心と好奇心があった。

そもそもサトウから聞かされた攘夷浪士の話にしても、ハインリヒは「恐ろしい」と思うよりも「興味深い」と感じていた。

（日本は、異国人が足を踏み入れることすら拒む神聖な国か。その神聖な国を守る暗殺戦士ジョーイローシ……。フフフ。これこそロマンではないか。ここは、期待通りの面白い国だぞ。この国でなら何かが見つかりそうだ）

そこで、ふと、ハインリヒは通りの隅に、男が佇んでいることに気がついた。

編み笠を被り黒っぽい着物を纏った二本差し階級の男である。

何やら木枠のようなものを背負っているのが奇妙だが、総体地味で、人通りの絶えておらぬ夕暮れの往来にあって影法師だけがそこに残されているように見えた。

変わった雰囲気の男がいるなと感じたものの、ハインリヒはそれ以上の関心を示すことなく、そのまま男の横を通り過ぎた。

一町ほど歩いた頃、

（ついてきている……？）

編み笠の男が一定の距離を置いて、ハインリヒの後を尾けてきているのに気がついた。振り返れば、足を止め、あからさまに面を伏せる。

（間違いない。私を尾行している）

気味が悪くなり、ハインリヒは男を振り切ろうと歩足を速めた。と、男の歩調も速くなる。ハインリヒに追いつこうとする速さだった。

（何者だ？　私にいったいなんの用があるのだ？）

ハインリヒは懐に潜ませたリボルバーを確かめつつ、意を決する。

（下手に逃げるより、人の多いこの場所で問い糺すべきだ）

ハインリヒは勢いよく振り返り、周囲に聞こえるよう大声を上げた。

「君、私に何か用かね！」

ハッ、と男が立ち止まった。通行人たちも足を止めてこちらに目を向ける。

「………」

幾人もの視線に晒され、男は無言のまま立ち尽くしていたが、やおら笠に隠れていた顔を上げた。その顔を見て、ハインリヒはぎくりとなる。

病的に痩せた青白い肌をしていた。目がぎょろっと大きく、異様な光を帯びている。何より特徴的なのは顔の真ん中から突き出た大きな鷲鼻（わしばな）だった。

（鴉（からす）……？）

黒い着物と嘴（くちばし）のような鷲鼻――男の容貌から連想したのはそれであった。

男は、睨（にら）みつけるようにハインリヒの顔を凝視する。

その眼力の強さと不気味さに、ハインリヒは怖気（おぞけ）を覚え、言葉を失った。

ふいに男が口を押さえて咳（せ）き込み始める。なかなか治まらぬ咳をようやく治めると、男は二言三言、日本語で何やらぼそぼそと言った。

何を言われたのかわからず、ハインリヒは相手を睨み続ける。

すると、男は、顔を伏せ、踵（きびす）を返して歩み去っていった。

（なんだったんだ……？）

遠ざかる男の背を眺めるハインリヒの脚は僅かに震えていた。

ここで、再び思い出された言葉がある。

(ジョーイローシ……)

今度は興味よりも恐怖が勝った。

ハインリヒは夜の散策をやめ、真っ直ぐにホテルへ戻ることにした。

(三)

ハインリヒが秦漣太郎のもとを再び訪ねたのは、数日後の夕刻近い頃である。

波止場では、役人がガラス障子の嵌められた常夜灯に火を灯していた。お粗末だが、これが横浜港の灯台だ。

もうあの飄々とした姿は見えぬかもと思ったが、行ってみれば海岸近くに腰掛け、赤く染まる横浜湾をぼけーっと眺める姿をすぐに見つけることができた。

歩み寄ると、そう近づいてもいないのに、漣太郎はすぐに気がつく。

「やあ、旦那」

振り返った刀傷顔が人懐っこく目を細めた。

「まだいたのだね」

「いいえ、そろそろ湯屋にでも行こうと思っていたところです」

「住まいはどこに？」

「住まいなんて立派なものはありませんよ。強いて言うなら、あそこですかね」

漣太郎が示したのは、英一番館の向かい、先日別れ際に彼が〝玉楠の木〟と呼んだ樹木の辺りだ。どうも漣太郎はそこにある小さな社をねぐらにしているらしい。

「君にガイドを頼みたかったのだがね、ここ数日色々と顔を出さねばならぬところがあった。明日から君を雇いたいのだが、構わんかね？」

「や？　その気になってくださりましたか。嬉しいなあ」

ふにゃっとした笑顔に刀傷が歪む。

実を言えば、数日前に会話した時点では、ハインリヒに漣太郎を雇う気はなかった。ひとりで気ままに異国を歩き回りたかったし、江戸に入りたいという希望に難色を示されたこともあって、雇えば何かと煩わしいのではないかと思ったのである。

考えが変わったのは、英領事館の帰り、不審な男に尾けられた一件によってだ。

ひとりでの散策に少々不安を覚えていた。

「それで、どこへご案内致しましょうか？」

「この国のことが色々と知りたいな。景勝、風俗、産物、それに歴史だ」

「歴史ですか。それは、ちょっと僕じゃ心もとないなあ」

「なに、史跡へ案内してもらえればよいのだ。そうだな、鎌倉へ行ってみたい。古(いにしえ)の首府のあった場所なのだろう？　名高いブッダの青銅像も見てみたいしな」

「わかりました。明日、さっそく馬を用立てましょう」

「ああ、いや、待て、鎌倉はいずれだ。明日は別の場所がいい。明日は……」

「保土ヶ谷(ほどがや)ですか？」

　言わんとすることを先に言われ、ハインリヒは驚いた。

「公方(くぼう)様の行列見物でしょう？　今、居留地はその話で持ちきりです」

　東海道を大君の行列が通過することが、立札や外国人新聞で告知されていた。

幕府が東海道沿いの保土ヶ谷の一角に場所を設け、そこに限って外国人の行列見物を許可したのである。好奇心の強いハインリヒが滅多(めった)にないこの機を逃すはずもない。

「察しがよくて助かるな。保土ヶ谷まではそう遠くはないのだろう？　ゆっくり歩いていきたいと思っているが、可能かね？」

「野毛山を越えるのは少々くたびれますが構いませんか？」

「私は世界を歩いてきた男だぞ。今さらそればかりの距離でくたびれるものか」

豪語して、ハインリヒは笑ってみせた。

さて、翌早朝のことである。

ハインリヒが約束の時間にホテルを出ると、すでに漣太郎が門前で待っていた。

手を上げて歩み寄ろうとして、ハインリヒは足を止める。

漣太郎の隣に見知らぬ男がひとり一緒に立っていたのだ。

(なんだ、あの男は?)

おそろしく大きな男だった。西洋人のハインリヒより頭ふたつぶんほど背が高い。

腕も足も首も胸も丸太のごとく太かった。うっすらと纏った贅肉(ぜいにく)の下には岩のように堅い筋肉の存在が窺(うかが)える。顔つきもまた武骨で厳(いか)めしい。

人というより毛を剃った熊が服を着て直立しているようだった。旧約聖書に登場する怪力の英雄サムソンとはこのような人物だったのではなかろうか。

「やあ、おはようございます」

漣太郎が挨拶すると、大男もまたハインリヒへ顔を向けた。

のそりのそりと男が歩み寄ってくる。あまり動じることのないハインリヒだが、巨体の人物の肉の圧力とでもいったものを受け、身が竦(すく)んでしまう。

ハインリヒの体がすっかり大男の影に入った時、男が英語でこう言った。

「初めまして、ハインリヒさん」

魁夷な面相にあらわれたのは、男くさく人懐っこい笑顔であった。

ぬっ、と分厚い掌をさしだしてくる。西洋流に握手を求めてきたのだ。

女の腰ぐらいなら鷲掴みにしてなお指が余りそうな大きな手である。

巨象でも撫でるような慎重さでハインリヒは男の手を握り返した。ざらざらしていたが温かく、握っているとどこか安心させられる手だった。

(見た目ほど恐ろしい男ではないのだな)

大男の手に触れた感触が、理屈を超えてハインリヒにそう思わせた。

「どうも、おいらぁ、岸田吟香ってもんです。まあ、漣太郎の友達みたいなもんです」

「ギンコー?」

「ギンは歌う、コウは香るってえぐらいの意味ですよ。醜男にしちゃあ、風流が過ぎる名でしょう? もとの名は銀次っていいましてね。周りが『銀公、銀公』って俺を呼ぶもんで、いっそ、そいつを本当の名にしちまったんですよ」

こう言って、大男——岸田吟香は笑った。朗らかで気持ちのいい笑みである。

なんだかハインリヒはこの気のいい大男を好きになってきた。

　ここで、漣太郎が、吟香の巨体の後ろから、ひょっこり顔を出す。

「旦那、ヘボン先生のことはご存じですか？」

「ヘボン？　ああ、ジェームス・ヘップバーン氏のことだね？　知っているとも。領事館で幾度もその名を耳にした。横浜に滞在する高名な宣教医だそうだね」

「岸田さんは、そのヘボン先生のもとで和英辞書編纂の手伝いをしているんです。こんな見た目をしてますが、学があるんですよ」

「おいこら、漣太郎、こんな見た目ってなんだい」

　吟香が冗談めかして漣太郎を睨む。

「や。これは、すみません。とにかく僕と違って岸田さんには学がある。英語の読み書きができるだけでなく、お若い頃から色々な門に入って学を収めています」

　吟香は照れくさそうに鼻の下を掻いた。

「学を収めるってほど立派なもんじゃないさ。性分でね。面白そうだと思うとつい首を突っ込んで深く知りたくなっちまうんだ。そうやってるうちに、役に立つことも立たないことも節操なく覚えちまったんだな」

　ハインリヒは、この吟香という男に、若い頃の自分と重なるものを感じ、好感を新たにする。

「旦那は、この国の歴史について知りたいと仰(おっしゃ)っていましたよね。僕じゃあ心もとないので、岸田さんに来ていただいたんです。本当は鎌倉に行く時にお願いするつもりだったんですが、昨日伺ったら、岸田さんも公方様を見にいくと言うので、せっかくだから同行していただこうと思いましてね。構いませんか？」

「構わんよ。道中、ギンコー君から色々とこの国のことを教えてもらいたい」

こうして、三人は、連れだって歩き始めた。

日本人町を突っ切って横浜の端まで行き、弁財天社を横目に町の裏側へ進む。横浜の裏手は広大な新田になっている。かつて入り海であったのを埋め立てた場所だ。太田屋新田、吉田新田などと、埋め立て事業を主導した人物の名がついている。

田園の先には川が流れ、横浜関内と本土とを隔てていた。

川に架かった吉田橋の手前に関所があり、そこを通過する際、緑色の羽織を纏った二本差しの番人に「どこに行くのか？　何をしに行くのか？」と、執拗(しつよう)に尋ねられた。番人の横柄な態度はハインリヒの気分をいささか害したが、漣太郎が愛想よく日本語で説明すると、チョンチョンと拍子木を鳴らして、通してくれた。

関所を越えた三人は横浜道を進み、野毛橋を渡る。野毛の町を抜けて野毛山の坂を上った。野毛の切り通しまで来て振り返ると横浜の町とその向こう側に広がる横浜湾を一望できる。ここからは下り坂であった。

横浜道を進む外国人はハインリヒひとりではなかった。前にも後にも洋装の西洋人が数人ずつ連れ立って歩んでいる。皆、保土ヶ谷へ大君の行列を見にいくのだ。

景色を見るのにも飽きて、ハインリヒは吟香へ話しかけた。

「今回の大君の行列は、京(キヨウ)にお住いの帝に会うためのものだそうだね」

「ん？　天子様に会うため？　まあ、天子様にもご挨拶に伺われるかもしれませんね」

正しくは長州征伐のための西上で、京というよりは大坂(おおさか)に向かうのだが、来日して間もないハインリヒには、この程度の理解しかなかった。

「帝は神の血を引く御方だと聞いたが、本当かね？」

吟香は苦笑した。

「本当じゃないなんて罰当たりなことは言えませんよ。少なくともそう伝わってます。天子様は、日本ができた頃からずっとこの国を治めてらっしゃいますからね」

ハインリヒは、十三世紀に書かれたマルコ・ポーロの『東方見聞録』を読んだことがある。五百年以上前のその本で日本は黄金と真珠の国ジパングとしてすでに紹介されていた。帝の王朝はそれよりもさらに昔から続いているということになる。

「この国はいつ、どのようにしてできたのだ？」

「む？　いつ、どのように、ですかい？」

吟香は難しい顔になる。

「いつだ？　二千年前……？　一応、初代の天子様であらせられる神武帝が御即位された時ってことになってますな」

「で、それはいつ？」

「よくわからねえんですよ。なにせ、半分神様の時代のお話なんですから。神武帝のお母上様なんて海の神様の御子なんですぜ」

「ほほお、つまり日本の王朝は神話と地続きということか」

ハインリヒはかえって興味をそそられた。

「私は神話伝承など神秘的なものが大好きでね。幼い頃、村に伝わる幽霊譚や盗賊の隠した財宝伝説を父にせがんで語らせたものさ。初代の帝が如何にしてこの国を築かれたか、是非知りたいものだよ」

「へえ？　そんなことが知りたいんですかい？　構いませんが……外国の御方にもわかるようにお伝えするのは、ちょっとばかり難しいなあ」

億劫(おっくう)そうにしつつも、吟香は語りだした。

「まず神武天皇は、この国で一番偉い太陽の女神様の血をひいてらっしゃる。この方が住んでらしたのは、九州の日向(ひゅうが)ってぇ西の国でしたが、東にとても美しい土地があるって聞き、都を作るのに相応(ふさわ)しいってんで、軍勢を引き連れて向かったんです」

「その東の土地というのは？」

「大和国(やまと)っていう、京の近くですな。それで、まあ、神武天皇は色々ナンダカンダと戦や冒険をして大和の地へ辿りついたわけなんですが……」

吟香が急に内容を省略し始めたので、あわててハインリヒは口を挟んだ。

「おいおい。私は、そのナンダカンダを詳しく聞きたいのだよ」

「ああ、やっぱりそうですかい。いや、しかし、難しいな……」

難しいと言いつつも、吟香は話を面白おかしく平易に語るのが上手かった。

なんでも吟香は外国新聞を子供にも読める易しい日本文へ翻訳し直す活動もしているらしい。物事をわかりやすく興味を惹(ひ)くように語るのはお手の物なのだ。

吟香の巧みな語り口で紡がれる神武天皇の冒険物語に、ハインリヒは瞬く間に惹き込まれた。

大和の首長ナガスネヒコとの一度目の戦争……。その戦で負傷した兄イツセの死……。熊野の海での大嵐の受難……。毒気を放つ巨大熊との戦い……。天の神から霊力を秘めた神剣フツノミタマを授けられるエピソード……。蛮族の討伐……。怪物土蜘蛛退治……。そして、太陽の女神から先導役として遣わされた八咫烏──。

「ヤタガラス？」

ふいに英語に訳されぬ言葉が出てきたので、ハインリヒは尋ねた。

「ああ、すみません。カラスは鴉です。ヤタってのは、昔の長さのことでして咫が八つぶん……えーと……このぐらいでしょうかね？」

吟香は両手を広げてみせる。巨体の吟香なので軽く手を広げる程度だったが、縦にすると日本人女性の背丈とほぼ同じぐらいだった。

「それは翼を広げた大きさなのか？　それとも脚から頭までの高さなのか？」

「そんなことわかりゃしません。まあ、八咫ってのは単に大きいって意味でしょう。〝大きな鴉〟ってぐらいに理解してください。さらに脚が三本あったって話ですね」

「脚が三本？」

「まあ、神話なんで、そんなもんも出てきますな。それで、この八咫烏の案内で神武天皇は深い山を抜け出すことができるんです。この後、大和の首長と再び戦をするんですが、その時、金色の鳥が弓に飛来して強い光を放ち、敵軍の目を眩ませました。

この金色の鳥ってのも同じ八咫烏だったなんて言う人がいます」

　ふと、ここでハインリヒの頭を過ったものがある。

　先日、英領事館の前から彼を尾行した鴉のような男のことだ。

（神の子孫である帝を守り、その敵を退ける大きな鴉——ジョーイローシ……）

　不穏につながった連想に、ハインリヒはどこか寒気に似たものを覚えた。

「……てなわけでして、神武帝は大和の国を残らず平らげまして、その地に都を築き、御即位なされた。これが日本国の始まりってわけです」

「では、日本という国は大和の国から興ったのだな？」

「そういうことに……あいや、待てよ」

　吟香は、何か思い出して言葉を止めた。

「邪馬台国ってのがあったな……。『三国志』じゃあ、邪馬台国の卑弥呼が倭国の女王ってことになってるわけだが……そいつを日本の始まりと考えると……」

　何やらブツブツと独り言を始める。

「なんだね、そのヤマタイコクというのは？」

「ああ、すみません。唐土の古い史書に、卑弥呼って女王が呪術を使って日本を治めていたって書いてあるんですよ。その女王の国が邪馬台国です」

「先程の神武天皇ではなく、ヤマタイコクが日本の起源だと？」

「そうとも言い切れないんですが、ヤマタイってのと日本の古称の倭は音が似てるもんで、そうなんじゃないかって言われてますね」

「そのヤマトは大和の国のことではないのか？」

「そうだとも言われていますし、そうでないとも言われています。邪馬台国ってのが日本のどこにあったのか、よくわかってねえんですよ」

「わからない？」

「新井白石って昔の学者先生が、邪馬台国の場所について色々論じてるんですがね、それによりゃあ、やっぱり大和国だって説と、そうじゃなくて北九州の山門って土地なんじゃないかってのふたつがあるんですよ。どちらの説を取るにしても少々都合がよろしくないところがあるもんで、はっきり決まっちゃいないんです」

「君はどちらだと思うのだね？」

「へ？　おいらですかい？」

まさか尋ねられるとは思っていなかったのか、吟香は目を丸くする。

「そんなもんおいらはどっちだって構やしませんよ。邪馬台国が畿内にあろうが九州にあろうが、おいらの暮らしにゃなんの違いもありませんからね」

こう言って吟香は高笑いをした。

（神秘の国日本の、失われた都ヤマタイコク。神話の時代と繋がる未だどこにあったかも知れない古代都市……）

ロマンを求めるハインリヒの心は強く刺激された。

（ヤマタイコク……はたして如何な国なのだ？　女王が呪術を用いて統治していた魔法の国。常若の国ティル・ナ・ノーグのごとき伝説の理想郷……？）

ここで、今まで黙っていた漣太郎が声を上げた。

「やあ、もうすぐ保土ヶ谷ですよ」

すでに三人は東海道へ出ていた。周囲にも外国人の進む姿が増えている。人の流れのままに歩くと、民家の途切れた場所に丸い丘があり、その木立の下に凄い数の外国人が群れていた。あそこが異人に割り当てられた観覧場であろう。アメリカ人、イギリス人、フランス人……百人ほどの外国人が狭い集合場でひしめきあっている。警吏の役人たちが群衆に向かって「サガレ！　サガレ！」などと日本語で喚いているのも見受けられた。

「もうこんなに集まっていましたか。もう少し早く出ればよかったですね」

こうぼやいて、漣太郎は、どこか空いている場所はないかと周囲を眺めまわす。

と、群衆の内から、ひとつの白い姿がこちらへ手を振っているのが見えた。

白くゆったりしたエンパイアスタイルのドレスを纏った婦人である。細面を覆うボンネットが青い造花で飾られて可憐であった。

「おやおや、フランスお政も本牧からお出ましかい」

吟香がニヤッと笑い、こう言った。

どうやら、吟香と漣太郎は、あの手を振る女性と顔見知りらしい。

手招かれるまま、三人は女性のもとへと向かう。

初めハインリヒはその女性を西洋人だと思った。洋装というのもあるが、東洋人女性らしからぬ目鼻立ちのはっきりした、美しく華やかな容貌をしていたからだ。

だが、女性が日本語で、

「漣さん、吟さん、こちらが空いてるわ、いらっしゃい」

と、呼びかけてきたことで勘違いに気がつく。もっとも日本語の話せぬハインリヒには女性が何を言ったのかまではわからなかったが。

「お政、君も来ていたのかい?」

「ええ。公方様のお姿なんてなかなか拝見できませんでしょ? せっかくだから御尊顔を拝したいわ。あら?」

女性はハインリヒに気がついた。

「そちらの殿方は？」

「僕のお客様で、ハインリヒさんだよ」

女性は花の咲いたように微笑むと、ハインリヒへ西洋式の丁寧なお辞儀をした。

「初めまして（アンシャンテ）、ムッシュ・ハインリヒ。私はお政と言いますわ（ジュ・マペル・オマサ）」

女性の自己紹介は流暢（りゅうちょう）なフランス語でなされた。

「お政、ハインリヒさんはドイツの御方だよ。フランス語も話せるが、できれば岸田さんに合わせて英語で話してくれないかい」

「あら。わたくし、フランス語に馴れているものでつい出てしまったわ」

と、いたずらっぽく発した言葉はすでに英語になっていた。

「驚いた。日本人は語学に堪能（たんのう）なのだな」

ハインリヒが感心すると、ウフフ、とお政が微笑みを返す。

「いいえ、ハインリヒさん。わたくしたちが、たまたまそうなだけですのよ。漣さんも吟さんもわたくしも横浜で異人と深く交わって暮らしていますから」

すでにお政のハインリヒへの態度は気安かった。だが不快ではない。控え目な日本人女性にしては珍しく、外国人との距離の詰め方が上手い婦人である。

「君たちはどういう付き合いなのだね？」

こうハインリヒが尋ねたのは、浮浪者のような漣太郎と、学のある大男吟香、フランス語を巧みに操る洋装の美女お政——三名に繋がりを見出せなかったからだ。

「横浜の町と異人をこよなく愛する日本人同士、そういう付き合いですわね」

こんな謎めいたことを答えて、ホホホ、とお政は玉を転がすような声で笑う。

その笑い声を耳にし、近くにいた二本差しの警吏が不快げに振り返った。

「まずいな……」

漣太郎が呟いた。

警吏の男が、つかつかと歩んでくる。目の前まで来ると、凄むような声色で、吟香やお政、漣太郎に何事か日本語で喚きかけてきた。

「なんと言っているのだ？」

「ここは外国人のために設けた場所だから日本人は立ち退けと言っています」

漣太郎は困り顔を愛想笑いに変え、警吏へ「自分たちはこの外国人の付き添いだから許して欲しい」といった弁明を始めた。

苛立たしいほどの時間、漣太郎と警吏との交渉は続き、やがて、警吏は問答そのものが面倒になった様子で、舌打ちしつつ引き下がる。

去り際、警吏はお政を睨み、聞こえよがしに、こう吐き捨てた。

「ラシャメンめ……」

何か侮蔑的な言葉を吐いたのだけはハインリヒにもわかった。

「レン、今の男は最後に何を言った？」

「ああ、なんでもないです。あまり気になさらないでください」

漣太郎が答えるのを憚る風を見せていると、

「異人の娼婦と言ったのよ」

けろりとお政が答えた。

「なんだと？　あの男、女性にそのような侮辱の言葉を投げたのか」

憤りを覚えたハインリヒだったが、当のお政は平然としている。

「こんな格好をして外国人に混じっているからそう思われたのね。そう間違ってもいないわ。わたくしのいい人はフランス人なの。異人と情を通わせる女をお侍様は憎く思うのよ。自分が袖にされてばかりだから僻んでいるのね。ホホホ」

「二本差しの男たちは横柄で傲慢な者が多いようだな」

憤慨するハインリヒを吟香が宥める。

「そりゃあ、人によりますよ。みんながみんなそうだとは思わんでください」

「横浜の関門にいた番人の態度も失礼だったぞ。あの緑色の制服の男たちはなんなのだ？　横浜の町中でも大きな顔をして歩き回っているのをよく見かけるが」

「ああ、菜葉隊のことですかい」

「ナッパタイ？」

「ああいう色のことを『菜っ葉色』と言うんです。だから菜葉隊。近頃、異人を狙う不届きなやからがいるもんで、そういう連中から居留地を守るために編成された神奈川奉行所の侍ですよ。いささか態度は悪いが、あれでも横浜を守ってるんです」

「あら、本当にそうかしら」

お政が口を挟んだ。

「あの人たち、関内で外国人と日本人のもめ事が起こっても、ことが済んでから遅れてやってくるじゃない。やってきても必ず日本人の肩を持つし。お上から命じられて仕方なく役目に就いているけど、腹の底では異人を煙たがっているのよ」

「お山の外国軍人さんの中にゃ、素行のよろしくねえ連中もいるだろう？　騒動が起こった時にゃ、まず異人さんを疑うのも仕方がねえんじゃねえかい？」

横浜のすぐ南、本牧岬のある台地上、いわゆる山手には、現在イギリスとフランスの軍隊が駐屯していた。外国軍人の中には、異国で羽目を外し過ぎ、乱暴を働く者も少なくなかった。吟香はそのことを言っている。

「何言ってるのよ。そもそもお山に異国の兵隊さんが入ったのは、幕府が外国人を守れないからだわ。生麦の一件が大事になったからようやく重い腰を上げたけど、それまで異国の御方が襲われても下手人を捕まえる気すらなかったじゃないの」

「ん……まあ、そうかもしれねえな」

お政の激しい口調に大男の吟香がたじろいでいる。

「幕府に異人を守る気なんてないのよ。異人が殺されても胸の内ではいい気味だと思ってる。わたくし、もしもの時は菜葉隊なんかよりお山の軍人さんを頼るつもりだわ」

「お政、ハインリヒさんが退屈しているよ」

忍びやかに声が発された。誰かと思えば漣太郎である。

漣太郎という男、誰かが話し始めるとすぐにその存在を消してしまう。声を発してようやくそこにいたことを思い出す。

「旦那、僕らだけで話してしまってすみませんね」

「いいや、私にとっても重要な話だったよ。つまり横浜のポリスは上手く機能していないということだな？　我ら異邦人は自分で自分の身を守らねばならぬわけか」

「そう思って用心しておいたほうが無難でしょうね」

「肝に銘じよう」

ふふふ、とお政が笑う声がした。

「でもね、ハインリヒさん、誰も助けてくれないってわけでもないのよ」

ハインリヒは不思議そうにお政へ顔を向ける。お政はいたずらっぽく微笑んでいた。

「横浜にはね、陰ながら異人を守る日本人がいるの」

「ほう?」

「居留地の外国人の間で流れている噂ですけどね。ハインリヒさんに何かあっても、その〝異人の守り手〟が助けてくれるかもしれないわ」

「ただの噂ですよ。真に受けないでください」

溜息を吐いて漣太郎が言った。

ここで、街道に騎乗した人物が駆けこんできた。馬上の男は高位の役人らしい。

役人は警吏の男たちに何やら大声で命じる。手早く警吏たちは動き、街道上に残っていた見物人たちを道の外へ追いやった。警戒が厳重になり、一気に場が緊張する。

「いよいよ公方様のお出ましですぜ」

吟香がこう囁くと、街道の先より、ドーンドーンと厳かな太鼓の音が聞こえてきた。

集まっていた外国人たちが背伸びをして一斉にそちらへ顔を向ける。持参した望遠鏡を覗(のぞ)き込んでいる者もいた。

間もなく道の果てに大君の行列の先頭が見えた。

大勢の荷役たちがまず現れ、その後ふたりの鼓手が太鼓を打ち鳴らすのに続いて、馬に跨(また)がった士官に引き連れられた歩兵部隊が行進してくる。

白い陣羽織(ジャケット)を纏った高級武士や、馬に引かれた曲射砲が二門、将軍の武具の入った黒塗りの箱をうやうやしく運ぶ一隊などが続々と通過していく。

兵隊たちの服装は、日本風の着物と西洋風の軍服とが不思議に混ざり合っており、装備もまた刀や槍(やり)にエンフィールド銃や銃剣が混合されていた。この奇妙な和洋折衷の姿がかえって東洋的エキゾチシズムを高め、西洋人たちの好奇を誘う。

華やかに着飾った上級士官たち、色鮮やかな馬具で装飾された馬、黒漆塗りの豪華な輿(ノリモン)……。

まるでおとぎの国の軍勢のようで、ハインリヒは言葉を忘れて魅入(みい)ってしまう。

やがて一際(ひときわ)華美な着物を纏った騎兵たちが姿を見せた。彼らは二本差しの中でも最上級に位置する身分の者たちだろう。

その中央に見事な栗毛(くりげ)の馬に跨った青年がいた。

——第十四代将軍、徳川家茂である。

異人に威光を示すためか、輿には乗らず騎乗してこの保土ヶ谷を通過している。

二十になったかならぬかの凜々しい若者だ。顔立ちは高貴で、若年ながら堂々たる風格がある。金の縫い取りのされた白い衣を纏い、金箔の施された黒漆塗りの帽子を被った騎馬姿は、神秘の国の君主に相応しく、犯しがたい神聖さがあった。

やがて、長い長い行列が夢のように通り過ぎる。

現実へと引き戻された外国人たちが、談笑したり、早々に居留地へ引き返し始めたりする中、ハインリヒはまだ夢心地で行列の去っていった街道の先を眺めていた。

(これから大君は帝のおわす聖なる首府、京へ向かう……)

この時、ふとハインリヒの脳裡にひとつのイメージが湧き起こる。

——神武東征。

先程聞かされた初代の帝、神武天皇の冒険譚。大和を目指し東へ向かった神武帝と、京を目指して西へ向かう若く凜々しい大君とが重なった。

妖精国から抜け出してきたような大君の行列の進む先には、日本国発祥の地、伝説の古代都市、邪馬台国があるように思われたのだ。

(おお、聖なる首府、京に近い大和なる国は如何な国だ？　神の子たる初代の帝が目指したその国は……！　その地の下に幻の古代国家ヤマタイコクは眠るのか？　それは如何なる国だ？　見てみたい！　見てみたいぞ！）

ロマンを渇望するハインリヒの胸が、狂暴なまでに燃え立った。

ハインリヒが、邪馬台国の幻に取り憑(つ)かれたのは、まさにこの瞬間だったのである。

（四）

六月の日本は雨の多い季節だった。

ほぼ毎日のように雨が降り、舗装されておらぬ横浜日本人町の通りはぬかるんで水溜まりだらけになっている。

だが、雨降りだからといって、じっとしていられないのがハインリヒだ。

大君の行列を見てからの十日ほどを、ハインリヒは漣太郎の案内で、雨天も意に介さず横浜周辺の外国人遊歩区域内を積極的に回り、見物して過ごした。

ぶらりと遊歩道を歩いて本牧十二天へ参り、根岸湾(ミシシッピー・ベイ)の風景を満喫した。古の首府鎌倉まで足を延ばした際、恐ろしいドラゴンと、肌も露わな技芸の女神の伝説のある江ノ島(イノシマ)へ立ち寄り、遠く富士山(フジヤマ)の霊峰を望むことができた。そのまま有名なゴータマの青銅巨像を見物し、鶴岡八幡宮も参拝した。

居留地の外国人とも交友が生まれ、イギリス人六人と馬を駆り、絹の産地として知られる八王子まで数日がかりの遠出もしている。

名所を巡りながらも、ハインリヒの心には常に邪馬台国が残り続けていた。むしろ日本の珍奇な風俗や景勝に触れるごとに、その思いは膨らんでいったと言っていい。漠然とした邪馬台国のイメージを補完しようと、ハインリヒはたびたび岸田吟香を訪ね、日本の神話や歴史について語ってくれるようせがんだものである。

日本のアダムとイブのような国生み神話も聞いたし、太陽神の弟による八つ首ドラゴン退治も語ってもらった。源平の合戦、帝の王家がふたつに割れて争った南北朝争乱、織田信長(ノブナガコー)、豊臣秀吉(タイコーサマ)、そして幕府の開祖である徳川家康(ゴンゲンサマ)ら三人の王の物語も面白かった。

次第に、吟香から語られた神話や軍記物語、直接目にした日本の文化風俗が、脳内で混じり合い、空想的脚色癖によって異形(いぎょう)の邪馬台国幻想となって肥大していった。

鳥居や青銅大仏が林立し、建築物はことごとく鶴岡八幡宮のごとく煌びやか。遠くに富士山が聳え、空を龍が飛び、江ノ島の裸弁天を思わせる扇情的な女王卑弥呼に、源平の英雄や戦国武将のごとき鎧武者(よろいむしゃ)どもが傅(かしず)いている。そのような邪馬台国像。

日本人が聞けば噴飯ものだが、ハインリヒは大真面目にこの夢想を信じた。頭で作り上げた幻の邪馬台国に自分で酔いしれ、憧憬すら抱き始めたのである。

（ああ、ヤマタイコク！　もっとヤマタイコクを知りたい！）

そのようなある日、ハインリヒに吉報が訪れた。

彼の宿泊するホテルにアメリカ領事館から一通の手紙が届けられたのである。

「いよいよ、来た！」

読んでみれば、予想通り。江戸に駐在するアメリカ代理公使アントン・ポートマンを訪ねるべく書かれた招待状だ。

ついにハインリヒへ江戸入りの許可が下りたのである。

ハインリヒはさっそくこの喜びを漣太郎に告げるため、波止場へと向かった。

「大した御方だ」

漣太郎はハインリヒの尋常ならざる行動力に、半ば呆れてこう言った。

「どうやって許可を得たのですか？」

「先日八王子へ一緒に行ったイギリス人たちがいたろう。彼らはジャーディン・マセソン商会の人間でね。彼らからアメリカ領事館へ働きかけてもらったのさ」

「そんなことをしていたんですか。いやいや、旦那の執念には感服しましたよ」

前に漣太郎は江戸へ行きたいというハインリヒを止めたものだ。このたびも苦言を呈されるかと思ったが、意外にもそうではなかった。

「僕が心配していたのは、旦那が無断で六郷の渡しを越えて危ない目に遭うんじゃないかってことです。きちんと許可が取れたのならば何も言うことはありません。江戸にいる間は幕府からの護衛もつくでしょうし、かえって安心です」

「本当は君を連れていきたいところなんだがね……」

江戸滞在中の身の回りの世話は、公儀の手配した人間がすることになっている。漣太郎を連れていくわけにはいかなかった。

「いえいえ、江戸はどうも僕の肌に合いません。僕は異国の風を感じられるこの横浜を離れたくないんですよ……」

その言葉には、一抹の寂しさがあった。

一所(ひとところ)に落ち着くことなく生涯を旅の内に過ごすハインリヒとは対極で、漣太郎は海外に思いを馳(は)せつつも、横浜の地に根をおろし、過ぎゆく人や時代を眺め続けることをあえて選択している。

そのようにハインリヒの目には映ったのだった……。

　ハインリヒが去ると、秦漣太郎は再び肘枕に戻った。

　彼の細い目は閉じているように見えるが、実は薄く開かれている。居眠りしているようでいて、異国人の行き交う波止場の風景をぼんやりと眺めていた。

　ぴくりと漣太郎の肩が、己へ近づく靴音を察知して動いた。

　のそのそと無精げに身を起こす。

「やあ、これは、窪田様」

　のほほんとした漣太郎の顔が、彼の前に立つひとりの男へ向けられていた。

　襟のしまった黒い西洋式軍服を纏った男である。髷を結っており、腰には二本差していた。地べたに座り込む漣太郎を見下ろす目つきに鋭さがある。

　神奈川奉行支配定番役頭取取締、窪田泉太郎鎮章、というのがこの男の役職と名であった。

「斬れぬな……」

　窪田鎮章がぼそりと呟いた。鉄器が口を利いたような無感情な声色である。

「いたずらに惰眠を貪っているようで、一片の隙もない。もし、うぬが振り返るよりも先に、俺が斬りかかっていたとしても、斬ることは叶わなんだろう。牡丹花下の睡猫児とは、このことか……」

——〝牡丹花下の睡猫児〟とは、禅の問答のことだ。

牡丹の下に子猫が一匹、寝ている。実に無防備な寝姿だが、人の気配があれば即座に跳び退く。常に人の接近に用心していたならば子猫は眠れないだろう。しかし、眠っていたのでは逃げられない。果たして猫は眠っていたのか、いなかったのか？

如何な回答が正しいかは定かでないが、この居眠るように弛緩しながら、突然の危難には瞬時に身が動く状態は、よく兵法の極意とされる。

「僕を斬るつもりだったんですか？」

「もし、と言ったであろう」

窪田鎮章というこの男、噂によれば、かの清河八郎を暗殺した刺客のひとりであったという。斬ると心に決めたならば、すでに斬りかかっている。

漣太郎は、話を変えるようにこう尋ねた。

「調練の帰りですか？」

「ああ」

この頃、神奈川奉行所は横浜の警備体制強化のため、山手に駐留している英仏横浜駐屯軍から調練を受け、洋式軍隊を編成していた。窪田鎮章は、その指揮官である。

「窪田様には頭が上がりませんね。今日も浜は平穏だ。あなた様がイギリスやフランスの方々と手をたずさえて横浜をお守りくださっているおかげです」

鎮章は鉄のような無表情で、じっ、と漣太郎を見て、

「いらぬおべっかを申すな」

と、錆(さ)びのある低い声を発する。

「わかっておろう。我らが動くようなことがあってはならぬ。昨年の鎌倉のごときことは二度と起こってはならぬのだ」

「ええ」

「生麦での一件も未だ根深い。生麦で異人を斬ったのは薩摩の藩士だ。だが、異人からすれば薩摩藩士も幕臣も、勤皇も佐幕も関係はない。全て日本人の行った狼藉(ろうぜき)——すなわち統治者たる幕府の責ということになる」

「………」

「イギリスより追及を受け、賠償金を立て替えたのは幕府だ。異人の憎悪は幕府に向き、日本国人は異国に頭を下げる幕府を腑抜(ふぬ)けと蔑んでおる。いや、危うく幕府は異国と戦をせねばならぬところだった」

「ああ、あの時はずいぶん横浜も騒がしくなりましたね……」

漣太郎は生麦事件直後の横浜を思い出す。

この一件の解決交渉に当たったイギリスは、賠償金の請求と下手人の処刑とを幕府に要求し、応じぬ場合は武力行使も辞さぬ構えを見せた。

横浜の日本人たちは「すわ、異国との戦が始まる」と、横浜を捨てて逃げ出した。

一時、横浜の日本人町は無人になったほどである。

居留地では、この機に乗じて攘夷浪士が襲撃してくるという噂が流れ、外国人たちは義勇兵を募り、銃を握って自分達で横浜を警備した。

当時、横浜は一触即発の緊迫した状況になっていたのである。

「うぬは、俺がイギリスやフランスの軍と手をたずさえていると言うたな？　が、そもそも異国の軍が、江戸からほど近いこの横浜に入り込んでいること自体が、危ういことではないか？　このような状況を招いたのも生麦の一件よ……」

鎮章は微かな溜息を吐き、続けた。

「ことが起こってはならぬ。異人と日本国人の間には一切波風を立ててはならぬ。我ら神奈川奉行所は英仏軍と友好なまま、動く必要のないままであらねばならぬのだ」

「…………」

「よいか、漣太郎。火事を消し止めるのではない。火種を除くのだ……」

こう念を押すように語った鎮章の瞳の奥には底冷えのする冷たいものが宿っていた。

　フッ、と漣太郎は、鎮章の神妙さを爽やかな微笑で受け流す。

「承知しておりますよ。ですがね、窪田様、僕は幕臣じゃありません」

「何？」

「僕が働くのは幕府のためじゃない。異人が日本を愛し、日本人が異人を憎まずに、異国の御方と日本人が仲よぉ〜くいられるために働くんです」

　刀傷のある顔が、少年のようにニカッと笑った。

「構わん。やることに変わりはないのだからな……」

　陰性の鎮章は、漣太郎の陽性の笑顔を直視しかねるのか、面を逸らし、

「そういえば、先程何やら異人と話しておったが……」

「お客さんですよ。この横浜で異人と話すなんて珍しくもないでしょう」

「……で、あったな」

「しかし、いささか危なっかしい御仁です。許可を得て明日江戸に入るそうですが、何かやらかしはしないかと心配です」

「それで、ここ幾日かあのハインリヒなる異人の傍にいたのか？」

「なんだ、全てご存じだったんですか」

「…………」

鎮章は何事か考えるような間を作り、改めてこう言った。

「よいか。今一度言うぞ。火事を消し止めるのではない。火種を除くのだ」

漣太郎は面倒くさそうに頭を掻くと、ふいに真剣な顔になる。

「わかってますよ。浜に火事なんて起こさせやしません」

漣太郎の瞳には強いものがあった。

（五）

翌日は大雨となった。

それでも念願の江戸入りが叶い、ハインリヒの胸は躍っている。

荷物は昨晩の内に江戸に送っていた。あとは自分が向かうばかりである。

江戸までは神奈川奉行所の侍五名が護衛につくこととなった。五人の侍とともにハインリヒはどしゃぶりの東海道を馬を駆って江戸へと向かった。

ハインリヒが江戸へ着いたのは昼過ぎだ。江戸の町を眺めながら進み、アメリカ公使館のある麻布善福寺に到着したのが、午後二時頃のことである。

善福寺の警備は要塞のごとく厳重だった。

広大な寺域の内に、複数の番小屋が設けられ、昼間は二百人、夜は三百人の武装した侍が詰めている。さらに日毎に変わる合言葉を正しく言わねば出入りが許されない。

過剰と思われる警備体制だが、攘夷浪士の脅威を思えば当然である。かつてこの公使館も放火の疑いのある火事にみまわれたことがあるのだ。

「江戸で外国人が暮らすとはこういうことです」

出迎えてくれたアメリカ代理公使アントン・ポートマンはこう言った。

攘夷浪士に殺害されたヒュースケンに代わって通訳官となった彼は、公使ロバート・プリュインが任期途中に帰国してから代理公使に任命され、江戸に滞在する唯一の外国人となっている。

アメリカ公使館は、初代の駐日公使タウンゼンド・ハリスのとった「幕府へ信頼の姿勢を示し続ける」という外交方針を踏襲していた。

信頼の姿勢とは「我々は、幕府が守ってくれると信じている。だから逃げ出す必要はないのだ」というものである。

だが、江戸の真ん中にぽつんと取り残されてしまっているポートマンはこう言う。

「本音を言わせてもらえば、私も他国の公使のように横浜へ退去したい。しかし、後任が来るまでそれも叶いません。公務以外で私はここを出ないことにしています。ヒユースケンの二の舞にはなりたくないですからね」

暗に「あなたも不用意に出歩かないほうがいい」とハインリヒに忠告している。

だが、せっかく江戸に来たのに、この牢獄のような公使館に閉じこもっているハインリヒではない。まだ着いて間もないにも拘らず江戸見物へ繰り出すことにした。

江戸まで護送してくれた神奈川奉行所の侍たちは、すでに引き返している。それに代わり、別の侍が五人、新たに彼の護衛につくこととなった。

――〝別手組〟なる組織に属する者たちだ。

外国要人警固のため、幕府が武芸に秀でた者を集めて特別に編成した組織である。

別手組の愛想のなさは筋金入りで、礼儀正しいが鉄のような厳しい表情を崩すことなく、言葉を発することも稀だった。

この日、ハインリヒは、愛宕山に登ったり、江戸城の周囲を散策したりなどしたのだが、その間、別手組の五名はぴったりと彼の周囲を取り囲んでいた。

どうも彼らは護衛のみならず、外国人を監視し、日本人との無用な接触を防ぐ役割も兼ねているらしい。

執拗なまでの護衛は公使館に戻ってからも続き、昼夜を問わず交代でハインリヒの部屋の外に待機し、風呂や用足しにもついてきた。

せめてもう少し離れて歩くよう訴えたが、頑として聞き入れてくれなかった。

このように不自由な状況ではあったが、ハインリヒは僅かな江戸滞在期間を無駄にしてはならぬと、可能な限り見聞を広げようと努めた。

まず翌日から、フランス公使館の置かれた済海寺、オランダ公使館のある西応寺、攘夷浪士の襲撃を二度も受けたイギリス公使館の東禅寺などを巡った。

無論、外国公使とその随員たちはことごとく横浜へ立ち退いているので、これらの公使館は無人となっている。

また江戸の商業地域に赴き、陶器、刀剣、木彫、絹織物、絵画などを見て回った。

ハインリヒの姿を目撃した江戸町人は見慣れぬ異人の姿に大騒ぎをしたものである。

浅草観音寺を観光し、境内の見世物小屋や見事な独楽回し（こままわ）の曲芸なども見物した。

日本人の最大の娯楽である芝居（シバヤ）を観に大劇場へも入り、腹切（ハラキル）の演技で流れ出た血潮の仕掛けに度肝を抜かれた。

鍛冶屋（かじや）や学校（寺子屋）も見学したし、宿泊する善福寺でも僧侶（ボンズ）たちの早朝の勤行を見た。

異世界の都、江戸観光が、横浜周辺を旅した時以上の好奇と興奮をハインリヒに呼び起こしたのは言うまでもない。

そしてそれらの感動は、やはり邪馬台国への憧憬に繋がっていくのだ。

江戸で触れた日本風俗によって補強されたハインリヒの邪馬台国妄想は、彼自身の虚言的感性で誇大演出され、さらにさらに肥大していった。

次第にハインリヒの飽くなき探求心は、江戸だけでは満足がいかなくなってきた。

江戸は確かに彼の興味をそそる不思議の都だが、あくまで政治的君主である大君の都である。日本の日本たる都、真の首府は、帝のおわす神聖都市、京なのだ。

京を見ぬ限りは日本を見たとは言い難い。そして、京の近くには彼を魅了してやまない邪馬台国が存在したかもしれぬ大和の国がある！

（京に行ってみたい！　行ってみたいぞ！）

斯様(かよう)な願望を抱き始めたハインリヒだが、無論江戸見物を蔑(ないがし)ろにはしない。

別の日には、永代橋を渡って深川(スカンガワ)八幡宮を見物し、その後、洲崎(サケ)弁天へと向かった。一度、善福寺に戻り、午後からはヒュースケンの埋葬されている麻布光林寺へと墓参りに行った。

事件があったのは、その帰りのことである。

ゆっくり馬を歩ませていると、ふと、ハインリヒの耳に咳する声が聞こえた。

町中のことなので、降り続く雨に身を冷やされて咳き込む者がいたとしてもなんら不思議ではない。だが、ハインリヒの耳に、その咳は不吉に聞き覚えがあった。

振り返れば、後方、少し離れた民家の垣根の辺りに、編笠を被った黒い着物の侍が佇んでいる。笠の下より顔の下半分が僅かに覗いていた。嘴のような鷲鼻が見える。

ハインリヒは息を呑んだ。

(横浜で私を尾けた鴉男ではないか⁉)

男は垣根を離れてこちらへ歩み出す。

今度もまた、男はハインリヒを尾けていた。

(まさか、横浜から私を尾けてきたのか？　なんの目的で……？)

つい先程目にしたヒュースケンの墓が思い出される。その哀れな通訳官は異国人であるというそれだけの理由で攘夷浪士によって無惨に斬り殺された。

(ジョーイローシが外国人を狙うのに理由など必要ない。ただ殺すために狙う……)

ゾッと身内が冷え込んだ。男は腰に二刀を帯びている。突如それを抜いて斬り込んできはしないかと気が気でならなかった。

直視するのも恐ろしく、ハインリヒはちらりちらりと盗み窺うことしかできない。と、この時、ハインリヒの背後についていた別手組のひとりが馬を止めた。

その男は、無言のまま馬を降りると、後方を向く。

男の視線の先に、鴉男がいた。

尾ける男と別手組の男と、互いに目が合う。尾ける男の歩みが止まった。

別手組の男の手が佩刀(はいとう)の柄(つか)にかかっている。

しばしふたり、物言わぬまま視線を合わせ、立ち尽くしていた。

この不可解なまでに長い睨み合いの間も、ハインリヒと他の別手組を乗せた馬は先へ進む。無論、他の別手組の面々はこの事態に気がついていた。加勢をせぬのは、ハインリヒを守るためでもあるが、それ以上に仲間の腕を信頼しているからだろう。

暫時、緊迫した時間が過ぎる。

やがて鴉男のほうが目を逸らした。

背を向けて、すごすごと逃げるように雨に煙る道を引き返していく。

完全に鴉男の姿が見えなくなった時、ようやく対峙(たいじ)していた別手組の男の手が刀から離れた。静かにハインリヒのほうへ戻ってくる。

強張(こわば)ったハインリヒの顔を見上げると、沈毅(ちんき)な顔を僅かに綻ばせて言った。

「ダイジョーブ」

煩わしく感じていた護衛たちをこの時ほど頼もしく感じたことはなかった。

（六）

鴉男を追い払った別手組の男の名は、樋口蔵馬（ひぐちくらま）といった。

貧しい御家人の三男で、家督を継ぐ望みも要職に就く見込みもなく、幕府の武術訓練機関でひたすらに剣術の腕だけを磨いてきた男らしい。

別手組に所属する者の多くがおおよそ蔵馬と似たような境遇であった。

初め、幕府は異人警固の役目を他の諸機関に依頼したが、ことごとく断られた。異人に対する嫌忌感の強い日本で、外国人警固の役目に就けば白い目で見られるからだ。

それで、腕に覚えがあるにも拘らず、その境遇のせいで世に出る機会のない無役の者たちを集めて結成したのが別手組だった。

彼らは、時に世間から異人の番犬と冷笑されながらも、ようやく授けられた役目に真摯（しんし）に向き合っている。

以上のことをポートマンより聞かされ、ハインリヒは、己を護衛する五人の別手組の男たちを労（ねぎら）いたい気持ちになった。

ハインリヒは、彼らを公使館の座敷に呼び、酒を振る舞うことにした。

当初、別手組たちはこの誘いを固辞したが、ポートマンが「無礼講（ブレーコー）」と言って説得すると、ようやく酒席についてくれた。

飲み始めこそ堅かった別手組たちだったが、酒がまわるにつれ表情を和ませ、よく笑うようになった。ポートマンが通訳を務めると、会話も弾んだ。

役目の重さゆえ厳しい態度を保っていたが、打ち解ければ気のいい連中だったのだ。

ハインリヒは、ここ数日江戸を見物した上で生じた様々な疑問を彼らに尋ねた。彼らは冗談を交えつつ、快く答えてくれた。彼らのほうでもハインリヒへ海外の風俗について興味津々に尋ねてきたものである。

ただ樋口蔵馬だけはあまりしゃべらず、物静かに酒を口に運んでいた。

やがて宴もたけなわとなり、一同だいぶ酔いが回った頃、ハインリヒはこう言った。

「ところで君たち、ヤマタイコクというのはどこにあったと思うね？」

五人の男たちの中には、そもそも邪馬台国という言葉を知らぬ者もいた。知っている者は、外国人の口からその言葉が出てきたことに驚いた様子だった。

やがて学のあるひとりが口を開く。

「まず、大和の国で間違いなかろうな」

やはりそうかとハインリヒは頷（うなず）く。ハインリヒとしては神武帝の冒険譚と邪馬台国とを結びつけたい思いがあったので、大和であってくれたほうが嬉しいのだ。

だが、別の男がこう口を挟む。

「さて、それはどうであろう？」

「む？　違うと申すか？　神武帝が御即位なされ都を築いた大和の国こそ邪馬台国であろう。女王卑弥呼とはかの神功皇后に違いあるまい。我が国最古の王朝と神武帝の都が別であるなどあってはならぬことだ」

「いやいや」

と、口を挟んだ男が首を振る。

「卑弥呼は、魏の皇帝へ朝貢を行っておる。帝が中国皇帝に頭を垂れ、威を借りていたなど、それこそあってはならぬことだとは思わぬか。邪馬台国とは神武帝が大和に築いた王朝とは別のもの。筑後の山門郡にあったと見るが妥当であろう」

こう返された男は、むっとした顔つきになる。

「しかし、卑弥呼は中国皇帝に親魏倭王と認められておる。邪馬台国が帝と繋がりがないとすれば、真の日本国王は天子様でなくなってしまうではないか。馬鹿馬鹿しい」

馬鹿馬鹿しいと言われ、相手の男も顔をしかめる。

「おい。そなたの言い分では、この日本国は魏の属国であったことになってしまうぞ。そのようなこと、俺は断じて認められぬ。そなたの申しおることは不敬だ！」

「何？　不敬？　不敬というなら、そなたこそ不敬ではないか！」

「なにを！」

突如始まった言い争いにハインリヒは目を丸くする。ポートマンに二名の議論を通訳してもらい、ようやく争点がなんであるかわかった。

つまり、大和であるか山門であるかによって、邪馬台国が現在の皇室の起源であるかどうかが変わるらしい。

邪馬台国が皇室の起源であった場合は、帝が古代中国王に服属していたことになり、そうでなかった場合は最古の日本国王ではないことになってしまう。

（なるほど、ギンコーが、大和でも山門でも都合が悪いと言っていたのはこのためか）

しかしながら、白熱するこの議論、なんとも不毛に思えた。

彼らは、どちらの説が朝廷の権威を傷つけないか、どちらの説を支持すれば不敬に当たらぬかということで言い争っている。つまり考古学的妥当性ではなく、思想的妥当性を論じ合っているのだ。このような空虚な議論で史実を明らかにできるはずもない。

「大和だ！」「山門だ！」といつ果てるともない熱弁が続くのに、ハインリヒはいささか辟易してきた。そして、ついにこう言ってしまったのである。

「掘ってみればよいではないか」

ポートマンによって訳されたハインリヒの言葉に、二名はきょとんとなった。

「何？　掘る？」

「ああ、そうだ。口でいくら理屈を言ったところで答えなど出るはずもない。なぜ君たちは実際に大和や山門を掘って確かめようとしないのだね？」

別手組の男たちは、首を傾げている。

「掘るとは土をか？　なぜ、掘ると遥か昔の邪馬台国の場所がわかるのだ？」

「住居跡や埋蔵品など、土の下にヤマタイコクの痕跡が眠っているかもしれぬ。西洋ではそのような発掘調査が古くから行われているぞ」

語りながらハインリヒの中で、むくむくと何かが膨らみ始める。邪馬台国について吟香から聞かされた時から、漠然と胸の内にあったものが形を成そうとしていた。

別手組の男たちは、ハインリヒの言葉を冗談と受け取り、笑う。

「確か神武帝が都を築いた大和の橿原は天領ではなかったか？　九州の山門も柳川藩

領だ。御家人に過ぎぬ我らに掘ることなどどうしてできよう」

「君たち個々人にその権限や余力がないのはわかる。だが大君政府やその柳川藩とやらの領主ならばできるだろう」

「できるかもしれぬが、わざわざそんなことのために、お上が動きはすまい」

「そんなこと？　先程、君たちは激しく意見を戦わせていたではないか。邪馬台国が大和にあるか山門にあるかは、帝の権威を左右する重大事ではないのかね？」

「うむ……。そうではあるが……」

男たちは戸惑っていた。

そもそも男たちにとって邪馬台国はほとんど思想上のものに過ぎず、実在を確認し、手で触れられるようなものではなかったのだ。

「まあ、いずれにせよ、幕府や柳川藩が邪馬台国を掘るなどありえぬことだ。ここで談じたとて益なきことではないか」

男のひとりが仲裁するように言って、この話題を切り上げようとする。だが、邪馬台国への執着著しいハインリヒはここで終わりにできなかった。

「君たち日本人が掘らぬのならば、私がヤマタイコクを掘ろう」

「は⁉」

男たちが目を丸くした。

ハインリヒ自身、ハッとなる。今のは、無意識に発した言葉だったが、ここ数日間、彼の心の内に蟠（わだかま）っていたものだった。

（そうだ！　私がヤマタイコクを見つけ出せばよいのだ！）

ハインリヒは、雷に打たれたような感覚を受ける。あらかじめ油を含ませておいた紙に火をつけたかのように、ハインリヒの心は瞬く間に燃え上がった。

「よし！　そうしよう！　幕府に金がないならば、私が出そうではないか。無論、柳川藩にもだ。幸い、私には十分な財力がある」

「い、いや、ハインリヒ殿、何ゆえ、貴殿はそこまで……？」

「それが私の夢だったからだ」

決然たる嘘が口をついて出た。一度出た言葉は、彼の虚言癖と自己演出癖によって脚色され、前々からそうであったかのように流れ出る。

「私は幼い頃、故郷の村で失われたヤマタイコクを伝え聞き、魅了されたのだ。以来、私は日本を訪れたことがある旅行者に話を聞き、紀行書を読み、夢を膨らませてきた。いつの日か、幻の都ヤマタイコクをこの手で見つけ出してみたいと心に誓ったのだ」

もちろん邪馬台国なんて言葉は日本に来るまで聞いたこともなかった。

「私がこの年までひたすら事業に邁進してきたのも、ヤマタイコクを発掘する資金を稼ぐためなのだよ。どんな仕事をしている時も、私の心は常にヤマタイコクにとらわれていたのだ。そして、ついに私はこの日本にやってきた！」

ハインリヒは、語りながら自分の吐いている嘘を、自分自身で真実と思い込み始める。本当に自分が邪馬台国発掘のために働いてきたような気になっていた。

「ポートマン君！」

突如、ハインリヒが、ポートマンへ顔を向けた。

「私が京へ行く方法はあるかね？」

「なんですって？　京に？　あなたが？」

「大和の国は京の近くなのだろう？　京に滞在し、大和の国を探索して、ヤマタイコクの埋没地を見つけたいのだ」

「とんでもない！」

ポートマンは大声を上げた。

「京は日本人にとって特別な場所です。京に入るなんて、公使であっても難しいですよ。それに、今の京は、攘夷浪士が多く潜伏し、治安は最悪の状態です。物見遊山で行けるような場所じゃありません。ああ、いや、違う！　問題はそこじゃない」

ポートマンは狼狽するように首を振り、声を潜めた。

「まずい。あなたの仰っていることは非常にまずい」

「まずい？」

「大和にしても聖地です。いや、日本のどこであっても帝の治める神国に変わりはありません。その国土を外国人のあなたが掘り返し、この国の源流である邪馬台国を見つけ出そうなんて冗談でも口にしてはいけない」

「私は冗談など言っていないぞ」

「ああ！　なおいけない！　私はあなたの仰っていることをもう訳しませんよ。あなたのその考えが日本人をどれほど怒らせるか、私は知っていますからね！」

嘆くようなポートマンの言葉を受け、ハインリヒは別手組へ目を戻した。

彼らの顔が、酒宴の前の堅い無表情に戻っている。外国人警固の役目を帯びた彼らだが、邪馬台国を掘り返すという異人の広言に、反発心を抱いたのは明らかだった。

（確かに、この話を日本人の前ですべきではなかった……）

こう思ったものの、ハインリヒの考えが変わったわけではない。ヤマタイコク発掘の天啓は、ハインリヒの心を英雄的恍惚と使命感とで、すっかり支配していたのだ。

（日本人ですらどこにあるのか知れぬ幻の都ヤマタイコク。それを私が見つけだし、西欧諸国に紹介するのだ。開国したばかりの日本は、西洋人の興味を惹いている。この偉業に世界中の称賛が私に集まるだろう。これこそ、私が生涯かけて成し遂げるべき大ロマンだ！　ああ、ようやく私は見つけたぞ！　大きな大きなロマンを！）

——ガタッ。

と、音がした。

皆の視線が、障子に集まる。音は障子の向こうの縁側より発された。

しん、となる。

一度、音がして以来、あとは夜闇の庭へしとしとと雨の降るのが聞こえるほかは、一切無音であった。別手組の面々より油断ない警戒の気配が漂い出す。

すっくと立ち上がった者がいた。今まで無言を貫いていた樋口蔵馬である。

彼は、つかつかと障子へと歩むと、一気に開け放った。

途端、バサバサと凄まじい音を立てて、真っ黒い何かが弾けるように飛び上がる。

漆黒の生き物は、黒い羽毛をまき散らしつつ瞬く間に闇へと溶け消えていった。

一同、唖然となっているところへ、蔵馬ひとりが冷静に、

「鴉ですね」

と、縁側に落ちる黒い羽毛を拾い上げてみせた。

「斯様な夜更けに鴉だと？」

「雨に打たれて迷い込んだのでしょう」

何事もなかったかのように蔵馬は座に戻る。

（鴉……）

この椿事は燃え立っていたハインリヒの心に水を差し、不吉な胸騒ぎを抱かせた。ハインリヒは、あの忌まわしい鷲鼻の男が、鴉に化けて話に聞き耳を立てていたような気がしたのである。

翌日から、ハインリヒの身辺に不審な気配が付き纏うようになった。

別手組の男たちとともに江戸を観光している際、ふと、視線を感じるのだ。

異人の彼が町人たちの好奇の目に晒されるのは今に始まったことではない。人通りの多い場所に出れば必ず騒ぎになり、無遠慮に人が群がってくる。

そういう見慣れぬ人種に対する興味や畏怖といった夥しい数の視線の内に、ひどく冷ややかで鋭い視線が紛れ込んでいるのだ。

視線の先に目を向ければ、群衆の内、辻の角、路地の陰などに人が立っていて、じっとハインリヒを見つめていた。

商家の若旦那風の男のこともあれば、二本差しのこともあった。天秤棒を担いだ物売りのこともあれば、僧侶のこともあった。

共通するのはどの人物も、周囲の興奮した群衆と異なり、表情のない顔をしていて、ハインリヒに見つかると、ふっと目を逸らして去ることである。

何者かによって監視されている。そんな漠然とした不安が芽生えた。

ハインリヒが意識していなかっただけで、冷ややかな目を向けてくる日本人は今までもいたのかもしれない。排他的な思想のある日本人が、堂々と騎馬で闊歩する外国人をそのような目で見ることがあってもおかしくはないだろう。

努めてそう思おうとするのだが、やはり別手組たちと酒宴を行ったあの夜以前と以後とでは明らかに変わったように思えてならないのだ。

空想的なハインリヒは、笑止としか言いようのない妄想を抱いてしまう。

(あの鴉が、私の話を異人を憎む日本人に触れ回ったのではないか?)

この国には帝を導き守る巨大な鴉——八咫烏の伝説がある。

怪鳥八咫烏が、汚らわしい異人が神聖な国土を掘り返し、侵すべからざる日本国源流の都、邪馬台国を白日の下に晒そうとしていると知ったらどうするだろう?

冒瀆的な異人を抹殺せんと皇国守護の暗殺剣士ジョーイローシを扇動せんとするの

ではなかろうか……？

（ば、馬鹿馬鹿しい！）

馬鹿馬鹿しいゆえに己の抱いた不安を別手組やポートマンに告げられなかった。

ハインリヒは「江戸で見聞したことを忘れぬうちに書き記しておきたい」という理由で外出を控えることにした。

堅固な公使館の内にいても、塀のすぐ外を妖異な気配が濃密に取り巻いている気がした。屋根にとまる鴉にさえ、己を憎々しげに凝視している錯覚を抱いてしまう。

やがて公使館に引きこもったまま虚しく江戸滞在期間が過ぎた。

公使館を出て横浜へと引き返す道程も、ハインリヒは気が気でならなかった。

通りすがる旅人がふいに刃物を抜いて馬上の己に斬りかかってきやしないか？

そんな想像を抱く。

心強いのはやはり彼を護衛する五名の別手組たちだ。

（彼らに守られている限りは安全だ。安全だ、安全だ……）

こう己に言い聞かせながらハインリヒは東海道を横浜へ向けて進んだのだった。

何事もなく江戸が遠ざかり、六郷の渡しを越えた辺りでハインリヒの心もようやく落ち着きを取り戻した。

（杞憂だったか……）

江戸で抱いていた益体もない己の不安を、苦笑をもって受け止める余裕が生まれた。邪馬台国を掘る話をした際に、偶然鴉が現れたものだから、おかしな妄想に取りつかれてしまったのだろう。ハインリヒお得意の大げさな空想力が、なんでもない通行人の視線にあらぬ意味を与えてしまっただけなのだ。

（我ながら滑稽なことだ。せっかくの江戸での日々を無駄にしてしまった）

などと惜しむ思いで江戸を振り返ると——

（あっ！）

遥か街道の後方に、黒い人影が見えた。

その黒い着物の人物は、人通りの多い昼間の東海道で、ハインリヒの目に一個それだけ浮き上がるがごとく映ったのである。

背に負った木枠状の荷物、編笠から僅かに覗く鷲鼻。間違いない。

（鴉男！　あ、あいつ、ついてきているのか？）

体幹を冷たいものが走り抜けた。

「先を急ごう！」

ハインリヒは震える声で別手組を急かした。男たちは怪訝そうな顔になる。

「急ぐのだ！　早く横浜へ行こう！」

馬を速め、ハインリヒと別手組は街道を駆けた。

すぐに鴉男の姿は見えなくなったが、汗ばむ手で手綱を握りしめるハインリヒは、不気味な大鴉の羽音が常に背後から聞こえているような心地がしていた。

（七）

横浜に雨が降り続いている。

波止場のすぐ近く、繁華な横浜の町でそこだけこんもりと木々の茂る、猫の額ほどの小さな一角があった。水神の森というその場所には、水神社なる小さな祠（ほこら）がある。

祠の傍らには樹齢何年とも知れぬ立派な楠の木が青々と枝葉を広げていた。

――〝玉楠の木〟と、横浜の人は呼んでいた。

この木は、横浜が砂州上の寒村に過ぎなかった頃からそこに立っている。

ペリーが日米和親条約を結ぶため二度目の日本上陸を果たしたのは、この木のすぐ傍らだ。以来、玉楠の木の周辺は目まぐるしく変わった。運上所が築かれ、英一番館が建ち、異国人が行きかうようになった。

ただ玉楠の木だけが、何も変わらず、そこにある。

おそらくこれから先何十年何百年経とうと、玉楠の木はこの地にあり続け、時代の生き証人として変転する横浜を眺めていくのだろう。

その、玉楠の木の下で、漣太郎がひとり雨宿りをしていた。

幹に背を預け、地に足を投げ出して居眠っている姿は雨曇りの木陰の内にあって、まるで玉楠の木と同化しているように見える。

時おり傘を差した横浜町人が祠へお参りに来るが、誰も漣太郎を気にとめない。玉楠の木に人がいちいち注意を払わぬのと同様に漣太郎にも気を払わぬのである。

漣太郎の気配は、人でありながら樹木のそれとまったく同じだった。

そんな誰も意に介さぬ漣太郎へ、濡れた土を踏んで歩み寄る者がいる。

閉じられていた漣太郎の瞼が開き、自身の前に立つ大男を見た。

びしょ濡れの塑像のごとくぬっと立っていたのは、岸田吟香である。

雨避けに笠を被っていたが、巨大な吟香の肉体は傘下におさまらず、いかつい肩が雨ざらしになっている。その様子に漣太郎は苦笑してしまう。

「なんだ、誰かと思ったら岸田さんですか」

「ハインリヒさんは？」

存外に吟香の声は神妙だった。

「昨日辺り江戸から戻ってるはずです。まだ顔を出していただけていませんがね」

「そうかい」

吟香は僅かにうつむいて思案する体を見せた。

「何か気がかりでもあるんですか？」

「い、いや、高橋さんがな、江戸から帰るハインリヒさんを見たらしい」

高橋というのは、漣太郎と吟香の共通の知り合いだった。佐野藩の藩士で、普段は江戸の藩邸に住んでいるが、訳あって江戸と横浜を往復する生活を送っている。

「あの御方、ハインリヒさんと顔見知りでしたっけ？」

「いや、関内で見かけたことがある程度だそうだ。だが別手組に護衛されて江戸から戻ってくる異人となりゃあ、まあ、ハインリヒさんで間違いないだろうよ。それで、高橋さんが見たハインリヒさんだがな――」

吟香は声を潜めた。

「妙なものを連れてきちまってる」

「妙なもの？」

「高橋さんの目が確かなら――〝鴉〟」

その一語が、漣太郎の顔つきを一変させた。ぼんやりしていた表情が冷水でしめたように鋭くなる。顔面の刀傷がありありと浮き上がって見えた。

「お政にこのことは？」

「まだ知らせてねえな」

「高橋さんは？」

「数日横浜にいると言っていたぜ」

ひとつ頷くと、ゆるりと漣太郎が立ち上がる。

玉楠の木の一部が人の形を成して動いたかのようだった。

「お政を呼びましょう。高橋さんには、刀を用意しておくと伝えてください」

「やるのかい？」

漣太郎が頷いた。

「ええ。火種を除きますよ」

嚙みしめるように呟き、漣太郎は歩み出した。

（八）

夜が更けても雨が降り止(や)むことはなかった。

ハインリヒは樋(とい)を伝って落ちる水音を聞きながら、机に向かい書き物をしていた。

眠ることができなかった。東海道で、ハインリヒを睨むように見ていた鴉男の姿が眼裏(まなうら)に焼きついて離れない。

横浜へ戻って丸二日、ハインリヒは外出することなくホテルに閉じこもっていた。

別手組の男たちは、横浜に到着した時点で任務を終え、江戸へと引き返している。

もう彼を守ってくれるのは横浜の内と外とを隔てる川と掘割だけだ。

だが、それとて心もとない。鴉男を初めに見たのはイギリス公使館の真ん前なのだ。

あの不審人物は横浜関内へと怪しまれることなく出入りしている。

漣太郎に相談してみようかとも思ったが、やめた。

鴉男は、明確にハインリヒを脅かす行動を一切取っていない。鴉男を伝説の化烏(ばけがらす)である八咫烏と関連づけ、さらには攘夷浪士と結びつけているのは、ハインリヒの想像である。

妄想に怯え、誰かに助けを求めるなど誇りが許さなかった。

（私らしくないぞ。おまえは偉業を成す男だろう！）

ハインリヒは己で己を奮い立たせる。

（鴉男に何ができる。己の成すべきことにのみ頭を使うべきなのだ！）

そう。邪馬台国発掘！　ついに見つけ出したハインリヒの大望！

大和か山門かと、日本人の間で意見が分かれているようだが、ハインリヒは大和説を支持していた。幻の邪馬台国と神の血を引く初代帝の都とが同じであったほうが、よりロマンティックだからである。

とはいえ、いきなり大和に乗り込んでスコップとつるはしで穴を掘るわけにもいくまい。まず許可を取らねばならぬし、発掘のための隊員も集めねばならない。

ポートマンは、聖なる京にほど近い大和へ外国人は入ることができないと言っていたが、本当にそうだろうか？

聞けば英公使オールコック卿は、やはり日本人にとって聖なる山である富士山に登ったそうだ。それができるのに、大和に行けぬなどということがあるか？

外交官でなければ日本の奥地に立ち入ることができないというルールにしても抜け道がある。外交官に随行する形でなら十里を越えられるのだ。実際、オールコックに随行した挿絵画家のワーグマンは、長崎から江戸まで陸路で旅をしている。

（駐日の外交官と繋がりを深めれば、私も日本の奥地まで旅することができる。今回多くの駐日公使と交際できた。少々彼らに資金的援助をしてやれば、必ず……）

――コッ。

と、部屋のガラス戸に何かが当たる音がした。

どきりとして、ハインリヒはガラス戸へ目を向ける。閉じられたカーテンによって、ガラス戸も、その向こう側のベランダも見ることができない。

その後、音はしなかった。

風で飛ばされた枝か何かがガラス戸に当たったのだろう。そうは思いつつも、ハインリヒは不安を抱かずにはいられない。

（鴉がいるのではないか……？）

笑止な不安がまた蘇る。それでも不安であるがゆえに、カーテンの向こう側のベランダを確かめずにはいられなかった。

机の引き出しの内よりピストルを取り出すと、忍び足でカーテンへ近づく。

そっとカーテンをめくり、雨に濡れたベランダを窺ったが誰もいない。

ガラス戸の鍵を開け、用心深くベランダへ出た。

コロニアル様式のホテルのベランダは、二階部分をぐるりと取り囲んでおり、他の部屋の宿泊客も自由に出入りできる。しかし、左右を見回しても人影はない。念のため木製の手摺り(てす)から身を乗り出し、通りやホテルの庭を見渡してみたが、雨降りの深夜に出歩く者などいるはずもなかった。

(やはり、なんでもなかったか……)

ようやくほっとして、部屋へと引き返しかけた時である。

「うっ！」

突如、何者かが強引にハインリヒの口を塞いだ。

無論、声を上げることなどできない。

恐ろしい素早さで右腕を背へねじられ、頼みのピストルを易々と奪われた。

(だ、誰だ？　いや、どこから現れた？)

ベランダは無人だったはずだ。襲撃者は闇が形を成したかのように忽然(こつぜん)とハインリヒの背後に出現したのである。

するりと音もなく漆黒の人影がみっつ、屋根からベランダへ滑り込んできた。

(巨大な鴉！　ヤタガラス⁉)

動転するハインリヒがみっつの影法師をそう錯覚したのも宜(むべ)なる哉(かな)。続けざまに現れた三名は、鴉を擬くがごとく覆面で顔を隠し、黒い装束に身を包んでいたのだ。

計四名の黒装束の男どもは、ハインリヒを抱え上げると、瞬く間に屋内へ連れ込み、ベッド上へ組み伏せた。男のひとりがガラス戸に鍵を掛け、カーテンを閉める。

大声なり物音なりを立てて隣室に助けを求めたいが、見事なまでに口と身動きとを封じられている。ハインリヒは、不気味な黒衣の男どもに運命を委ねるしかなかった。

「……醜夷め」

カーテンを閉めた男が憎々しげに囁く。その声に、ハインリヒは聞き覚えがあった。声を発した男が、自身の顔を見せつけるように黒覆面を下ろす。

露わになったその顔を目の当たりにし、ハインリヒは愕然となった。

（クラマ⁉）

そうだ。別手組のひとり、樋口蔵馬だった。

「……夷狄の身で神国の土を踏み穢したのみならず、帝のおわす京までも侵さんとし、重ねて日本国の根源地たる古の都を掘り返さんとする蛮行。到底看過できぬ……」

ハインリヒには、日本語で発された蔵馬の言葉を理解することはできなかった。だが、意味はわからずとも、声色に含まれた強烈な瞋恚は十分すぎるほど伝わった。

「我ら天津神の御使いたる八咫烏になり代わり、夷狄に天誅を下さん」

蔵馬のこの言葉を合図に、もうひとりの男が懐より匕首(ナイフ)を取り出した。

冷水に濡れたかのように輝く刀身を目にし、ハインリヒの顔が一瞬で色を失った。

「やれ」

凶悪な匕首(あいくち)が振り上げられる。あわや切っ先がハインリヒの胸へと突き立てられるかと見えたその刹那(せつな)——

「ぬっ⁉」

——匕首が止まった。

ハインリヒの胸前で、匕首を握る手に誰かの手が被さっていた。そえられているようにしか見えぬのに、匕首を握る手は強い圧迫を受けたかのごとく痙攣(けいれん)している。

「な、何やつ……」

と、男が苦しげな声を漏らした途端、手の甲より不思議な力の伝導が男の全身に及んだ。その身が横倒しに床へ叩き転がされる。

他の男たちが今さらのように警戒の姿勢を見せた直後、ベッド下より猫のような俊敏さで何者かが滑り出た。

流れのままに、一本拳(いっぽんけん)がハインリヒを組み伏せていた男の鼻の下を、とんっ、と突く。たったそれだけで、男はのけぞり目をむいて昏倒(こんとう)した。

自由になり、あわてて身を起こしたハインリヒの目に、縦一線の刀創が鮮烈に映る。

——秦漣太郎であった。

なぜ、ここに？　と、考える暇はない。蔵馬および黒装束の男たちが、むんむんたる殺気とともに匕首を抜いて身構えていた。

「逃げますよ」

簡潔に言って、漣太郎がハインリヒの手を引っ張る。

腕力とは異なる奇妙な力がハインリヒを立ち上がらせた。まるで己が漣太郎のマリオネットと化したかのような感覚とともに、部屋のドアまで瞬時に移動させられる。

漣太郎がドアを開け放つのと、凶刃を煌(きら)めかせた黒装束の男たちが殺到したのとは同時だった。廊下に引っ張り出されたハインリヒの鼻先でドアが閉まる。どどっ、とドアの向こうで匕首が突き立つ音がした。

反射的に後ずさったハインリヒの背が誰かに当たる。

ハッとして振り返れば、そこに直立したヒグマのごとき巨体が立っていた。

「ギンコー？」

——岸田吟香であった。

吟香は一瞬、ハインリヒへ、ニッと男くさい笑みを向けると、即座に丸太のような腕を突き出し、内より開きかけたドアを押さえ込む。

「ぬう！」

濃厚な力の漲りが、吟香の両腕を目に見えて膨張させた。

木製のドアがみしみしと軋む。室内から黒装束の男どもがドアを開けようと総出で押しているようだった。だが、隙間すらも開かない。ドアを押さえる吟香の凄まじい怪力が、屈強な男数人の力を凌駕していたのだ。

「岸田さん、ここは任せました」

これだけ言って、漣太郎が再びハインリヒの手を引いた。

「ギンコーを置いていっていいのか？」

「岸田さんの押さえる戸を開けるなんて十人いたって無理ですよ」

さらりと凄いことを漣太郎が言う。

ハインリヒと漣太郎は、廊下を走り、階段を駆け下りる。

「すみませんね。夕飯を召し上がられている隙に部屋へ忍び込ませていただきました」

駆けつつ、漣太郎が飄然と詫びる。

「そ、それは構わぬが……私を襲った、あ、あの者たちは何者なのだ？　江戸で私を護衛してくれていた男もいたぞ？」

　それに対する答えは一言でなされた。

「――〝鴉〟」

「か、鴉？」

「いるのですよ、そういう連中が。この国のどこにでもいて、何食わぬ顔で異人抹殺の機を窺っている。別手組にまで入り込んでいるとは思っていませんでしたがね」

「この国のどこにでも……？」

　江戸で発した己の広言を思い出し、ハインリヒは寒気を覚えた。

　玄関ホールを抜け、ふたりは雨降りの通りに出る。

　振り返れば、黒装束の男たちが黒猫の群れのごとくベランダから飛び降りてくるのが見えた。吟香の力を押し返すことが叶わず、屋内を抜けることを諦めたのだろう。

　ハインリヒは、漣太郎に手を引かれるまま夜の居留地を逃げ駆けた。背後から黒装束の男たちが妖(あや)しいまでの俊足で迫りくる。

　やがてハインリヒと漣太郎は、居留地裏の新田に面した寂しい通りに出た。

　疲れを知らぬ追撃者を振り切るには、ハインリヒの肉体は脆弱(ぜいじゃく)に過ぎた。息が切れ、心臓が痛み、走る足が遅くなる。

ついには足がもつれ、雨に濡れた土の上へ転げてしまう。

「立って」

と、漣太郎が、ハインリヒを引き起こさんとした時、すでに四人の追手の内、最も俊足な一名が追いついていた。

躍り上がった凶漢の腕に握られた匕首が、危険な煌めきを放ち、膝立ちのハインリヒの背へ突き立てられんとしたその刹那――

――ガーンッ！

耳をつんざく轟音（ごうおん）とともにハインリヒを狙った黒装束が、中空で僅かにのけぞった。力を失い、どっ、と地面へ倒れ落ちる。

残る三人の襲撃者が咄嗟（とっさ）に立ち止まり、飛び退いた。

仰向（あおむ）けになって倒れた男は、かっと目を見開いたままぴくりとも動かなくなっている。その胸にじわじわと血の染みが広がっていた。

「お下がりなさい」

凛（りん）と女の声が響く。

男たちが、ハッとしてハインリヒの後方へ目を向ける。

いつの間にやら道の先、曲がり角のある辺りに夜目にも白いドレス姿があった。高級な洋服が雨に濡れるのも厭わぬ艶やかなその女は——

（オマサ⁉）

——フランスお政だった。

お政は艶冶な微笑を浮かべつつ、左手を、すい、と優雅に上げた。その手には淑女には到底似つかわしからぬ武骨な鉄の器具が握られている。

S&Wリボルバー・モデル2。スミス&ウェッソン社最新式の六連発銃だ。

銃口より未だあわあわと硝煙の漂うそれが、ハインリヒへ飛びかからんとした追手の胸を撃ち抜いたのは明らかだった。

「動けばまた撃つわ」

宣言し、右手を拳銃へそえたお政の姿は様になっている。その落ち着きようも尋常ではない。蔵馬の眉間へ合わせられた銃口は震えひとつ帯びていなかった。

人を撃つことに慣れた、真性の射撃手の構えである。

ハインリヒの頭に想起されたのは、合衆国滞在時に目にした西部開拓民の女性ガンマン——荒野を馬で駆け、無法者と果敢に戦う凛々しいその姿だった。

「さ。ハインリヒさん。こちらへいらっしゃいな」

ちょっと茶会へでも誘うような気軽さで、お政が呼んだ。

ハインリヒは漣太郎とともに、ゆっくり後ずさりながらお政のいる角へと向かう。僅かでも油断を見せれば飛びかかってきかねぬ黒衣の男どもの眼差しを、熱線のごとくヒリヒリと感じていた。

「……臆すな」

蔵馬が忌々(いまいま)しげに言った。

「南蛮の武器に恐れなし、討つと決した夷狄を討たぬとあっては末代までの名折れよ」

「おう」

男たちが、パッと三方へ散開する。銃撃を警戒して身を低くしつつ、ハインリヒたちを遠巻きに囲むような位置を取った。

三方より襲撃をかけ、ひとり、あるいはふたり撃たれても残る者が対象を仕留める。そういう覚悟と気迫が三人の男たちにはあった。

「お政」

漣太郎が男どもから目を離さずに言った。

「あとは高橋さんにお任せしましょう」

聞き慣れぬ名を漣太郎が口にした直後、ごほっ、と乾いた咳が聞こえた。

男たちの後ろからである。ちらっ、とそちらへ目を向けた男たちの後方すぐの角から、ふらりと男がひとり歩み出てきた。

腰に二本差し、編笠を被り、黒ずんだ着物の上に、やはり黒い引き回し合羽を羽織っている。不健康に痩せていたが、目は異様に大きく、見事なまでの鷲鼻であった。その異相を目にし、ハインリヒは、ぎょっとなる。

（鴉男！）

イギリス領事館前、江戸の町、東海道と、幾度もハインリヒの前に姿を見せ、彼を恐怖させた、あの不気味な鴉男その人だったのである。

「高橋さん、よろしくお願いします」

漣太郎が、鴉男へ丁重に声をかけたことで、ハインリヒはさらに混乱する。

「……うむ」

くぐもった声で答え、鴉男は、じじむさく咳をした。

「そなた、あの時の？」

蔵馬は江戸で対峙したこの男のことを覚えていた。あの時、蔵馬がちょっと凄むと、高橋と呼ばれたこの鴉男はすごすごと退散したものである。

「まさかとは思うが、御身が我らを相手するつもりではあるまいな？」

蔵馬の口の端が嘲りに歪んだ。

「あの時……と申したが――」

高橋が話すのも難儀といった様子でこう言った。

「――それは江戸の時か？　その前か？」

「その前……？」

訝しげに呟いた直後「あっ」という風に蔵馬の目が見開かれた。

「う、うぬ、もしや、本牧で同志を斬った……⁉　あ、あのおりは暗闇ゆえに……」

じゃり、と高橋の草鞋裏の土を踏みしめる音が、狼狽する蔵馬を黙らせた。

腰を引いた高橋の手が、億劫げに佩刀の柄へかかる。

「ああ、気が進まぬ……。斯様なもの振るいたくはないのだが……」

ぼやくように呟き、腰のものを、するすると抜いた。抜身をぴたりと脇につける。

途端、高橋の雰囲気が一変した。

吹けば飛ぶように見えていた痩軀が、強風をもってしても動かし得ぬ重厚さを帯びる。絶え間なく発していた咳が止まり、五体に濃厚な気迫を孕んだ静けさが現れた。

「高橋佁之介、推参なり。浜の平穏を乱す悪漢を成敗致す……」

高橋の豹変に、男どもは僅かな怯みを見せる。無意識に身が、後ずさっていた。

この怯みは、臆病によって生じたものではない。相手の力量が端倪すべからざることを直感した武芸者の本能から生じたものだ。

ゆえに剣術家として練度の高い者ほど慎重になる。この場合、すぐに行動を起こさなかった樋口蔵馬が残るふたりよりも剣士として優れていたというべきだろう。

「お、おのれ！　斬ってくれる！」

吼えるがごとき声を上げ、蔵馬の左右ふたりの男が一斉に飛び出した。

「待て！」

蔵馬の声を背に残し、ふたつの刃が、凶暴な疾風となって高橋へ殺到する。

「すっ」

と、高橋が気息を発した直後、夜を寸断するように、数閃の銀光が複雑な軌道を描いて舞い踊る。

どどっ、と、人の倒れる音。

ハインリヒは、まなこを散大させ、息を呑む。

ふたりの黒衣の男がぴくりとも動かず地に転がっていた。

瞬時にして高橋はふたりの男を斬り捨てていたのだ。そしてその動きの一切を、ハインリヒは捉えることができなかったのである。

「な、な、な……」

愕然と蔵馬が声を漏らした。

じり、じりり、と高橋が無言の圧力を保ったまま蔵馬へと距離を詰める。

後ずさった蔵馬は、己の背へ向けられた殺気を感得し、ちら、と振り返った。数間の距離を隔てお政の銃口が向けられている。

前方から高橋の刀、後方からお政の短銃。

「ぬ、ぬうう……なれば！」

進退窮まった蔵馬の顔つきが、ふいに強烈な決意を宿して引き締まった。

キッ、と蔵馬の燃える眼差しの向いた先は、お政の背後に立つハインリヒにである。

「異人だけでも道連れにしてくれる……！」

言うが早いか、蔵馬は地を蹴った。物凄い勢いで、ハインリヒへと直進する。

背後で高橋がそれを追う音がしたが、もはや蔵馬はそちらに意識を向けてはいない。邪馬台国を掘ると抜かした不遜な異人へ匕首を突き込むことだけが念頭にある。たとえその直後に背を一刀のもとに斬り捨てられようと一向に構わなかった。

ドッ！　と、轟音を響かせお政のリボルバーが火を吹いた。

肩を返した蔵馬の頬を弾丸が擦過する。蔵馬の突進は止まらない。

さらに、一発、二発、三発……立て続けに発砲する。

蔵馬は右へ左へ小刻みに体を返しながら駆け抜ける。一発として当たらない。

ハインリヒの目には、蔵馬が高速の弾丸を紙一重で躱(かわ)しているように映ったろう。

が、己へ向けて正確に射出された銃弾を躱すなど、如何な達人といえども不可能だ。

蔵馬は弾道とお政の挙動を読み、引き金の引かれる寸前に動いていたのだ。

横に大きくよければ銃口に追われて、相手に近づけない。ゆえに右斜め前、左斜め前、と最小の動作でジグザグに前進する。

樋口蔵馬は、拳銃との戦い方を心得ている。また、その戦い方を可能とする決死の覚悟と技量があった。

ガチッ、とお政のリボルバーが空回りする。六発の銃弾を撃ち尽くした。

お政の美しい顔が、初めて強張る。

「天誅ぅっ！」

恐ろしい叫びとともに、蔵馬の匕首が光線となって突き出される。切っ先が向かうのは、お政の肩ごしに見えるハインリヒの胸元だった。

蔵馬が必殺を確信し、ハインリヒが死を意識したその瞬間——

——すいっ……、と切っ先が逸れた。

（えっ⁉）

蔵馬に逸らした意識はない。逸らされたという意識もない。

渓流を流されてきた木の葉が、突き出た岩か何かによって変わった流れのままに進行が逸れた――そのような感覚だった。

その突き出た岩に当たるものは、ふいに割り込んできた一本の細い腕。

――秦漣太郎の腕だった。

直後、突如として蔵馬の眼前に巨大な壁が出現した。

（な……⁉）

壁と見えたのは地面。触れられた感覚すら抱かせぬまま、漣太郎の投げが蔵馬の身をさかしまに回転させていた。

驚愕（きょうがく）を表情に表す間もなく蔵馬の顔面が瀑布（ばくふ）のごとき勢いで大地へ叩きつけられる。

「影水流（えいすいりゅう）〝飛泉（ひせん）〟……」

ぼそり、と漣太郎が呟く。

墓標のごとく顔面から地面へ突き立っていた蔵馬の身が、どっ、と倒れた。

無惨に顔の潰れた蔵馬はもう二度と動くことはなかった。

ハインリヒは数瞬の攻防に未だ思考が追いつかず、呆気（あっけ）に取られ言葉を失っていた。

「終わったかい」

野太い声がして、そちらを見れば、道の向こうより岸田吟香の巨体がこちらへと歩んできていた。ことされた四名の刺客の前で足を止め、呟く。

「あとは、仏の始末だな……」

「ええ」

漣太郎は、吟香へ頷きを返すと、ハインリヒに顔を向けた。

「旦那、お願いがあります」

「な、なんだね」

まだハインリヒの胸は動悸がし、頭は混乱していた。

「今、見たこと、あったことは忘れ、誰にも話さないでください」

「何？　奉行所や公使館に届け出なくてよいのかね？」

「そんなことをしてはいけない」

漣太郎の声は厳しかった。

「外国人の旅行者が日本人に襲われた。そのようなことが明るみに出れば、異国は日本を糾弾し、日本もまた異人を憎む。何事も起こらぬほうがよいのです」

「し、しかし、起こった」

「はい。だから、今、なかったことにしたのです」

「な……⁉」

「旦那を横浜へ送り届けた別手組の男ひとりが、行方も告げずに出奔し、以来二度と姿を見せなかった。起こったのはそれだけです」

ハインリヒは言葉を失った。

思えば、ここまで逃げてくる道中、大声を上げて人を呼ぶこともできた。だが、漣太郎はそれをしなかった。全ての始末を秘密裏に終えるため……。

「き、君たちはいったい何者なのだね……？」

「………………」

漣太郎は黙然として答えない。

クスッと笑い、代わりに答えたのは、お政だった。

「あら、ハインリヒさん、わたくし以前、お教えしませんでしたかしら？　横浜には、陰ながら異人を守る日本人がいるって……」

ハインリヒは、ハッとなった。

「では、君たちが……」

――不思議な体術を使う無宿人、秦漣太郎。

――豪力にして博識の大男、岸田吟香。

――拳銃使いの貴婦人、フランスお政。

――驚異的な剣術を使う鴉男、高橋佁之介。

ハインリヒは、驚嘆の眼差しで、改めて四名を見回した。

「異人の守り手……」

お政はいたずらっぽい笑みをハインリヒへと返した。

（九）

その日の横浜は久しぶりの晴天となった。

燦々(さんさん)たる太陽に照らされた波止場は、荷運びや船頭の勇ましい声が響き、常と変わらぬ活気に満ちている。

波止場前広場の隅に画架を立て、湾内に停泊する無数の艦船を熱心に描写している日本人がいた。高橋佁之介である。

痩せこけた侍が鴉じみた顔をしかめ、黙々と絵を描く姿に、役人たちはちらちらと不審げな目を向けていたが、佁之介は気にする様子がなかった。

そんな佁之介の姿を遠くより眺め、ハインリヒが呟いた。

「彼が画家だったとは驚きだな」

ハインリヒの前に幾度も姿を見せた佁之介は、木枠のようなものを背負っていた。あれは、現在スケッチに使用している画架だったのである。

聞くところによると、高橋佁之介は剣術家の家の出でありながら、生来病弱で剣よりも絵を描くことを好み、画業に没頭しているのだとか。

ペリー来航時に持ち込まれた石版画を目にしてから、西洋画にのめり込み、幕府の洋学研究機関・開成所で洋画を学んでいるのだが、満足できず、ついに直接居留地に滞在する外国人画家から絵を教わりたいと、たびたび横浜に通っているのだそうだ。

「どうも、高橋さんの行動が誤解を招いてしまったようですね」

ハインリヒの傍らに座り込む漣太郎が苦笑する。

「高橋さんは、居留地に住むワーグマンさんという画家にご執心でして」

「オールコック卿に随行して来日した挿絵画家のチャールズ・ワーグマン氏だろう?」

「ああ。ご存じでしたか。高橋さんは、どうしてもワーグマンさんに弟子入りしたくて、何度もその邸(やしき)に通ってるんです。ですが、ワーグマンさんはすでに日本人の子供をひとり弟子に取っていて、これ以上弟子を増やしたくない。なのに、高橋さんがしつこく押しかけてくるものだから、あの日は居留守を使ったそうなんです」

あの日、とは、ハインリヒがイギリス領事館を訪ねた日のことだ。

「ワーグマンさんは『友人の通訳官サトウを訪ねにイギリス領事館へ出ていった』と、使用人に言わせたんです。高橋さんは、それを信じて、領事館に向かい、出てくるところで弟子入りを懇願しようと待ち伏せていたわけです」

「つまりタカハシは私とワーグマン氏を間違えて後を尾けたと？　そんなに私とワーグマン氏は似ているのかね？」

「どうでしょう？　僕はそう似てるとは思いませんがね。ただ、普段、ワーグマンさんは少々風変わりな格好をしていましてね」

それも聞いたことがあった。ワーグマンという画家は居留地でも指折りの奇人で、襟のない繭紬（けんちゅう）のジャケットに、フェルトの円錐（えんすい）帽を被った清国風ともなんともつかぬ珍妙な格好で横浜を練り歩いているのだとか。

「日暮れまで待ってもそんな服装の人は出てこない。それで、高橋さんは、ワーグマンさんでも領事館に行く時はさすがにまともな格好をするだろうと思い直したんです」

ワーグマンの普段の奇抜な服装が、その顔立ちの印象を薄めてしまっていたのだ。

ハインリヒが領事館を出てきたのを見て、佁之介は「おや？　ワーグマンとはこんな顔だったか？　服装が変わったから雰囲気も変わったのか？　いやいや別人か？」と疑問に思いつつも、一応確かめようと後を尾けてみたのだそうだ。

それを不審に思ったハインリヒに大声を上げられたので、あわてて退散したというのがあの日の真相だった。

「あの通り、高橋さんは少々恐い顔をしているし、岸田さんのような愛想もない。旦那が誤解してしまうのも仕方がないですね」

聞いてみれば、なかなかの喜劇であった。

「江戸でも彼に会ったが？」

「高橋さんは江戸の藩邸にお住まいです。江戸にいてもなんらおかしくありません。実は、旦那が気づくよりも前に、高橋さんは旦那を浅草で見かけていたそうですよ」

「あの群衆の中にタカハシもいたのだな……」

「その時、高橋さんは、旦那の護衛についている別手組を見て、驚きました。怪しい男がひとり混ざっていたのですから」

樋口蔵馬のことである。

「前に本牧で外国人が狙われる一件がありまして、それにも僕らは関わっていました」

今回のようなことが以前にもあり、漣太郎たちはそれも秘密裏に解決していたのだ。

「その際、取り逃がした襲撃者のひとりを高橋さんは覚えていたんです。それが樋口蔵馬。高橋さんは、旦那の身を案じ、江戸にいる間、そして横浜に戻る道中も陰ながら見守っていたんですよ」

「そうだったのか……」

ハインリヒは、佁之介に対して申し訳ない気持ちになった。

「旦那、あなた、江戸で何をしたんですか？　ある日を境に、旦那を監視しているらしき人間――おそらく鴉の手の者が急に増えたと高橋さんは言っていましたよ。それで、これは必ず何かあると思い、岸田さんに伝えたんです」

江戸でハインリヒが感じていた視線はやはり気のせいではなかったのだ。

「樋口蔵馬はただの間者です。外国人や公使館の様子を探る目的で別手組に紛れていたんです。警固のたびに異人を狙うなんて正体の知られる真似はしないはずです。どうしても旦那を亡き者にしなければならない理由ができたから狙ったとしか思えない」

「…………」

「何をしたんです？」

ハインリヒは、しばらく答えにくそうに口をもごもごさせたが、やがてこう言った。

「ヤマタイコクを掘ると言ったのだ」

「なんですって？」

しばし、漣太郎はハインリヒをまじまじと見た後、ぷっ、と吹き出した。

「とんでもないことを仰ったものですね」

半ば呆れ、半ば感心したように言った。

「とんでもないが、旦那には、本当にそれをやってしまいかねないところがある。大言壮語を大言壮語のままにしておかない。吹いた大法螺（おおぼら）をまことにしてしまう。そう周りに思わせてしまう何かがある。そこが困ったところです」

褒めているのか貶（けな）されているのかよくわからぬ言いぶりである。

「今回の一件は、旦那だから起こったことだ。邪馬台国を掘ると言ったのが、旦那以外の誰かだったら、きっと樋口蔵馬も、戯言（ざれごと）と聞き流したでしょうね」

ばつが悪くなり、ハインリヒは口を結んでうつむいた。

「だけどね、旦那。僕はそんな旦那が大好きですよ。これだけのことが起こっても、未だに何かやってやろうって気迫が消えていない。いずれ旦那は、何かとんでもないことをやってのけるんでしょうね」

「当たり前だ。ただの実業家で終わるほど、このハインリヒは小さな男ではないぞ」

一転、傲然（ごうぜん）と胸を張ったハインリヒを見て、漣太郎は微笑んだ。

「いいですね。そういうのが好きなんです。この港には旦那のように何かをやってやろうって人間が、国の中からも外からもたくさん集まってくる。そういう方々を、ここでこうやって眺めているのが、僕は本当に好きなんですよ」

しみじみと言って、漣太郎は海へ目をやった。

（だから守るのだろうか……？）

ハインリヒは、遠く沖を眺める漣太郎の横顔を見つめる。

漣太郎は、玉楠の木のように、移ろいゆく横浜の景色や通り過ぎる人を眺め、守り続ける——そういう存在なのかもしれない。

「寂しくなりますね」

ふと、漣太郎が言った。

「うむ。この国にいる間はずいぶん君の世話になった」

明日、ハインリヒはサンフランシスコ行きの船に乗り、横浜を発（た）つ。

さすがのハインリヒも、先日の一件で邪馬台国を発掘しようなどと思わなくなっていた。まだ開国したばかりの日本という国は、神話を掘り返し、史実を明らかにする段階まで成熟していないのだ。それを痛いほど思い知らされた。

（だが、別の国ならどうだ？　神話を掘り起こすことが許される国もあるのではないか？　たとえば神話の宝庫ギリシア……イタリア……トルコ……）

日本での経験が、ハインリヒの頭に新たなインスピレーションを授けていた。

そうなれば、いつまでも日本に留まっている必要はない。早々に世界周遊を完遂し、次なるロマンの実現に動き出したかった。

すでにハインリヒの心は日本を離れ、海の果ての遠い地へ飛んでいたのである。

「ねえ、ハインリヒさん、日本は楽しかったですか？」

漣太郎が屈託なく笑った。

ハインリヒは、しばし考え、笑い返してみせる。

「ああ。なかなかスリリングで楽しい日々を過ごさせてもらったよ」

ニャー、と鳴く声がしてふたりは空を見上げる。二人の頭上でウミネコが鳴き旋回する。そして陽光に煌めく沖の向こうへと飛び立っていく。

その沖から黒煙を吐き出しながら一隻の蒸気船が横浜湾へ入ってくるのが望まれた。

夢を抱き去る者がいれば、夢を抱き来る者がいる。

慶応元年初夏の横浜は、何か成さんとする者の通過点だった。

ハインリヒ・シュリーマンが、トルコで伝説のトロイア遺跡発掘の大偉業を成し遂げ、考古学界に衝撃を与えるのは、この五年後のことである。

彼が清国と日本を訪れた際のことを著し、パリで刊行した『清国と日本』には、不思議な異人の守り手のことは一切書かれていない……。

第二話　慶応元年の心霊写真

（一）

晴天であった。

横浜道を野毛山の切り通しまで上れば横浜の町が一望できる。見慣れぬ西洋風の町並み、屋根の合間のところどころにはためく異国の国旗、その先に広がる横浜湾には夥しい数の帆船、蒸気船、軍艦……。己の目にしているのが本当に日本国の風景なのかと疑いたくなる開港地の遠景である。

今、坂を上り切り、息を切らしてこの景色を眺めた侍主従は嘆声を漏らした。

「ううむ。噂には聞いておったが、これほどまでとはの」

「まるで異国にございますね……」

旗本・内藤豊助と、従者・間宮一であった。

道の先より歩みくる数人の外国人紳士を見つけ、主人の豊助が細い目を見張る。

「見よ。異人ぞ。あれは英人であろうかの？　それとも蘭人か？」

「さて、それがしにはいっこうに……」

と、答え、間宮は内心で苦笑した。

(子供のような御方だ……)

彼の主君、内藤豊助は、額が広く目も切れ長で、容貌だけならば年くった風だが、その挙動や感性は、十七歳の間宮よりも若々しく思われた。

落ち着いた態度の間宮へ、豊助が尋ねる。

「む？　そなた、異人が珍しくはないのか？」

「それがしの生まれはこの横浜に近うございます。開港以来、神奈川宿の辺りでたびたび異人を見かけておりましたゆえ、見慣れております」

そもそも、仕官したばかりの間宮が供を申しつけられたのも、武州の地理に詳しいからなのである。

「おお、そうであったな。すまぬ。忘れておったわ」

快活に笑う豊助。この主人は、若輩で新参者の間宮にも気安く接してくれる。

「では横浜にも赴いたことがあるのか？」

「いいえ。野毛町までは幾度か行きましたが、関内まで入ったことはありませぬ」

「では、そなたも初めてか。ところであれはなんであろう？」

豊助が横浜の町の手前に広がる新田の辺りを指差す。

広大な田園の中央に、周囲を堀と柵に囲まれ、家屋の建ち並ぶ一角があった。青々とした田んぼの中で、そこだけ隔絶されて見える。

「あれは、港崎(みよざき)町、女郎町ですよ」

「ほお、あれが港崎遊郭か」

豊助は、手で庇(ひさし)を作って興味津々に眺める。

「異人のために設けられた傾城町(けいせいまち)であろ。岩亀楼(がんきろう)なる遊郭が名高いと聞いたが、むふふ……如何(いか)なものであろうかの？」

顔つきを緩ませた豊助へ、間宮は生真面目に言った。

「御役目をお忘れなきよう」

「案ずるな。忘れてなどおらぬわ」

豊助と間宮は、野毛山を下った。野毛の町を通り、吉田橋を渡り、関所を抜ける。太田屋新田を横目に見ながら、いよいよ横浜日本人町へと入った。

日本人町本町通りは町並みこそ日本風だが、賑わう往来の内には洋服を纏った西洋人たちの姿がちらほらと混じっていた。

ところどころに外国人向けのアルファベットの看板が見受けられる。オランダ語ではなく、英語やフランス語であった。

「蘭語を学んでも横浜では通じぬと聞いていたが、まことのようだな……」

豊助が唸るように言った。

「つい数年前までは、異国と言えばオランダであったが、その考えも古びてしまったようじゃの。思えば、蘭学なる言葉も洋学に入れ代わっておるしなあ……」

ふと、豊助は好奇心に溢れていた表情を真剣なものへと変える。

「開港よりほんの数年足らずで、江戸からさほど遠からぬこの地に、これほど大きな異人の町が築かれ、外国人が闊歩しておる……」

そして重々しくこう呟いた。

「由々しき事態よ……」

「…………」

一見して軽薄にすら見える豊助だが、時にその表情を一変させる瞬間がある。今がそれだ。そのような時、間宮はこの主君に底知れぬ凄味を覚えずにはいられない。

江戸出立前、此度の横浜訪問について豊助は、こう間宮に告げていた。

――敵情の視察である……と。

内藤豊助は、講武所調方出役という役職についている。幕府の武術訓練機関である講武所において、西洋式の砲術や兵学の資料を翻訳研究する役目だ。

もともと豊助は、西欧の文物に並々ならぬ興味を抱いており、自邸には多くの海外の書籍が蒐集されている。講武所調方の役目を与えられたのはそれゆえであった。

周囲からは、西洋かぶれと見られ、豊助もそれを取り立てて否定することはない。

だが、間宮は仕官して半年足らずだが、どうもそうではないと気がつき始めた。

ふと会話が異国や異人のことに及ぶと、外国との通商による国内の物価高騰への憤り、異国による日本侵略への懸念などを言葉の端々に滲ませることがある。

時に「異国の侵入を看過し続ければ日本国は危うい……」などと、直接的なことを言うことすらあった。

また、豊助の屋敷には得体の知れぬ――おそらく貧乏な御家人の次男三男と思われる若くて血気盛んな侍が出入りしている。豊助は、間宮を遠ざけた上で、その若者らと何事か熱心に談じ交わすことがあるのだ。

議論が白熱し、大きくなった若者の声が別室の間宮の耳に届いてきたことがある。

――攘夷。尊王。夷狄。異国を掃う。

左様な聞き捨てならぬ言葉が断片的に聞こえた。

（我が殿は、攘夷を胸に秘めておるのだ……）

主君内藤豊助は、表向き開国派を装いながら、その裏で攘夷の思想を抱いているに違いない。もしかすると若い御家人を集め、すでに間宮のあずかり知らぬところで異人を打ち払うために動いているのではなかろうか……。

こう間宮が疑いを抱き始めたおり、突如、内藤豊助が間宮へこう言ってきた。

「そなた、武州の出であったな。横浜へ参ることとなった。供をせよ」

新参者の間宮が供を申しつけられたのはこれが初めてだった。

なんでも、豊助のもとへ、神奈川奉行所の窪田泉太郎鎮章より「横浜にて洋式の調練を実見されては如何か？」と、誘いが来たのだという。

窪田鎮章といえば、かつて講武所にて西洋兵学を独自に研究し、現在は横浜で英仏軍より調練を受けた洋式軍隊を指揮している人物――すなわち内藤豊助の先輩である。

断れるはずがないのは当然であるし、豊助としても文書の上でしか知らぬ西洋兵学を直接目にする機会を逃す手はなかった。

江戸出立前、豊助は間宮へこう告げたものである。

「異国がどれほどのものか、しかとこの目で見極めてやろうではないか」

やはり異国への敵愾心めいたものを感じずにはいられない。

かくして横浜までやってきた豊助と間宮の主従。

すでに戸部の神奈川奉行所には立ち寄っており、窪田鎮章への挨拶も済ませていた。

本日は横浜で宿を取り、明日、山手で調練を見学する予定となっている。

時刻は正午を過ぎた頃。宿に引きこもるにはいささか早い。

ふたりは横浜の中央、外国人居留地と日本人町の境まで来た。そこで左に曲がり波止場前の広場へと出る。

豊助が、運上所の役人や、荷役、船頭が忙しく働く広場を見回した。

「あれか」

と、目を止めたのは、広場の隅だった。

そこに男がひとり肘枕でごろりと横になっている。

濃紺の薄い半纏をひっかけ、黒い裁着袴を穿いていた。こちらに背を向けているので顔まではわからない。

寝っ転がる姿は実に自然で、完全に波止場の風景に溶け込んでいた。その男を訪ねる目的を持っていなければ、存在そのものに気がつかないかもしれない。

近づくと、のそのそと男は身を起こし、振り返った。

その顔を目にし、間宮はハッと息を呑(の)む。

男の頰から首の下辺りまで縦一線の刀傷が刻まれていたのである。

(渡世人か?)

と、思ったが、侠客(きょうかく)に共通する凶暴さや屈折がまるで感じられない。

むしろふたりへ向けられた顔は、優しげですらあった。

「お武家様、僕に何か?」

柔らかく屈託のない声色である。

「そなたが〝港の漣太郎(れんたろう)〟だな? 窪田様より聞いておるぞ。異人相手に横浜を案内(あない)しておるそうだな?」

奉行所で、一日横浜を見て回りたいと告げた豊助へ、窪田鎮章が教えてくれたのが、この〝港の漣太郎〟であった。

その者、異国の言葉に通じ、横浜には誰よりも詳しい、と。

漣太郎は、合点がいったという風に膝を叩いた。

「ああ、窪田様からですか。いやあ、お侍様に声をかけられるなんてあまりないものですから驚きましたよ」

漣太郎は終始にこにこと愛想のいい笑いを浮かべていた。

「異人でなくとも案内してくれるのか？」

「もちろんですよ。お駄賃さえいただければどなただってご案内いたします」

「ふむ。では本日一日、そなたに案内を頼みたいのだが……」

と、言いかけた豊助へ、間宮は囁いた。

「殿。まことにこのような得体の知れぬ男を雇うおつもりですか？」

「おいおい、窪田様のご紹介だぞ。得体が知れぬということはあるまい」

「そうですが……」

間宮は改めて漣太郎の風態を眺めた。

身なりは粗末で薄汚れているが、物腰や態度にはそれなりの教養が感じられる。そもそも「僕」などという近年もっぱら勤皇の志士たちが用いる一人称を使うあたり、並みの経歴の人物ではないように思われた。

「それで、雇ってくださるんですか？」

漣太郎がせっつくでもなく尋ねてくる。

「うむ。頼もう」

間宮は「よいのですか？」という視線を豊助へ送ったが、相手にされなかった。

漣太郎は豊助の返答を受け、立ち上がる。

「ありがとうございます。それで、どちらにご案内致しましょうかね？」

「そうさな、珍しき西洋の文物に触れてみたいと考えておったのだが……」

「なるほど。そういうものは横浜にいくらでもありますが……」

漣太郎は少し考え、目を眇(すが)めつつ太陽の燦々(さんさん)と輝く空へと顔をやった。

「いい陽気です。陽(ひ)が傾かないうちにあれをやっておくのがよいでしょう」

「あれ、とは？」

「写真(ホトグラヒー)を撮られてはいかがです？」

漣太郎の口から発された奇妙な言葉に、間宮は不審げに眉根をよせた。

(二)

横浜日本人町弁天通り五丁目角地。

そこに〝全楽堂(ぜんらくどう)〟という店がある。

漣太郎が、内藤豊助と間宮を案内したのは、この全楽堂だった。

この店では世にも珍しき〝写真鏡〟なる西洋の奇物を扱っているのだとか。

摩訶不思議な鏡を備えた木の箱で、それを用いれば、人物、器物、風景、この世の形あるものはなんであれ寸分違わずギヤマンの板に写し取ることが可能なのだという。

「殿。写真鏡は写された者の姿のみならず、その魂魄までも吸い取ると聞きますぞ」

伴天連の妖術、西洋の魔術などという妖しげな噂だけは間宮も聞いている。

不安げな間宮の言葉に、豊助は苦笑する。

「うぬは左様な迷信を真に受けておるのか？」

「あ……いや」

「わしは蘭書で写真鏡のことを読んだことがあるが、舎密（化学）に根差した真っ当な道具なのだそうだぞ。恐れることなどないわ」

間宮と異なり、豊助はわくわくしていた。豊助が、横浜で体験してみたかったのは、まさにこの写真鏡のような珍奇な西洋の技術なのである。

間宮とて決して恐れているわけではない。ただ不吉な噂があるにも拘らず、わざわざ金を払ってまで撮ることもあるまいと思うのだ。

「写真鏡を用いるにはお日様の光が肝要なのだそうです」

漣太郎が言った。

「写真を撮るならば、陽の翳らぬうちにやってしまったほうがいいですよ」

「うむ。もちろん撮るぞ。ほれ、間宮、入るぞ」

主人に急かされ、間宮は、全楽堂へと足を踏み入れた。

店内を一見して、驚いた。

（なんだこれは？）

雨戸がすっかり開かれ、陽光の射し込む店内は明るかった。

奥に座敷が設えられているのはよいのだが、その背後にでかでかと富士山の描かれた書き割りがある。他にも江ノ島だとか、松島だとか、天橋立だとか、日本国中の景勝地の描かれた大板が壁に立てかけてあった。さらに、石灯籠や屛風、古臭い甲冑、幾種類もの着物などが隅に用意されてある。

長押や小壁には、額装された写真がいくつも飾られており、日本の甲冑を纏った西洋人が書き割りの富士山の前で見得を切る珍妙極まりない姿が写っていた。

書き割りや灯籠、甲冑は、写真を撮る際の大道具や小道具、衣装らしかった。

まるで芝居小屋の楽屋だ。真を写すはずの写真鏡を扱う店でありながら、その店内は一から十まで虚構めいている。

よく見れば、雑多な小道具に埋もれるようにして、女がひとり椅子に腰掛けていた。艶やかな芸者風の着物を纏い、いくつもの簪で髪を飾っている。肌白く瞳大きく唇赤く、好色漢ならばむしゃぶりつきたくなるような艶めかしい女だ。

「やあ、お影さん」

漣太郎が気安げに女へ声をかけた。女の名はお影というらしい。

「あら、漣さん。日本人の……それもお武家様をお連れするなんて珍しいわね」

「窪田様の紹介でね。ご主人は？」

「暗室にいるわ。蓮杖さーん。お客様がこられましたわよお」

お影は厚い黒布のかかった奥の部屋へと声を投げる。

「おお。今参る」

と、答える声に続きカツカツと杖をつく音が聞こえ、奥の部屋より布をまくり上げて、ひとりの中年男が現れた。

「これはこれは、お武家様、いらっしゃいませ」

ぺこりと頭を下げたその男は、目が小さく、顎細く、ざんぎり頭で長い顎鬚を貯えていた。気難しげな顔立ちといっていい。奇妙なのは、中国の道服めいた服装と、自分の背丈よりも長い蓮の根のように歪んだ木の杖をついていることである。

その格好と、長い顎鬚のせいか、さして高齢でもないのにどこか仙人めいて見えた。

「わたくしが、全楽堂の主人、桜田蓮杖にございます」

本来厳めしいはずの顔に浮かべた愛想笑いは、妖しげであった。

――桜田蓮杖。

事前に漣太郎より、この人物のことは聞かされていた。

もとの名は、久之助。蓮の根の形をした杖を常に持ち歩いていることから「蓮杖」と呼ばれ、自身、そう号していた。

もともとは絵師を志していたのだが、ゆえあって三田の薩摩藩邸下屋敷に赴いたおり、そこで銀板写真を見せられ、一気に写真術の魅力に取り憑かれた。

以後の蓮杖は、ただ異人に近づき写真術を学ぶためだけに、浦賀の台場で足軽の職に就いたり、米国公使ハリスの通訳官ヒュースケンのもとへ押し掛けたり、横浜に居留する写真家ウィルスンに弟子入りしたりなどしたのである。

しかし、当時の写真術は秘術といってよく、外国人写真家は現像に必要な薬品の調合法など肝心なことは一切、蓮杖に教えてくれなかった。

そのため蓮杖は、多額の借金を負いながら、ほぼ独学で写真術を研究したのである。

周囲の人間は、蓮杖を「魂を吸う魔性の器具に憑かれ、おかしくなったのだ」と気味悪く思ったものだ。

そのような苦心惨憺と狂的な写真術への情熱の果てに、ついに蓮杖は写真術を我が物とし、こうして横浜に店を出すに至ったのである。

先程、仙人のような外見であると言ったが、一芸をひたすらに追い求め、奥義に達した蓮杖は、俗界の仙人と言っても過言ではないだろう。

「普段は異人がほとんどで、日本人のお客様が来られるのは珍しゅうございます。写真鏡が魂を吸い取るなどという迷信は、未だ消え難いようにございますな」

執念の写真術師、桜田蓮杖は、こう豊助へ語った。

「とは申しましても異国の御方も日本人の写真師より異人の写真師を好みまする。フエリックス・ベアト氏なるイギリスの写真師が海岸通りに開業しておりまして、彼の御仁に負けぬ工夫がいるのでございます」

「その工夫とやらがこれか」

豊助が、店内の書き割りや甲冑などの衣装や大小道具を見回した。

「はい。異国の方々は、こういった趣向を好まれるのでございますよ。特に日本の女子が好きでございましてなぁ。娘を雇い着飾らせ、望めば共に写してさしあげるのですよ」

例の椅子に座る艶やかな女――お影のことである。

「とはいえ、一度異人と写ってもらうごとに娘に駄賃を払っておりますので、いやはや、元を取るのが難しゅうございます。ひひひひ」

脱俗の求道者のように見えて、この男、なかなか下世話で商売っ気がある。

異人に阿り、女まで用意する蓮杖に、間宮は僅かに不快感を覚え、眉をひそめた。

「それで内藤様は如何な趣向で撮られますかな？　お望みの書き割り、お望みの衣装をご自由に選んでいただけますぞ。なんでしたらお影と一緒に撮られても……」

「あいや、わしは、ただ撮ってもらうだけで構わん」

あわてて豊助は遠慮した。

富士山の背景画の前で、芸者風の女とともに、時代遅れの甲冑を纏っている写真など、人に見せたら物笑いの種になってしまう。

「承知致しました。では椅子に腰かけた構図がよろしかろうと存じます。松三郎！」

「へい」

と、店の奥より若者がひとり出てくる。どうやら蓮杖の弟子らしい。

「何をぐずぐずしておる。お客様じゃ。とっとと撮影の支度をせい！」

弟子への蓮杖の態度は、客である豊助に対するものとは対照的に厳しかった。

松三郎と呼ばれた弟子は、書き割りの富士山を片付け、代わりに椅子を置く。その隙に蓮杖は三脚に載った写真鏡を慎重に準備し始めた。

(これが写真鏡か……)

箱と聞いていたが、実際は真ん中が蛇腹状になっている。正面からは筒状のものが突き出ていた。像を映すギヤマン鏡がそこに嵌められているに違いない。

「ではこちらへ」

蓮杖に促され、内藤豊助が座敷上の椅子へと腰掛けた。

間宮が、邪魔にならぬよう壁際まで離れると、内藤豊助が手招いた。

「来い。せっかくの機会なのだ。そなたも写ればいいではないか」

「いや、それがしは……」

「もしや、まだ魂を抜かれるなどと思うておるのか? 案外臆病なやつじゃの」

臆病呼ばわりされ、間宮の若く白い顔が、むっ、と紅潮した。

「では、失礼ながら」

ずかずかと歩んで、豊助の座る椅子の後ろにつく。

間宮が位置につくと、助手の松三郎が木材を丁字に組んだようなものを持って二人の背後に回り、豊助の首の辺りに合わせ、宛てがい始めた。

「やや？　何をするのだ？」

　驚く豊助を見て、写場の隅に腰掛けていたお影がくすくす笑った。

　恨みがましく女を睨んだ豊助へ、蓮杖が丁寧に説明する。

「写真鏡にて像を捉えるには時がかかりまする。まあ、時と申しましても、ほんの僅かでございますが、少しでも動けば像がぼやけ歪むのです。そのため、首が動かぬよう陰から押さえておくのでございますよ」

「な、なるほどの。で、それはいかほどの時間なのだ？」

「そうですな、本日の陽気ですと……」

　蓮杖は開け放たれた雨戸の外に見える太陽へ目をやり、

「私がゆっくりと十数えるほどにございます」

「なんだ、そればかりか」

「いやいや、そればかりと申しましても、微動だにせぬというのは、なかなかに難しいことにございますぞ。せっかくのお写真の出来が悪くなってはいけませぬ」

「むむ。左様か。なれば念のため頼んでおこうか」

　豊助が言う通りにしたので、松三郎は間宮にも木材を宛てがおうとする。

「それがしは結構」

間宮は峻拒した。若く意地っ張りな彼は、無様な器具の助けを借りることを潔しとしなかった。そんな間宮を豊助は呆れつつも頼もしげに見たものである。

こうして撮影の準備が整った。

蓮杖が写真鏡に黒布を被せ、そこに頭を突っ込み、蛇腹部分を伸縮させ映ずる像を調節する。それが済むと、松三郎が奥の部屋から木の板のようなものを持ってきて蓮杖へ手渡した。蓮杖は正面の筒状の部分に蓋をして、その板を写真鏡に差し込む。

「それでは撮影を致します。私が十数えるまでは決して動かぬよう。瞬きもお控えくだされませ。では……はい！」

蓮杖が写真鏡の蓋を外した。

豊助と間宮は身を硬直させる。表情も怒ったように強張ったものになった。

お影がまたくすくすと笑うのが聞こえる。

「ひとぉつ……ふたぁつ……みぃっつ……よぉっつ……」

蓮杖は、じれったいぐらいゆっくりと数を数えていた。

間宮の顔や瞼がふるふると震えている。

お影はなおも笑っていた。

間宮は反発を覚え、「なにくそ」とさらに顔面を強張らせる。

「ななぁつ……やぁっつ……ここのぉつ……とお」

　ぱちりと音がして蓮杖が写真鏡の蓋を閉じた。

「お疲れ様にございます」

　こう言われ、ようやく豊助と間宮の身が弛緩した。

「これで写っているのか？」

「はい。あとは暗室で像を定着させ、洗えば完成にございます」

　説明しつつも蓮杖は写真鏡より木板のようなものを取り出し、松三郎へ渡していた。松三郎は足早にそれを持って厚い布で塞がれた奥の部屋――暗室へと下がっていく。

　準備にはそれなりに時がかかったが、いざ写してみれば呆気なかった。

「常ならば、すぐにできあがったものを額へ納めてお渡しするのですが、近頃編み出した新しき技法を試させていただいてもよろしゅうございましょうか？」

「新しき技法？　なんじゃそれは？」

　興味深げに豊助が尋ね返した。

「紙刷りと申しまして、ギヤマンの板に写した像を、卵白を塗った紙へ刷るのでございます。この方法を用いれば、ギヤマンの写真一枚しか作れぬところを何枚も作ることができまする。此度は内藤様と御家来様のおふたりぶんお作りできますし、もっと刷れば、お土産にお知り合いに配ることもできましょう」

「おもしろい。試してみよ」

「そう致しますと……そうですな、夕刻までお時間をいただくことになりますが？」

「構わぬ。一日横浜を見て歩くつもりでおるしの。宿へ下がる前に受け取りにこよう」

こう告げて店を出ようとすると、お影が声をかけてくる。

「その後はどうされるおつもりですの？」

「その後？」

「せっかく横浜に来られたのです。遊んでいかれては？」

女は誘うように微笑んだ。

「わたくし、昼は特別にお許しを得てここでお仕事させてもらってますが、夜からは港崎町の岩亀楼に勤めておりますのよ。いらしてくださいな」

つまり、このお影なる女、女郎だったのだ。昼間、ここで写真を撮った異人を遊郭へ誘うのをもっぱらとしているのだろう。客を捕まえる実に賢いやり方である。

「ふむ。考えておこう」

にんまりして答えた豊助を、間宮は、やや蔑むように見ていた。

この後、豊助と間宮は、漣太郎の案内で外国人居留地の異国風の町並みや、横浜天主堂を見て歩いたり、運上所背後のお貸長屋近くの『富田屋』という店で〝パン〟なる焼饅頭(やきまんじゅう)のような菓子を食べたりなどした。

フランソワ・ペルゴなるスイスの時計職人の店に立ち寄ったおりには、陳列された精巧な機械式の懐中時計に、豊助はおおいに驚き感心し、目を輝かせたものである。

主君である内藤豊助はこの横浜見物を満喫しているようだが、間宮の心は横浜を歩くにつれ、むかむかとしてきた。

(開港地とはいえ、邪宗門の寺院が建てられている。伴天連が民を惑わし改宗することは本当にないのであろうか？　横浜は賑わっておるが、異人相手に商いをすればするほどに国内は貧窮していく。商人どもは心に呵責(かしゃく)を覚えぬのか？)

何よりも間宮が憤りを覚えたのは、異人が馬に乗っていることだった。

(それがしの身分では馬に乗ることは許されぬ。異人が、国の定めの外にいるとはいえ、我が物顔が過ぎるではないか)

口数少なく仏頂面になっている家来へ、豊助が囁いた。

「気に食わぬか、横浜が」

「いえ……」

「気に食わんでもよい。だが、目を逸らしてはならぬ。よく見ておくのだ。いずれ日本国中がこの横浜のごとく変わるやもしれぬのだからな」

ふいに真剣なものに変わった主君の口ぶりには、そうなることへの憂慮が窺えた。

——敵情の視察である……。

豊助の言葉を間宮は思い出す。呑気に横浜見物を楽しんでいるようでいて、豊助はこの横浜で異国のなんたるかを探り出さんとしているのである。

「写真鏡なぞ恐れてはならぬ。魂を吸うなどという迷信に怯える日本人を、異国は無知蒙昧の蛮族と笑うておるぞ」

主君の言葉に、間宮は「はい」と深く頷きを返した。

気がつけば、横浜の海が傾いた陽光によって橙色に染まり始めていた。

（三）

夕刻となり、内藤豊助、間宮、漣太郎は全楽堂へ戻った。

昼間広々と開け放たれていた雨戸は閉じられ、店内は薄暗い。

甲冑や石灯籠、書き割りなどが薄闇に沈み、どこか不気味である。お影はすでに帰ったと見え、あの押絵のような姿はなかった。

「蓮杖さん、戻りましたよ」

漣太郎が、声を張って主人を呼ぶと、厚い布のかけられた暗室の奥より蓮杖の仙術者じみた姿が出てきた。その顔がなぜか険しい。

「写真はできておるか？」

豊助が尋ねるも沈黙がある。

「………」

「できておらぬのか？」

「できてはおるのですが……」

「なんだ？　もしや上手く写らなかったのか？」

「あいや、よく写っております。よく写り過ぎたとでも申しましょうか……」

蓮杖は奥歯にものの詰まったような物言いをしている。

「真を写す術と書いて写真術……。生者の魂魄を吸うなどということは誓ってございませぬが……時に本来肉眼では捉え得ぬはずの真まで写してしまうことがございまする……。此度もまた写真鏡の神変不可思議な力が働いたと申しましょうか……」

勿体ぶった蓮杖の言葉に、豊助はじれったくなる。

「おい。なんなのだ？　早く写真を見せよ」

「ただいまお見せ致します。しかし、決して驚かれぬよう……」

蓮杖は一枚の紙を差しだす。受け取ってそれを見た豊助は、

「なんじゃこれは⁉」

声を上げた。

何事かと、間宮は主君の手の内の写真を覗き込む。そこで目を疑った。

「やっ⁉　こ、これは？」

椅子に座る豊助と、その傍らに立つ間宮が紙に写っている。表情が強張っているのは、あの撮影時のままだ。見事に当時のふたりを写していた。

問題は写真に写るふたりの背後である。

豊助の頭の上に、人の顔がふたつ浮いていた。

いや、正確には顔だけでなく全身がうっすらと豊助に重なって写っている。ただ、その身は靄のごとく半透明で今にも消え入りそうで、何もない豊助の頭上で顔だけが浮いて見えていた。

朦朧として細部まではわからぬが、どうも彫りが深い顔立ちで口髭を貯えているように見える。日本人ではなく異人だ。もちろん撮影時に異人などいなかった。

異様な写真を目の当たりにし、豊助も間宮も言葉を失う。

ひょいっ、と漣太郎が豊助の肩口から写真を覗き込んだ。

「ああ、蓮杖さん、またこんなものが撮れてしまいましたか……」

「何？　まただと？」

動揺を声に表した豊助へ、答えたのは蓮杖だった。

「ええ。時に写るのです、このようなものが……」

「……な、なんなのだ、これは？」

「異人の霊にございましょう」

と、信じられぬことを口にした。

「は？　れ、霊だと？」

深く頷くと、蓮杖は杖に体重を預け、物思うように瞼を閉じた。

「横浜が開港してから六年ほどですかな？　その間、この国を訪れた幾人もの異人が、病で、不慮の事故で、あるいは暴徒の手にかかり命を落としてございます」

伝承でも語る古老のごとく蓮杖は話す。

「我が国で亡くなった異人の亡骸（なきがら）は、母国に戻ることなきまま日本国の土へ葬られます。遠い異国の地へ埋められた異人の魂魄は、成仏すること叶（かな）わず、祖国へ帰りたいと無念の思いを募らせ、この横浜を浮遊するのでありましょうな……」

「それが、写ったと?」

「帰りたい帰りたいと願うても、肉体を持たぬ霊魂にはそれを訴えるすべがございませぬ。唯一、己の存在を生者に示す手段があるとすれば……」

蓮杖が傍らの写真鏡の蛇腹へ、そっと触れた。

「真を写す器具、写真鏡のみなのでございますよ」

豊助は唖然となった。間宮も同様である。

目に見えぬ霊が写り込んだ。

にわかには信じられぬ話だが、この仙術師めいた桜田蓮杖が言うと、説得力がある。第一、実際にあの場にいなかった異人が写っているのだから疑いようもない。

「わしらは、この異人に憑かれておるということか?」

「あいや。ただ写り込んだだけにございましょう。ご心配には及びませぬ」

「では、わしに何か恨みあって写ったのではないのだな?」

「恨み?」

蓮杖の小さな目が光った。

「はて、異なことを申されますな。内藤様はこれな異人に見覚えがおありですか?」

「な、ない！　あるわけがあるまい！」

「なればお気になされる必要はありませぬ」

「そ、そうか……」

なぜか豊助の目は泳いでいた。

「それで、どうなさいますか？」

「ど、どう……？」

「こちらのお写真、お持ち帰りになられますかな？　気味が悪うございましょうし、当方で処分しても構いませぬ。もちろんその場合、お代はいただきませぬ」

「ふ、ふうむ……」

豊助は、改めて手の内の写真を見つめた。多少、落ち着きを取り戻したらしい。

「殿。処分していただきましょう」

間宮が囁いた。

「斯様な不吉なもの、所有しておりましては縁起が悪うございます。早々に焼き捨ててしまうがよろしいかと存じます」

「……………」

豊助はしばし考え、

「いや。貰おう」

耳を疑った間宮へ、豊助は豪胆なところを見せるようにこう言った。

「よくよく見れば、なかなか面白い写真ではないか。むしろ、わしは珍しきものが撮れて幸運であったと思い始めておる。話の種に貰うておこうではないか」

「しかし……」

「蓮杖殿もただ写り込んでいるだけでなんら障りはないと申しておろうが。それとも、そなた、異人の祟りが恐ろしいか？」

間宮は、青ざめていた顔をすぐさま紅潮させる。

「恐れるものですか！　異人の物の怪など、化けて出たところで、この間宮、斬って捨てて手柄としてくれましょうぞ！」

「ハハハッ。それは頼もしいのお」

こうして豊助は蓮杖の刷った五枚の写真を購入して全楽堂を後にした。

これが妖異極まりない戦慄の一夜の幕開けになろうとは知る由もなく……。

（四）

太田屋新田は深海のごとき夜闇に沈んでいた。

広大な泥田の内に巣くう夥しい数の蛙や、虫どもが一斉に鳴き喚く声が、文目もわかぬ暗闇を、なお暗く涼やかに賑やかしている。

その暗黒世界の真ん中に、そこだけギラギラと眩く光放つ場所があった。

——遊郭港崎町。

掘割と土塀に囲繞されたこの不夜城は、当初神奈川に指定されていた開港場を強引に横浜へ移した幕府の、諸外国に対する説得材料のひとつとして築かれたと言われる。

女郎屋、引手茶屋、局見世がいくつも軒を連ね、三味線の音の漏れ聞こえる路上を、色紙の張られた無数の提灯が赤く照らしていた。

妖艶に着飾ったラシャメンたちが、鬼のごとき異人士官に腕を絡め、蠱惑的に微笑んでいる。下級女郎が金払いのよさそうな外国商人を局見世へとしつこく誘っていた。

通りに面した女郎屋の格子窓の内には、白粉で真っ白く顔を塗った女たちが煙管をふかしつつも人形のごとく不動の姿勢で陳列され、それを裕福げな日本人商人がニタニ夕好色な顔で物色して歩いている。

扇情的な赤い照明の内に現出されるこの光景は、さながら夜魔の巣窟を見るがごとく妖しくいかがわしかった。

この港崎遊郭を、内藤豊助と間宮の主従は、すいすいと慣れた足取りで進む漣太郎に連れられて歩いている。

「ここですね」

漣太郎が足を止めたのは、一際豪奢な二階建ての建物の前であった。

——〝岩亀楼〟。

和洋折衷の異形の建物である。遊郭の内でも最も大きく有名な女郎屋で、港崎町の象徴と言ってもいい。港崎遊郭そのものを岩亀楼と呼ぶ者すらいる。

岩亀楼の楼主は岩槻屋佐吉という男。港崎町開設に当たり新田の埋め立てを請け負った人物だ。その働きによって当町の名主となった佐吉が、優先的に広い土地を得て開業したのが、この岩亀楼だった。

漣太郎が、濃い色の暖簾のかかった玄関口で店の者にお影の名を出すと、すでに心得ていたのか、すぐに内へ招かれた。

（これは……）

足を踏み入れた間宮は、外観以上に豪華絢爛(けんらん)な楼内の様子に圧倒される。

広い屋内は吹き抜け構造になっており、中央の中庭を回廊が取り巻いていた。中庭には鮮やかな朱色の太鼓橋の架かった池が掘られ、錦鯉(にしきごい)が悠々と泳いでいる。池の真上の天井から吊り下がるのは、シャンデリアなる異国の照明で、ギヤマンが星のごとくちりばめられ瞬いていた。

幅の広い廊下には大きな花頭窓(かとうまど)がずらりと並び、部屋部屋は扇子の意匠が施された華美な襖(ふすま)で彩られていた。

畳の敷かれた和室もあれば、板敷にテーブルを置いた洋室もある。異人の客、日本人の客、様々な人種が豪勢な料理、美しい女と共に美酒に酔いしれていた。

通りすがりに見えた大広間では、煙管の紫煙に煙る中、三味線に合わせて女たちが淫らな舞を披露している。泥酔し羽目を外した異人たちが、囃(はや)し立て、共に踊り、時に好色な毛むくじゃらの手を伸ばすなどの乱痴気騒ぎが行われていた。

間宮らが通されたのは、建物の奥まった辺りにある狭い和室だった。

障子を閉めれば、他の部屋から響いてくる酔漢の声も幾分遮られ、多少だが落ち着くことができた。

「いやはや、港崎町の岩亀楼、噂以上に見事なものだのう」

豊助は感服し嘆声を漏らしたが、間宮は不服な面である。

「明日は早うございます。あまり長居はせず、ほどほどになされませ」

主人を諫める声は不機嫌そのものだった。放埒の巣とでも呼ぶべき岩亀楼の様相に、間宮は嫌悪感を抱いていた。何より我が物顔でどんちゃん騒ぎを繰り広げる異人や、そんな異人に媚を売る日本人の女たちが不快でならなかった。

「今は国難のおり。公方様も長州討伐に西上しておられます。幕臣である殿が斯様な悪所で遊ばれるのはいかがなものでございましょうか」

「野暮を申すな。何も御役目を怠るわけではないのだ。よいか、間宮、役目は役目で懈怠なく行い、羽を伸ばす時は存分に羽を伸ばす。何事も剛柔切り替えが肝要ぞ」

屁理屈めいた豊助の言葉に間宮は鼻白んだ。

とはいえ、この主君が決して不真面目な男ではないことぐらい間宮も承知している。すけべ心などより、おそらく好奇心。異人の通う横浜港崎遊郭なる場所が如何な場所か見聞せんとしているのだろう。すなわちこれも敵情の視察なのだ。

そう間宮は自身を無理やりに納得させるのである。

ここで、ほとほとと襖が叩かれた。

「失礼致します」

入ってきたのは、あのお影であった。

服装はさすがにあの羽子板の押絵じみたものでなく、艶やかながらも、もう少し落ち着いた装いへと変わっている。

「内藤様、間宮様、お越しいただき、お影は嬉しゅうございます」

全楽堂で会った時と比べ、お影の態度は淑やかだった。それがかえって艶っぽく、間宮は不覚にも胸に高鳴りを覚えてしまう。

「ささ。まずは一献」

酌をされた際に迫った白い横顔も色っぽい。

どぎまぎする心を気取られまいと、間宮は堅い表情で、遊女などと口も利きたくないという風を装った。

しかし、そんな心中も主君はお見通しのようで、からかうように、

「そら、間宮、そなたも飲まぬか。斯様な場では、若輩が率先して飲むものだぞ。漣太郎、そなたも遠慮するな。わしの奢りじゃ、存分に飲んでゆけい」

ますます頑なに、貝のごとく押し黙る初心な間宮を、お影はうふふと笑った。

漣太郎もご相伴に与かって、共に酒を飲んでいた。この男、寡黙というわけではないが、ごく自然にしゃべらない。

いや、相槌(あいづち)を打ったり、時に話題を促したりすることもあるが、それ以外は持ち前の愛想よい笑顔のまま聞きに徹している。押し黙る間宮が押し黙ることで逆に浮いてしまうのに対し、ふとすると同席していることを忘れてしまうほど存在感がなかった。自然と飲みの席は豊助とお影、ふたりの会話に終始する。

このお影、美しいだけでなく、言葉の端々に教養が感じられた。物腰にも気品があった。さらに、お影は、三味線を数曲、舞もいくつか披露してくれたのだが、なかなかの腕前であった。

(もとは武家の娘であろうか?)

ふと、間宮はそう思った。思いつつも確信は持てない。というのも、間宮自身がもともと武家の出ではないからである。

間宮は武州久良岐郡雑色村にある寺の三男坊だ。十六歳まで、仏門に身を置いていたが、若者らしい反発心から、武士になることを夢見て寺を飛び出した。

その後、鎌倉で医師をしていた浪人のもとに身を寄せ、養子となった。

浪人とともに江戸へ出て剣術の修行をしていたのだが、突如、その養父が失踪してしまう。仕方なく一度実家へ戻ったが、しばらくしてから知人のつてで内藤豊助のもとへ仕官することができたのだ。

武士になってまだ一年と経っていない間宮。

であるからこそ、武士らしくあることに拘りがある。このような場所で遊女相手に鼻の下を伸ばしながら世間話などするのは、武士らしく思えない。真の武士が酒の席で交わすべきは、忠義であり、主家であり、御国のことであるべきだ。

（そう。たとえば攘夷……）

江戸の屋敷では、内藤豊助が若侍を集め激論を交わしていた。

（俺もあの席に加わりたい。いや、此度の一件で殿の信頼を得られれば、必ずやあの席に加えていただけよう。今は辛抱だ）

そのようなことを酒を嘗めながら間宮は考え続ける。

無言に徹する間宮が、酒の席で間をもたせるには飲み続けるしかなかった。そうなるとちびちびでも、酒量は自然と多くなる。次第に酔いが回ってきた。

酒にあまり親しまぬ間宮は、酔っても具合が悪くなるばかりで楽しくなれない。まだ終わらぬのか？　と、そればかり考えていたが、あいにくと主君・豊助はお影との話に花を咲かせ、なかなかお開きにしようとしない。

いつしか、木戸の閉まる刻限を過ぎていた。

他の座敷から聞こえていた喧しい酔客の喚き声も、落ち着き始めている。

「そういえば……」

お影が、豊助へ酌をしながら言った。

「お写真は綺麗に撮れましたの？」

今さらな話題である。豊助も写真のことなど今の今まで忘れていた様子で、

「ん？　ああ、写真か」

懐に納めていたそれをまさぐる。

「実は、思いもよらず面白いものが撮れてな」

自慢するような口ぶりで豊助は例の写真——五枚のうち一枚をお影へとさしだした。

異様なものが写り込んだそれを目にし、お影は柳眉をしかめる。

「まあ。なんですの、これ？」

「ふふふ。そもじも見るのは初めてか？　蓮杖が言うておったが、異人の霊が偶然写ったらしい。時にこのようなものが写ることもあるそうだ」

「異人の霊……」

お影は気味悪げに写真へ浮き上がった半透明の顔を見つめる。

「ずいぶんとはっきり写っているのね」

「何？　はっきり？」

豊助は今一度写真を見、

「や？」

訝しげな声を上げた。

「間宮、ちょっとこれを見てみよ」

傍らの家来へ写真を突き出す。受け取り、間宮は写真の像へ酔眼を凝らした。

（おや？）

お影が「はっきり」と言った通り、二名の異人の像——その顔の部分が、全楽堂で見た時よりも明瞭になっているように感じられた。前に見た時は、もっとぼんやりと靄のようであったはずなのに……。

「写真とは、時を経るほど像が鮮明になるものなのでしょうか？」

「いや、薄くなるという話なら聞いたことがあるが、逆は聞いたことがないぞ」

豊助が首をひねっていると、

「この異人のお顔、どこかで……」

お影が赤い唇に指をやって、思案げに呟いた。

「そもじの知った顔だと？」

「ええ。見たことのあるお顔ですわ。どなただったかしら？　ねえ、漣さん、異人のお知り合いが多かったわね？　お心当たりはなあい？」

「どれ、見せてください」

腰を上げ、漣太郎は写真を受け取り子細に検めた。

「定かではありませんが……もしかして、ボールドウィンさん……？」

ハッ、とお影の身が強張った。

「そ、そうだわ。でしたら、もうおひとりはバードさんじゃありません？」

「やあ、そうだ。これはバードさんだ。間違いない」

「そうよ。言われてみたら、ボールドウィンさんとバードさんだわ」

漣太郎とお影、一時、興奮を見せたが、すぐにしんみりとなって、

「……まだ迷ってらっしゃるのね……」

「ええ。浮かばれぬのでしょう。あんなお亡くなり方をしたから……」

などと、ふたりだけで何事か納得したように言葉を交わす。

「おいおい。なんじゃ、そのボールドウィンとバードとやらは？　まさか、そなたらの知り合いなのか？」

「知り合いというほどじゃありません。一度、横浜の周りを案内したことがあったのでお顔を覚えていたんです」

と、答えた漣太郎に続いて、お影も、

「わたくしも……。何度か岩亀楼に来てくださってお見掛けしたこともあるけど、わたくしは異人のお相手はしてませんから……」

異人を相手できる女郎は、鑑札を受けた公娼、いわゆるラシャメンに限られている。ゆえに岩亀楼では日本人相手の一般女郎と、異人相手のラシャメンとが明確に分かれていた。お影は日本人相手の女郎だった。

「だけどラシャメンの子からは、気前もよくって遊び方もお綺麗な方だったと伺っていましたわ。それが、ああいうことになって、びっくりしちゃった……」

「ああいうこととは、なんなのだ?」

「斬られたのですよ」

漣太郎が、暗い声で不穏なことを言った。

「何?　斬られた?」

「ええ。昨年の冬でしたか?　鎌倉で斬られたのです」

手に持った写真を畳へ置き、漣太郎は静かに語りだした。

元治元年十月二十二日のことである。

早朝、ふたりのイギリス人が馬に乗って横浜より江ノ島と鎌倉へ見物に出かけた。

ふたりは、山手に駐屯するイギリス陸軍第二十連隊に所属する士官で、ジョージ・ウォルター・ボールドウィン少佐とロバート・ニコラス・バード中尉といった。

ふたりが江ノ島に着いた時、そこで横浜周辺を旅行中の挿絵画家チャールズ・ワーグマンと写真家フェリックス・ベアトら六名の外国人一行と出会っている。

ベアトは同じ外国人のよしみで、江ノ島の茶屋で「一緒に食事でもしないか」と、ボールドウィンとバードを誘ったそうだ。しかし、ふたりは「先を急いでいる」と、ビールを一杯飲んだのみで、それを断ったという。

その後、ボールドウィンとバードは長谷(はせ)の大仏を見物し、鎌倉へと馬を走らせた。

惨劇が起こったのはこの時である。

鶴岡八幡宮の参道から分岐する辻(つじ)の、小さな石橋をふたりが通った時だ。突如、白刃を振りかざした男たちが飛び出し、斬りかかってきたのである。

奇襲を受け、斬りつけられたボールドウィンとバードは、落馬し、間もなく絶命した。滅多切りであったという。

一連の凶行を近在の十一歳の少年、兼吉が目撃している。兼吉曰(いわ)く、ふたりの犯人はいずれも浪人体の人物であったそうだ。

この一件はその日の内に横浜へ報せ届き、居留地の外国人を震撼させた。

当時の駐日イギリス公使ラザフォード・オールコックは、生麦事件の衝撃も冷めやらぬ時期に起きたこの事件に激怒する。

生麦事件に限らず開港以来立て続いている日本人による外国人襲撃事件の犯人を、幕府はひとりとして捕えられていない。幕府の無能ゆえか、はたまた犯人を庇っているのか、いずれであったにせよ外国人の堪忍袋の緒も限界に達していたのだ。

オールコックは幕府を激しく糾弾し、早急な犯人の捕縛と処刑を訴えた。

イギリスから解決を急かされた幕府は、本格的にボールドウィンおよびバード殺害事件の犯人捜索に乗り出す。

下手人の捜索を主導したのは、あの神奈川奉行所の窪田鎮章である。

さすが切れ者の鎮章は行動が迅速であった。

目撃者へ綿密な事情聴取を行い、鎌倉周辺の村々へ情報提供を呼びかけた。

間もなく浮かびあがったのは、鎌倉での一件後、高取郡羽鳥村の名主・八郎右衛門の家にて強盗を行った三人の浪人だった。

三名のうち、ひとりを逃したが、ふたりはすぐさま奉行所によって捕縛された。

捕えた二名を拷問したところ、逃げた主犯格の一名が仲間に「俺は鎌倉で異人を斬った」と語っていたことが明らかになった。

逃げた男の名は、清水清次。

即座に鎮章は、その男の行方を追い、千住の遊郭に潜伏していることを突き止める。

千住へ捕手をやり、鎮章は下手人清水清次を見事に捕縛したのであった。

幕府が外国人殺傷事件の犯人を捕えたのは、これが初めてだった。

清水清次は遠州金谷生まれの浪人で、犯行時の年齢は二十四歳。

仕官の糸口もなく荷運びや飛脚などして糊口を凌いでいたが、いつしか外国人への憎悪が芽生え、異人を斬れば攘夷を掲げる志士たちのもとに迎え入れられるに違いないと考えるようになった。

そして横浜へ異人を殺すために向かったのだが、警備が厳重だったため、清次は場所を変え、鎌倉へ行くことにした。

その途上で常陸出身の高橋藤次郎と名乗る浪人者と出会い、意気投合する。高橋藤次郎もまた異人へ反感を抱く者であり、志を同じくして、共に鎌倉へ向かった。

そこで、ふたりが、ボールドウィンとバードを襲ったのは言うまでもない。

犯行後、ふたりは別れた。高橋藤次郎の行方は清次も知らぬという。

清次は、鎌倉で英人を斬ったことを手柄に、京へ上って、攘夷の志士たちの仲間入りをしようと考えたのだが、先立つものがなかった。

それで、無宿の浪人ふたりとともに八郎右衛門の家へ強盗に入ったのである。

金を奪うことには成功したが、追われる身となり、京へ向かうこともできず、千住に潜伏していた。

——と、いうのが捕縛されるまでの清水清次の足取りだった。

その後、清次は横浜市中を引き廻された上、戸部の鞍止坂の刑場で斬首されたのであった……。

「この写真に写っておるのが、その一件で殺された外国士官であると……」

漣太郎の語った〝鎌倉事件〟の顚末を聞き終え、豊助はこう呟く。

豊助の挙動は不可解に落ち着きがなかった。

「ふ、ふうむ。異国で左様に無惨な死を遂げれば、確かに浮かばれぬの。高橋藤次郎と言ったか？　下手人が未だひとり捕えられておらぬというのも未練であろうな」

この豊助の言葉は、どこか空々しく、努めて他人事を装っているかに聞こえた。

「それもありますが、僕が浮かばれないと思うのは別の理由です」

「別の理由？」

「お影さん、処刑前、清水清次が横浜市中を引き廻されたのを見ましたか？」

「ええ。覚えているわ」

お影は不快そうに眉を寄せた。

「まるで義士」

「義士と？　咎人が？」

「引き廻される清水清次の態度には、悪いことをしたって様子がまるでなかったわ。始終大声で勤皇の歌なんて歌って、たまに往来で立ち止まっては『異人を殺すことは日本人の念願だ』なんて見物人に訴えて。外国人を見つければ嘲笑っていたわ」

なんとも不敵な罪人である。

「でも、わたくしが恐いと思ったのは、清水清次を見る日本人の方でしたわ。みんな、人斬りの下手人を見ているというより、赤穂の義士でも見ているかのようだったの。よくぞ異人を斬ってくれた、斬られた異人はいい気味だ、そんな顔をしてらしたのよ」

「横浜の日本人は異人と仲ようやっていると思うておったが……」

「やっていますよ」

漣太郎が言った。

「ただ半面で反発も抱いています。異国の方々の中には素行が悪く町中で乱暴を働く方も少なくありません。日本人を蛮族と見下している方もいます。横浜の日本人の胸の内には、異人への不満が形にならずとも蟠（わだかま）っているんです」

「ううむ……」

「お客様からこんな噂を耳にしたわ」

　お影が暗然と言った。

「斬られた英人は、乱暴狼藉（ろうぜき）を働き、日本人の娘を何人も手籠めにした憎むべき好色漢だった。それを聞いた清水清次が義憤にかられて二人を斬ったのですって」

「まことか？　なれば自業自得……」

「そんなわけがありませんわ。ボールドウィンさんもバードさんも優しい、いい方だったって。なのに、そんな悪い話が流れてしまって……わたくし、悔しいわ……」

「それは確かに浮かばれぬの。斬られただけでなく、左様に不名誉な噂まで流されてしまっているのでは……」

　漣太郎が頷いた。

「日本人の多くは清水清次のやったことを、よいことだと受け止めています。異人を殺した清水清次は立派なお侍だと。そして中には――」

　声を低くした。

「――自分も異人を斬って一旗揚げよう。そう考えた者もいたはずです」

将来の見通しのつかぬ浪人者は、世に溢れている。そういった者たちが清水清次の堂々たる死に様を目にし「どうせ野垂れ死ぬのならば、最期に異人を斬って華々しい称賛の中で死んでいこう」などと考えるのは、大いにあり得る。

「なるほどの……」

座が静まる。鎌倉で起こった殺傷事件の話題が、楽しかった酒の席を暗くした。

凪のごとき静寂の中、ふと、

――だうしゃるびあべん……。

ハッ、となって間宮は障子窓へ目をやる。

「どうしました?」

間宮の挙動に漣太郎が目ざとく気がついた。

「今、何か聞こえませんでしたか?」

「何か? と、申しますと?」

漣太郎には聞こえておらぬようだった。

「誰か……男の声が……」

「窓からですか？　お影さんは？」

「私には聞こえなかったわ」

お影も首を振るので、間宮は空耳だったと思い直したが、

「わしには聞こえたぞ」

豊助がこう言った。

「異国の言葉のように聞こえたの。低い男の声だった」

「ええ、そうです。それにございます。殿にも聞こえましたか」

だが、漣太郎もお影もきょとんとしている。ふたりのほうが窓に近い位置に腰掛けているにも拘らずだ。

間宮が立ち上がり、窓へと歩む。障子をそろそろと開けた。

窓の外は、すぐ塀である。見回しても、塀と建物の間の狭い通路には人気などない。

「誰もおりませぬ」

間宮は障子を閉めて席へ戻った。

「なに、他の部屋の声が塀に木魂して聞こえたのであろう。つまらぬことで座を白けさせてすまぬな」

と、豊助が言った時、また、

——だうしゃるびあべん。

今度は、はっきりと聞こえた。

間宮は弾(はじ)けるように立ち上がり、障子窓へ飛びついて開け放った。

だが、やはり誰もいない。

「今、確かに……！」

振り返った間宮へ、豊助は頷きを返した。

「うむ。聞こえたぞ。先程聞こえたのも今の声だ。おぬしらも聞こえたな？」

だが漣太郎は首を傾(かし)げている。お影もまた不審そうに眉を寄せていた。

「おぬしら、からかっておるのか？　本当は聞こえておったであろう？」

「からかう理由などないでしょう。そもそもなんと言っていたんですか？」

「異国の言葉のようで……なんともわからぬが……」

言い淀(よど)んだ豊助だったが、間宮は覚えていた。

「だうしゃるびあべん、と私には聞こえました」

「だうしゃるびあべん？」

　漣太郎は少し考え、

「もしかして――thou shalt be avengedですか」

　流暢(りゅうちょう)な英語を発した。

「ああ、そうだ。それだ。確かにそう聞こえた」

「そうですか……」

　なぜだか、漣太郎は難しい顔をした。

「如何様な意味の言葉なのだ？」

「意味……」

　漣太郎は告げるのを躊躇(ちゅうちょ)するような間を作る。

「『おまえは報いを受けるべきだ』とでもいったところでしょうか。わかりやすく言うならば……」

　漣太郎が声を潜めた。

「――恨めしや、い、い、……」

　うつむいた漣太郎の顔は行灯(あんどん)の明かりの加減で影になり口の動きが見えなかった。

　それゆえに言葉を発したのが、漣太郎ではないこの世ならぬ存在のように感じられる。

ぞくり、と間宮の背筋に冷たいものが走った。

間宮は無意識に畳に置かれたままになっていた写真へ目を向ける。

（あ……！）

気のせいか、写真の異人の顔が先程よりも、さらに濃く、明瞭になっているように感じられた。それればかりではない。表情もどこか変わっている気がする。

眦（まなじり）を吊（つ）り上げ、目をむいていた。まるで写真を見る間宮を睨んでいるかのように。

（——恨めしや……）

間宮は畳の上の写真を裏返した。今は異人（だうしゃるびあべん）の視線から逃れたかった。

ふと傍らを見れば、豊助が彼の手元を青ざめた顔で凝視していた。

写真の異人の顔を、この主君も確かに見たのである。

「………」

すっくと豊助は立ち上がる。

「どちらへ？」

と、尋ねた漣太郎へ、心中に湧いた不安を誤魔化すような強い声で、

「厠（かわや）じゃ」

こう返した。

（五）

厠へ立った豊助に、間宮は従った。

賑やかだった岩亀楼も、すでにほとんどの客が店をあとにしており、ちらほらと数室の障子戸に明かりが灯（とも）っている他は、どの部屋も暗くなっている。

「そろそろ宿へ戻りませぬか？」

「うむ。そうだな。いささか長居をし過ぎたな」

間宮と豊助のやり取りは、何やら空々しい。

本心では、先程聞こえた不気味な声や、変化した写真の顔のことを話したいのだが、怯えていると思われるのが嫌で、互いに言い出せぬのである。

口数少なく主君に従ううちに、間宮は何やらむかむかとしてきた。あの怪しげな写真と、鎌倉で斬られた異人との関連を聞き、動揺している己に対するむかつきである。

（写真に写り込んだ異人が鎌倉で死んだ異人だったからなんだというのだ。異人の幽霊を恐れるなど武士らしくもない）

間宮は努めてなんでもないことのようにこう言ってみせた。

「あの声は、やはりどこかの部屋の異人客の声が木魂して聞こえたものでしょうな」

「木魂……と？　あの異人の声がか？」

「ええ。漣太郎とお影に聞こえなかったのは、いささか解せませぬが、聞き逃したということもあり得ましょう。両名とも酒を飲み、酔っておりましたゆえ」

「写真の異人の顔が変わっておるように見えたが、そなた、あれをどう見る？」

「全楽堂と先程の座敷とは灯り(あか)の具合が異なります。そこに鎌倉の話など聞かされたものですから、恨めしげに顔が変わったように見えたのでしょう」

「なるほどの。幽霊の正体見たり枯れ尾花というわけか」

頷いてみせた豊助だが、心では納得しておらぬようだった。

「のお、間宮。蓮杖は異人の霊は写り込んだだけだと申しておったな？」

「はい」

「横浜を浮遊する尋常な異人の幽鬼なれば、ただ写り込み、祖国へ帰れぬ哀れな己の存在を生者へ示さんとしただけと考えてもよかろう。しかし……」

豊助はひとつ息を呑んで、

「ボールドウィンとバードなる異人はどうであろう？　罪もない己を斬り、さらにはそれを天晴れ(あっぱ)と称賛する日本人をなんと思うであろうか……」

「…………」

「憎い、と思うのではないか？　己を斬った浪士のみならず日本人全てへ怨嗟の念を抱くのではなかろうか。そのような怨霊は、ただ写真に自らの姿を写り込ませただけで満足するであろうか？」

そして次の言葉を絞るように発した。

「日本人ならば何者であれ祟り殺さんとするのではないか……」

間宮は、強がって微笑んでみせる。

「如何に亡者といえども、左様に見境なく人を殺めは致しませぬでしょう」

「はたしてそうか？」

立ち止まり、豊助が振り返った。その目が光っている。

「我ら日本人は異人へそれをやっておろう」

「え？」

「攘夷の志士は、異人ならば何者であれ見境なく斬り殺さんとしておるぞ」

言われてみればそうである。

「その恨みかもしれん……」

まるで豊助が攘夷浪士ででもあるかのような口ぶりである。

「何ゆえ殿が恨みを買わねばならぬのです」

「そなたも薄々感づいておろうが」

と、豊助は僅かな躊躇(ためら)いを見せ、

「わしの心は攘夷にある」

間宮は、ハッとなった。豊助の告白が意外だったからではない。その本心を初めて面と向かって明かされたからだ。

「幕臣のわしが攘夷などおかしいか?」

「いえ、そのようなことは……」

「わしは、必ずしも攘夷と佐幕とは相容(あいい)れぬものではないと思うておる。そもそも幕府の長たる征夷大将軍は〝夷〟を征伐する将軍である。公方様の威光の下で敢然と異国を掃わんとすることこそが幕臣の目指すべき道ではないかと思うのだ。そう信じ、わしは若き御家人たちを集め、密(ひそ)かにそれを説いておった。しかし……」

ここで豊助は消沈する。

「わしは異人もまた血の通うた人であることを忘れておったのかもしれぬ。祖国もあり、縁者もあり、斬られれば悼む者もいるということを考えもせなんだ……」

「………」

「左様なわしの心中を異人の霊は見抜き、恨みに思うておるのでは……」

「何を仰います！」

間宮が主君の言葉をさえぎって声を上げた。

「それがし、ただいま殿の御真意をお聞かせいただき、大いに感服致したところ。旗本の内にも異国の侵入を憂い、掃わんとする御方のおられることが頼もしゅうございます。左様な殿のもとにお仕えさせていただいていることを誇らしく思いまする」

語りながら間宮の身は打ち震えていた。

「どうか自信をお持ちくだされ。殿のなされていることは天下に何ひとつ恥じることはございませぬ。異人の怨霊、何するものぞ。もし祟らんとするならば、不肖間宮一、盾となり剣となり、身命を賭して殿をお守り致しましょう」

「頼もしいの」

豊助の顔に、微笑が僅かに蘇った。

「今の今までそなたへわしの心を明かさなんだ事情は察してくれ。幕臣の身で攘夷を説いていることが知れれば、わしの立場が危うくなりかねぬ……」

「新参者の私ゆえ、大望を明かされるのに慎重にならざるを得ぬのは致し方なきこと」

「わかってくれるか。だが、先の言葉でうぬの人柄が知れた。江戸に戻ってからは、そなたにもあの席へ加わってもらおうぞ」

「ありがたき幸せにございまする！」

そうこう語らううちに厠へ到着する。

厠は岩亀楼の裏手側の奥まった場所にあり、その前の廊下は窓から差し込む月光の他に明かりもなく、薄闇が蟠っていた。

厠の内は小さな格子窓が明かり取りにあるばかりで廊下以上に暗い。内へ入る豊助は、まるで洞然たる深淵（しんえん）へ呑まれるかに見えた。

間宮は、厠の戸の前で豊助が用を足し終えるのを待つことになる。

胸が高鳴っていた。

己の主人が、異国の顔色を窺うばかりの幕臣連中と異なり、胸に攘夷の志を抱いていたこと、そして、それをようやく打ち明けてくれたことが嬉しかったのだ。

異人の霊に怯え、心くじけそうになっていた姿はいささか情けなかったが、そこはこれから自分が支えていけばいい。

江戸へ戻ったならば、己も若い御家人衆を集めたあの会合に加われる。そこで間宮は、国の未来を、攘夷を、大いに語るのだ。

（これこそが武士だ。やっと私は武士らしくなれる）

面へ浮き上がってくる笑みを堪え、間宮は無闇に戸の前で、顔を上げたり下ろしたり、うろついたりなどしてしまう。

再び戸へ顔を戻した時、妙なことに気がついた。

（おや？）

薄暗くて気がつかなかったが、厠の戸に、染みのごときものが黒々と浮いていた。黴であろう。だが、おかしい。間宮がこの厠へ来たのは二度目である。一刻ほど前は、黴など浮いていなかったはずだ。

（先程は気がつかなんだだけか。ずいぶんと掃除を怠っておるものだな……）

間宮は戸に浮いた染みから目を離し、戸の〝全体〟へ目をやった。

そこで慄然となる。

（やっ……⁉）

不規則な黴染みに見えたそれだが、広く見れば明確な像を成していたのだ。

――ふたつ並んだ人間の顔……。

戸に人面の形に黴が生じていたのである。口髭のある彫りの深い顔立ち、その形相はぎょろりと双眸を見開き、口を引き結んだ忿怒のそれであった。

「しゃ、写真の……！」

そう。異人の霊――ボールドウィンとバードの顔に他ならなかった。

「ふわっ！」

突如、厠の中の豊助が声を上げた。どんっと豊助の身が戸へ当たる派手な音がする。

「いかがなされました！」

「ま、窓の……ま、ま、ま……」

歯の根が合わず言葉にならぬ声が返ってきた。

即座に間宮は戸を開けようとするが、豊助の背がおっかかっているのか開かない。なんとか間宮は力まかせに引き戸を開ける。ごろごろと豊助が廊下へ転げ出た。

「間宮、あ、あれを見よ！」

豊助が厠の内の格子窓を指差した。

「あっ」

格子窓より何者かが覗いていた。窓は天井に近く高い位置にある。かなり背の高い人物でなければ覗けない。日本人離れした背丈――異人に違いなかった。

金色の髪が見える。口のまわりにはもじゃもじゃの口髭が生えていた。ふたりを見下ろす眼光には濃い怨色があり、さながら悪鬼のごとくである。

その悪鬼が、実に恨みがましい声色で、

「だうしゃるびあべん……」

確かにそう言った。

「な、何やつ！」

間宮が叫ぶと、すっと窓の顔が闇に溶け消える。

俊敏に間宮は格子窓に跳びついて、体を持ち上げ、外へ目をやった。

（いない……）

あの大柄な姿が、どこへ隠れたものか、岩亀楼裏の狭い通路から忽然と失せ、影もなかった。まるで幽明のあわいに消失したかのように……。

「おりませぬ。曲者はすでに逃げ去ったようです」

「く、曲者……？」

「ええ、曲者です」

無意識に間宮は〝曲者〟という言葉を強調していた。

曲者と言ってしまえば生きた人間のようである。決して妖怪怨霊の類ではない。そう己に言い聞かせていた。

「酒に酔った不届きな異人が厠を覗いたのでしょう。怪しからぬことです」

「そうなのか……？」

豊助は納得しかねていた。

「店の者へ知らせましょうか？」

「あ、いや、それには及ばぬ。酔っぱらいごとき捨ておこう。そうだ。酔っぱらいだ……。ただの酔った異人のいたずらだ……」

繰り返し口にすることで、豊助は平静になろうと努めていた。

言いつつ、戸を閉め、

「うわっ！」

例の人面の黴を見ることになり、豊助はまた声を上げた。

「な、なんだ、これは？　あの写真の顔ではないか？　間宮、一刻前にもわしとともにここへ来たの？　斯様なものはあったか？」

「いや、気がつきませんでしたが……」

「気がつかなかったのではない！　なかったのだ！　この黴は、僅か一刻の間に生じたのだ！」

尋常な現象ではない。説明のつかぬ黄泉の力の働きとでもいったものを感じ、ふたりの肌にぞわぞわと鳥肌が浮いた。

では、先程窓の外から覗いていた異人の顔もまた……？

しばし、ふたり、しんと黙り込む。

やがて、おずおずと間宮が口を開いた。

「今宵はもう宿へ戻りましょう」

「う、うむ……そうだな」

座敷へと戻り始めた主従の距離はやけに近く、身を寄せ合うようになっていた。

帰りの廊下は、来る時よりも暗くひっそりしている。

部屋部屋の障子戸は閉まり、明かりも消えていた。どの座敷の宴もすでに終わり、残っているのは豊助たちだけらしかった。静まり返った岩亀楼内に、ふたりの床を踏む音ばかりがいやに大きく響く。

(客のひきがずいぶんと早くはないか……？　それに店の者の姿も見えぬし……)

まるで岩亀楼内から全ての人間が消えてしまったかのようである。

やがて廊下の先に、ぽつんとそこだけ取り残されて明かりの灯る座敷が見えた。漣太郎とお影の待つ座敷である。

座敷の障子戸の前まで来て、豊助と間宮は内がやけに静かなことに気がついた。

障子を開ける。

「おや？」

座敷は無人であった。お影も漣太郎もいない。

ただ食べ残した膳や徳利が、間宮が出た時と寸分違わずそこにあった。

「どこへ行ったのでしょう？」

呟いた間宮の声は不安げになっている。

漣太郎とお影がおらぬのでは勝手に帰るわけにもいかなかった。

豊助と間宮は座敷へ入り、座る。今すぐにでも帰りたいふたりには、漣太郎らを待つ時間がひどく長く感じられた。

ふと、間宮の目が、表を伏せて置いたままだった写真へ行く。

（また像が変わっているのではなかろうな……）

見て確かめたいような、決して見たくないような、どちらともつかぬ心持ちだった。

このような場合、人は見る方を選ぶ。人は既知よりも未知に恐怖を感ずるものだ。

ご多分に漏れず、間宮も写真を拾い上げ、恐々と表へめくり返した。

ほっとした。

前に見た時と、何も変わっていなかったのである。

それでも写真の異人の顔つきは睨むようで、見るに堪えなかった。間宮が写真を畳の上へ戻そうとした時である。

「だうしゃるびあべん」

写真の異人が口を利いた。

「うわあっ！」

叫びを上げて間宮は写真を放り投げた。

動かぬはずの写真の像——二名の異人の口が確かに動き、声を発したのである。

畳に落ちた写真から、間宮は後ずさった。豊助も慄然と立ち上がる。

——ぽとり。

と、写真の上に何かが滴り落ちた。

赤く散ったそれは、

「血！」

一滴二滴三滴……と、次々血の雫が落ち、瞬く間に写真を深紅の溜まりへ沈めてしまう。天井を見上げれば、じわじわと赤い染みが広がっていた。

豊助も間宮も、唖然と立ち尽くすことしかできない。

ここで——

「だうしゃるびあべん……」

再び聞こえた低い声。障子窓からである。

障子に黒く大きな影が映っていた。

——ばんっ！

と、外側より障子を叩く音に身が竦む。白い障子に真っ赤な手形が生まれた。血に塗れた掌が外側から障子に触れたのである。

——ばんっ！　ばんっ！　ばんっ！

破裂するような音とともに、立て続けに障子が叩かれ、ひとつ、ふたつ、みっつ……障子が埋めつくされるほど赤い手形が増えていく。

障子紙が破け、向こう側にいる戦慄すべき存在が隙間より僅かに覗かれた。

血に塗れた金色の髪。全身真っ赤に染まった巨体……。

「だう……しゃる……びぃ……あべえん……」

間宮は、咄嗟に腰の辺りへ手をやる。

が、そこに常ならばあるはずの刀はなかった。岩亀楼へ入る際、刀は店の者に預けてある。ふたりの侍は目の前の怪異に対し、無防備極まりなかった。

突如、ふっ、と風もないのに行灯の火が消える。途端に座敷は闇に閉ざされた。

暗闇の中、障子の開く音がする。のっそりと障子窓から大柄な何かが侵入してくるのが仄見えた。

「わ、わあああっ！」

錯乱し、手足をばたつかせる豊助。

主君が取り乱したことにより間宮はかえって冷静になった。

「殿！　逃げましょう！」

豊助を羽交い締めにするようにして座敷の外へ引っ張り出す。

どどどっ、と巨大な亡霊が大きな足音を立てて追ってきた。

廊下へ転げ出たふたりは、迫る幽鬼の気配を背に覚えながら、無我夢中で岩亀楼の内を逃げ駆けた。しかし正常でない精神状態で逃げるには、岩亀楼内部は入り組み過ぎている。豊助と間宮は、無闇に回廊を回り、二階に上ったり下りたり、あちらへ行ったりこちらへ行ったりを繰り返した。

不思議だ。やはり誰もいない。客もいなければ、雇い人も遊女もいない。

静まり返った楼内は、現世から隔絶され一切無人の迷宮と化していたのである……。

どれほどの時間、逃げ回ったろうか。

ついに息が切れ、豊助と間宮が膝をついたのは、中庭の池に架かった朱色の橋の上であった。

気息奄々（えんえん）と肩を上下させていると、ふいに背後より声をかけられた。

「こんなところにいらっしゃったんですか？」

「ひっ！」と無様に声を上げ、振り返ると、漣太郎ののほほんとした顔がある。

ほっとする豊助と間宮。悪夢から覚めたような心地がした。

「な、なんだ、漣太郎か。そなた、いずこへ行っておった？」

「いずこ？　僕はずっと座敷におりましたよ。おふたりがいつになっても戻られぬので、捜しにきたのです」

「馬鹿な！」

間宮が叫んだ。

「我らは座敷へ戻り、長く待っておったのだぞ！　それで、あのような……」

「あのような？　何かあったのですか？」

間宮は先程起こった出来事を語るのを躊躇った。化け物に怯え逃げ回っていたなど、恥ずかしくて言えるはずもない。対して豊助は、

「実はの……」

と、助けを求めるように、先程の一部始終を語りだす。息が切れ、興奮した豊助の

語りはなかなかに聞き苦しかったが、漣太郎は頷きを返しつつ聞き入った。

「まことですか？」

聞き終えた漣太郎は呆れ顔になる。

信じてもらえぬのもやむを得ぬことだろう。体験した豊助や間宮にしても、あれが現（うつつ）の出来事であったのか疑わしく思えるほどである。

「座敷へ戻ればわかる。障子が破れ、血だまりができておるはずじゃ」

「僕はその座敷にずっといたのですけれどね……」

ぼやく漣太郎とともに豊助と間宮は座敷へ引き返した。戻るまでに、幾人かの雇い人とすれ違う。先程はいくら駆けても誰とも出会わなかったのに……。

廊下にひとつだけ明かりの灯る座敷がある。怪異の起こったあの座敷だ。

障子戸を開け、座敷の内を見た豊助と間宮は目を疑う。

「こ、これは如何なこと……？」

座敷にはお影がひとり退屈そうに待っていた。戻ってきた豊助へ「ようやくお戻りになられましたの？」などと呑気に声をかけてくる。

食べかけの膳があり、徳利や猪口（ちょこ）があった。例の写真も表を伏せた状態のまま置いてある。だが、畳には血だまりなどなく、天井を見上げても血の滴った痕跡すらなかった。障子窓も破れておらず、亡霊の手形もない。

座敷は、厠へ立ったあの時のまま、何ひとつ変わっていなかったのである。

豊助と間宮はますますもって混乱した。

「そ、そうだ。厠だ。厠の戸に異人の顔が浮いていたぞ」

一同、今度は厠へ向かう。だが厠へついてみれば、

「消えておる⁉」

あんなにもびっしりと黒い黴の浮いていた戸には、汚れひとつなかった。

再び座敷へ引き返したところで、漣太郎がふたりを宥める。

豊助と間宮は、ぽかんとなって言葉もなかった。

「おふたりとも、たいそう酔ってらっしゃいましたから……」

「幻を見たと言うのか！　私だけならばともかく、殿も見ておられるのだぞ！」

それに幻というには、あまりに生々しすぎる体験だった。

こうまで言われ、漣太郎もただの気の迷いではないと思ったらしく、思案げに口元へ手を持っていく。

「言われてみれば、おっしゃる通り。お二方のご様子を窺っていてもただごととは思えません。件のお写真を今一度見せていただいても構いませんか？」

「うむ」

豊助が座布団の隅に置かれた写真を拾い上げ手渡した。

漣太郎は、一目見て、

「やっ！　これは……」

今まで飄然(ひょうぜん)とした態度を崩すことのなかった漣太郎が浮かべた驚愕(きょうがく)の表情に、何事かと、豊助、間宮、お影に至るまでが写真へと顔を寄せる。

「あっ」

禍々(まがまが)しいものから逃れるように全員が後ずさった。

写真に写る異人の顔が、また変わっていたのである。ふたつの異人の顔は絞った手ぬぐいのように大きく歪み、目玉は異常なまでの膨張を見せ、がっぱと牙(きば)をむくさまは面を背けたくなるほど醜悪だった。

もはや人間の顔ではなかった。鬼だ。地獄の悪鬼の形相だった。

「怨霊じゃ……。わしは鎌倉で斬られた異人の怨霊に憑かれておるのじゃ……」

青ざめ呟いた豊助の声は、震えを帯びていた。

（六）

「ううむ……」

桜田蓮杖は写真を見ながら神妙な唸りを上げた。

「なんとも、奇怪な……」

内藤豊助と間宮、そして漣太郎は弁天通りの全楽堂へ戻っていた。

未だ夜明けには程遠い深夜のことである。当然、全楽堂は閉まっていたが、戸を叩き、喧しく呼びかけて主人を起こした。

朝までなど到底待てなかった。数々の怪異の元凶と思われる写真を一刻も早く手放したかったのである。

眠い目をこすり迷惑そうに出てきた蓮杖であったが、事情を話すと途端に表情を変えた。そして写真を一目してあげたのが先程の唸りである。

「蓮杖。今まで、このように霊魂の写った写真が変貌を遂げたことはあるのか？」

「ありませぬ」

と蓮杖は即答し、

「が、斯様な妖しきことが起こってもおかしくはありますまい」

「わしと間宮の身に起こった怪異は……」

「ありましょうな。左様なことも」

　蓮杖はひとつ大きく息を吐き、かつんと例の杖で地を突いた。

「この蓮杖、全楽堂を開業してより幾百もの写真を撮ってまいりました。しかし、像が変貌し、怪異なすなどということは一度としてありませなんだ。それゆえに此度も障りなきことと思い、内藤様へそのままお渡ししたは、蓮杖一生の不覚」

　今一度、蓮杖は醜く歪んだ写真の像を凝視し、

「これな写真からは尋常ならざる妖気を感じまする」

「妖気……！」

　蓮杖は嘆くようにかぶりを振った。

「おお、真を写すと書いて写真鏡。わたくしは、ただいたずらに形を写すに留まらず、目に見えぬもの、手に触れられぬもの、左様な〝真〟をこそ写すことはできぬものかとひたすらに研鑽を積んでまいりました。しかし、ああっ、その技が、よもやよもや、斯様に悍ましき悪霊を、その災いなす怨念すらも写し取ることになろうとは！」

「で、では、これはやはり……」

蓮杖は深く、重々しく頷いた。

「紛うかたなき怨霊！　人に取り憑き祟りなす邪霊をわたくしの写真術が引き寄せてしまったようにございます」

　ぶるる、と豊助は身を震わせた。

「わ、わしはどうなるのだ？」

「異人の怨霊は、日本国人へ強烈な憎悪を抱いておりまする。内藤様のみならず間宮様の御命を奪うまで忌まわしき所業をやめはせぬでしょう」

「焼いてしまいましょう！」

　堪らなくなって間宮が声を上げた。

「怨霊もろとも写真を焼いてしまうべきです！」

「焼いたところで怨霊が鎮まるとは思えませぬ。それに、怨霊が宿っておるとしたならば、鶏卵紙に焼いた像などではなく種板のほうにございましょう」

　蓮杖は店内の箪笥へ目をやった。

「む？　種板とは？」

「本来、写真とはギヤマンの板に像を写し取るもの。そのギヤマンの板を種板と申しまする。此度は、板に写した像を、卵白を塗った紙へ焼きつけております」

蓮杖は箪笥へ歩んでいき、引き出しを開けると平たい木の箱を取り出した。その箱の内に種板が納められているのだろう。

「申し訳ありませぬが、光に当てれば像が消えてしまうゆえ、箱を開けてお見せすることはできませぬ。他にお渡しした四枚の写真はお持ちでございますか？」

豊助は懐に納めたままだった残る写真を全て取り出す。残りの写真は、奇怪な変貌など遂げてはおらず、うっすらと靄のようなままであった。

「ふむ。こちらは種板からの霊気があまり及んでおらぬよう。とはいえ、油断はなりませぬ。この種板と写真、わたくしが全てお預かりしてもよろしいでしょうか？」

「もちろんだ」

「異人の怨霊を鎮めるには耶蘇（やそ）教の作法によらねばなりますまい。居留地の宣教師へ相談してみましょう。しかし、その前に、夜が明けましたならば、これらの種板と写真をまず奉行所へ届けたほうがようございますな」

「何ゆえ奉行所に届けるのです？」

怪訝（けげん）げに間宮が問うた。

「写り込んでおる霊が、まことに鎌倉で殺害されたボールドウィンとバードであるか御吟味いただくのでございます」

「左様な手間が必要ですか？　わざわざ奉行所のお手を煩わせることもありますまい。これが鎌倉で斬られた異人であるのは、もはや疑いようもないではないですか？」

「疑いようもない？　まことですか？　漣太郎よ、これは確かにその二名か？」

蓮杖に問われ、漣太郎は答える。

「似ているようには思いますが……確証は持てないですね」

「岩亀楼では、間違いないようなことを申しておったではないか？」

「いやぁ、あの場ではそう思ったのですが、今、本当かと聞かれると自信が持てなくなりまして……。僕がおふたりをご案内したのはずいぶん前ですから」

蓮杖は頷いて豊助へ顔を戻した。

「なれば、やはり確かめてみたほうがようございましょう。身元が確かなほうが耶蘇の供養もやり易かろうと存じます」

「悠長な！」

間宮はなおもこう言った。

「すぐにでも耶蘇の坊主に預け、早々に処分してしまいましょう。ぐずぐずしていては、殿がまたなんらかの怪異に見舞われぬとも限りませぬぞ！」

「む、むう……」

豊助は逡巡し、考え込んだ。岩亀楼での恐怖体験を思い出しているのだろう。

「内藤様」

漣太郎が優しく呼びかけた。

「奉行所へ届けましょう。もしかすると、この写真が、未だ捕まらぬもうひとりの下手人を捕縛する手掛かりになるかもしれませんよ」

「何？　もうひとり？」

「お忘れですか？　鎌倉で異人を斬ったのは、清水清次の他にもうひとり、高橋藤次郎なる浪人者がおります。そちらはまだ捕まっていません。ボールドウィンさんとバードさんが祟りを起こすのも下手人が逃げ続けているからではないでしょうか？」

「確かに……」

「この写真が下手人捕縛の役に立つのならば、斬られたおふたりの無念も晴れ、心安く成仏するというものです。写真をしっかりと奉行所に調べていただきましょう」

　ここで間宮はまた口を挟んだ。

「このような奇怪な写真が役に立つとは思えませぬ！　こんなものを届け出ても、奉行所も迷惑というものです！」

「いや、待て、間宮」

興奮する間宮を、弱々しい声で、豊助が制した。

「漣太郎の申すことは至極尤（もっと）もよ。ここは蓮杖に任せ、奉行所へ届けよう……」

「なんと、殿は……！」

言いかけ、間宮は言葉を呑み込んだ。言いたかったのはこうである。

（殿の心は攘夷にあるのではなかったのですか？　ならば異人を斬った浪人は同志でしょう。異人ごときの怨霊に恐れをなし、同志捕縛に協力すると申されますか？）

しかし、これを蓮杖や漣太郎の前で言うわけにはいかない。間宮は、ただ気弱げに目を泳がせる主君を睨むに留めた。

その視線に豊助は気がつくことはなく、蓮杖へと頭を下げる。

「蓮杖、あとは任せたぞ」

深く頷き、蓮杖は種板と写真とを箪笥の引き出しにしまった。

「ご安心くだされ。もう異人の怨霊が内藤様を脅かすことはございませぬ」

蓮杖にこう言われ、豊助はようやく胸を撫（な）で下ろす。

そんな情けない豊助の横顔へ、間宮は反抗的な眼差（まなざ）しを注ぎ続けていた。

（七）

その後、間宮と豊助とは日本人町にある宿へと引き揚げた。

ずいぶんと岩亀楼に長居したように思っていたが、意外にもまだ夜八つを過ぎたばかりで、夜明けまでは間があった。

布団に入っても、豊助はまた何か恐ろしい出来事が起こるのではないかと怯えていたが、江戸からの旅の疲れもあり、間もなく寝入った。

対して間宮はまんじりともせず布団に横になっている。

異人の亡霊、鎌倉で斬られた二名の異人、遊郭での怪異、主人の明かした攘夷の心、夜明けとともに奉行所に届けられる写真……。

様々な考えが脳内を巡り、眠ることができなかった。

やがて、むくりと起き上がる。

傍らで眠る主人の寝息を確認すると、音を立てぬように気をつけながら着替えをした。刀架より脇差（わきざし）のみを摑（つか）み取ると、そっと部屋を抜け出す。忍び足で宿を出た。

深夜の横浜日本人町は、昼間の活気が嘘（うそ）のように静まり返っていた。

夜の通りを、間宮は人目がないのを確認しながら歩む。

間宮の頭の中では、ごちゃごちゃとした雑念が浮かんでは消えていた。

（俺は何をしようとしている？　こんなことをしていいのか？　やめるべきではないのか？　いや、せねば。だがしかし、やはり……）

そうこうするうちに間宮が辿りついたのは、全楽堂の前だった。

無論、店は閉まり、明かりも灯っていない。蓮杖やその夫人、弟子の松三郎も眠っているに違いない。

しばし、間宮は立ち尽くした。

思うところありここまで来たのはいいが、どうしたものかわからない。

（蓮杖を起こすか？　起こしてどうする？　何を言えばいい？　何を言っても不審に思われる。だがしかし……ああ、やはり引き返すか？）

迷いの果て、間宮は何となく全楽堂の戸へ手をかけてみた。

（や？）

開いた。

落としがされていない。豊助や間宮らが訪れたあと、蓮杖は戸締りを忘れたらしい。

この一事が逡巡していた間宮の心を決めさせた。

（やるぞ……）

音を立てぬよう細心の注意を払いつつ、間宮は戸を開ける。

屋内は闇だった。その深い闇の内へ間宮は身を滑り込ませる。戸を閉めてしまっては、本当に何も見えぬので半分ほど開けたままにした。

とはいえ、撮影の衣装や大小道具が雑多に並べられた店内をきちんと見通すことなどできない。間宮は誤って物を倒したりせぬよう手探りで店内を進む。

目的は、種板と写真とがしまってある簞笥だ。

家人に気取られる前に、それを盗みだし、早々に宿へと戻る……。

簞笥まで辿りついた。そっと引き出しを開けて、内を探った。

（どれだ？）

種板を納めた平らな箱と似たようなものがいくつも入っていた。ひとつひとつを開けて確かめるには店内が暗すぎる。だいいち時がない。

いっそ全部まとめて盗み出そうかとも思った。だが、これだけの数の箱を抱えて持ち出すのは無理がある。持ち出せたとして、それをどこにどう処分する？

じわじわと間宮の心を焦燥が侵食し始めた。

（どうする？　どうすればよい？　ああ、あまりに考え無しが過ぎた。引き返すか？

だが、引き返せば明日の朝には奉行所に写真が……）

——だう……しゃぁる……びぃ……あべぇん……。

声がした。

びくり、と間宮の身が竦む。

——だう……しゃぁる……びぃ……あべぇん……。

また、声。

黄泉の底から響いてくるような、深い怨嗟の込められた、低く、くぐもった声。

——だう……しゃぁる……びぃ……あべぇん……。

恐る恐る間宮は声のしたほうへ顔を向ける。

店の奥、厚い布のかけられた暗室より声が聞こえた。

——だう……しゃぁる……びぃ……あべぇん……。

ひた、ひた、と布の向こう側で人の歩みくる音がする。

暗室が死界に通じる穴倉に思えた。その忌々しい深淵より、今、憎念の塊と化した何者かが現れ出ようとしている。

戦慄に身を硬直させた間宮は、ただ近づいてくる足音を息を殺して聞いていた。

やがて、黒布が、めくれあがる。

「だう……しゃぁる……びぃ……あべぇん……」

ぬうっ、と巨大な人影が現れた。開けっ放しのままの戸から差し込む月光が、その禍々しい姿をうっすらと映しだす。

纏った洋服も、おどろに乱れた金髪も、彫りの深い形相も、黒々とした血に塗れていた。妖しく爛々と光放つ双眸が前髪の間から隠顕している。

まさにそれは地獄の血の池より這いずり出た悪霊そのものだった。

呼吸が困難になるほど間宮の動悸が高まる。総身の毛が逆立ち、両脚が無様なまでに震えていた。顔面は蒼白になり、冷たい汗がびっしりと浮き上がる。

岩亀楼で間宮を脅かした異人の怨霊だ。この全楽堂においてもまた現れたのだ。恨めしい日本人に祟りなさんと……。

「で……出たな……」

己を鼓舞して絞り出したはずの間宮の声は裏返っていた。

痙攣する手を腰の脇差へ伸ばす。柄へ触れんとした時だ。

バンッ、と思いもしない所から高い音がして、間宮の肩が驚き跳ねる。

長押に掛かっていた写真額がひとつ落ちたのだ。誰も触れておらぬのに……。

続けざまに、また、バンッ、と、もうひとつ落ちる。さらにバンッともうひとつ。

バンバンバンッと次から次へと写真が落ちてくる。

ゆさゆさと衣装の掛けられた衣紋掛けが揺れた。ガタガタと甲冑が震動した。書き割りが倒れた。暗闇の写場内にある、ありとあらゆるものが、目に見えぬ何者かの手によって揺さぶられている。

目の前に聳え立つ異人の亡霊の妖しい力は、狭い写場の全体に及んでいたのだ。

これだけの騒音にも拘らず、家人が起きてくる気配はまるでない。岩亀楼の時と同じだ。今、全楽堂は、全楽堂であって全楽堂でない、現世から切り離された別個の異空間と化していたのである。

「だう……しゃぁる……びぃ……あべぇん……」

のそりのそりと戦慄すべき存在が、硬直する間宮へと一歩また一歩と緩慢に、それでいて着実に近づいてくる。

間宮は色を失った唇を噛んだ。血が滲み出たが、その痛みによって自身の正気を保たんとする。迫りくる怨念に立ち向かう勇気を無理やりにでも絞り出す。

「い、い、夷狄め……」

ようやく声が出た。

「お、おまえが、斬られたのは……む、む、報いだぞ……」

歯の根が合わなかった。

「お、おまえら異人どもが、に、に、日本国の太平を、み、乱したからだ。け、穢(けが)れた足で神国の土を踏み、民を困窮させ、我が物顔で振る舞い、し、侵略せんとしている。お、おまえの恨みよりも、わ、我ら日本国人の恨みのほうがより深いのだ。き、き、斬られて当然であろうが……」

間宮の手が脇差の柄を強く握りしめた。

「斬ってくれる……。斬って冥府へ帰してくれる……」

間宮の瞳に恐怖に代わって強烈な憎悪の光が宿った。

「あの時のように、もう一度、俺がおまえを斬ってくれる！」

言い放つとともに、間宮は脇差を鞘走(さやばし)らせた。

大上段に振り上げ、肉薄する悪霊へ躍りかかる。闇に輝く白刃が亡霊の肩口へと振り下ろされんとした、その刹那(せつな)――

――冷たい手が間宮の腕を押さえた。

「何……!?」

ひやりとした手は真後ろから伸びていた。さして強い力でもないのに、なぜか手首を押さえるその力が間宮の渾身(こんしん)の一刀を完全に止めている。

「だう……しゃぁる……びぃ……あべぇん……」

生温かい吐息とともに発されたその声は、間宮のすぐ耳元から聞こえた。

ここで間宮は思い出す。ボールドウィンとバード——異人の怨霊は二名いたのだ。

間宮は首を背後にねじ向け、己の腕を押さえる何者かを見ようとする。

途端、間宮の身が腕力とは異なる不可思議な力の作用で、ふわりと宙に浮いた。

「うわっ」

中空で一回転させせられ、背中から床へ叩きつけられる。衝撃で視界に星が散った。

手の内から取り落とした脇差が、地で跳ねて金属音を高鳴らせる。

あわてて身を起こさんとした間宮の足を、大きな手のひらがむんずと摑んだ。巨体の悪霊が右足首を握っていた。

「お、おのれ！」

床に転がる脇差へ手を伸ばす。指が触れんとしたところで、怨霊が間宮の身を強引に引っ張った。あと少しで届くはずだった脇差が虚(むな)しく遠ざかる。

腕を振り解(ほど)かんと、足をばたつかせるが、怨霊の悍ましいまでの怪力は、万力(まんりき)のごとく足首を圧迫して放さない。ずるずると身が引き摺(ず)られる。

悪霊が間宮を引っ張っていくのは、店の奥の暗室だ。

洞然と口を開ける暗室は、地獄へ通ずる黄泉平坂(よもつひらさか)を連想させる。

はたしてあの暗黒の内へ引き摺り込まれたらどうなるのか。生きながらにして冥土の底へと叩き落とされるのではなかろうか。

「放せ！　放せ、放せえ！」

間宮は必死でもがいた。もがいてももがいても抗(あらが)えなかった。

「ヨクモ……ヨクモヨクモ……俺ヲ殺シタナ……」

異人の怨霊が不気味に片言の日本語を発した。

「俺ハ日本人ヲ友ト思ウテイタノニ……。仲ヨウシテイタノニ……。恨メシヤ……口惜シヤ……。祟リ殺シタダケデハ、飽キ足ラヌ……。アノ世デモ、オマエノ魂ハ決シテ放サヌゾ……。地獄ノ鬼トトモニ、オマエヲ責メ続ケテヤル……。目玉ヲ抉(エグ)リ、肉ヲ裂キ、骨ヲ砕キ、臓腑(ゾウフ)ヲ引キ摺リ出シ、未来永劫(エイゴウ)苦シメテヤル……」

深い怨毒の込められた言葉に、間宮の精神は恐怖の極致へと達する。

「うわあああああっ！」

泣き声すら混じった絶叫を迸(ほとばし)らせ、身をよじり、手足を振り回し、暴れ散らした。

無我夢中の大暴れが効いたとも思えぬが、するっ、と突如足首を摑む力が外れる。

跳ね起きると、脇差を拾い上げ、わーわー喚き散らしながら振り回した。

そうしながら店の出口まで後ずさり、表へ転げ出ると、あとは後ろを振り返ることもなく一散に夜の日本人町を逃げ駆けたのであった……。

（八）

さて、間宮の逃げ去ったあとの全楽堂である。

暗い店内は、壁の写真が落ち、書き割りが倒れ、さながら嵐の通過したあとのごとき惨状であった。

「行ったようですね……」

カチッ、カチッ、と火打ち金の鳴る音がして、闇に火花が散った。火口に灯った火が蠟燭（ろうそく）へ移され、ぼんやりと散乱した店内が照らし出される。

蠟燭の前に立っているのは、顔に刀傷のある男。漣太郎であった。

「もう出てきても大丈夫ですよ」

漣太郎の合図とともに、衣装の掛かった衣紋掛けと、倒れぬままだった書き割りがごそごそと動いた。それぞれの裏から黒衣に身を包んだふたりの人物が出てくる。

ひとりは見事な鷲鼻（わしばな）の痩せた中年男、もうひとりはなんとお影であった。

「高橋さん、お政、ご苦労様です」

高橋と呼ばれた鷲鼻の男は、剣術の達人にして西洋画家志望の侍、高橋怡之介。そして、お影を名乗り岩亀楼の女郎に扮していたのは、フランスお政だった。

「岸田さんも」

と、漣太郎が厚い布の垂らされた暗室へ声をかける。

布がめくれ、暗室の奥よりのっそりと現れたのは、おどろに乱れた金髪、血に塗れた洋服を纏った大男。すなわち、異人の怨霊なのだが、蠟燭の明かりに照らされて見れば、幽霊と呼ぶには頑健に過ぎる逞しい肉体の持ち主だった。

「あー、暑かったぜ。汗ですっかり血糊が流れちまってるじゃねえか」

ぼやきつつ金髪のかつらを取ったその顔は、厳めしくも愛嬌のある岸田吟香だ。

「名演技でしたよ。特に、恨メシヤ、口惜シヤの辺りなんて、本物の亡霊みたいでした。岸田さんは役者にだってなれそうだ」

「うるせえやい」

照れくさそうにしつつ、吟香は、鼻の下に糊付けされたつけ髭を痛そうにはがし、手拭いで顔面の血糊を拭う。

カツカツと暗室より杖を突く音がして、桜田蓮杖が歩み出てきた。

蓮杖は写場の惨状を見て、目を丸くする。

「ずいぶんと滅茶苦茶にしてくれたな。写真鏡を奥にしまっておいてよかったわい」

「申し訳ありません。店を開けるまでにはちゃんと片付けますので。本当に蓮杖さんにはご迷惑をおかけしました」

「まったくだ」

「ご協力感謝します。店のこともですが、写真のことも」

ふふふ、と蓮杖がしかめっ面から一転、得意げに笑った。

にやにやしながら蓮杖は箪笥まで歩み、引き出しを開けて平たい木の箱をふたつ取り出した。種板の納められている箱である。

「アメリカにの、ウィリアム・マムラーなる写真師がおるらしい。そのマムラーとやら、死んだ人間の霊魂を写すという触れ込みでな。頼めば亡くなった知り合いの霊が写り込んだ写真を撮ってくれるそうだ」

「へえ。そんな方がアメリカに……」

「わしは、アメリカから来た商人にマムラーの撮った写真を見せてもろうたことがある。椅子に座る西洋婦人の後ろに、靄のように亡き夫の顔が写っておったわい」

くっくっくっ、と蓮杖は肩を揺らした。

「だが、写真鏡は真を写す鏡だぞ。霊など写るはずもない。仕掛けがあるのだ」

蓮杖は箱のひとつを開けて、ガラスの種板を取り出した。以前、光に当てると像が消えると語っていたのは偽りである。

種板には椅子に座る内藤豊助と、その後に立つ間宮一とが白黒反転されて写されていた。だが、どうしたことだ。不気味な二名の異人の亡霊は写っていない。

「この種板にの」

と、蓮杖がもうひとつの木箱を開けて、別の種板を取り出す。その種板に写っているのは鎌倉で斬られたボールドウィンとバードであった。

「こちらの種板を重ねて紙へ刷る。すると、こういうものができあがる」

蓮杖が取り出したのは、豊助と間宮の後ろに二名の異人がうっすらと写った、あの写真であった。すなわち、内藤豊助と間宮一とを怯えさせた心霊写真は、二重露光によって作り出された紛（まが）い物だったのである。

「お見事です」

「なに、わしひとりの手柄ではない。紙刷りの技法はまだ研究途上で完成しておらぬ。ベアト殿が手伝ってくださったおかげだ」

前にも蓮杖は一度その名を口にした。ベアトとは、海岸通りに出店している外国人写真家フェリックス・ベアトのことである。

「まさかベアト殿が、商売敵のわしに協力してくださるとは思わなんだぞ。この二名の異人を写した種板もベアト殿から借り受けたものだしの。さすがに鶏卵紙の製造法までは明かしてくださらんかったが、作業を目の当たりにし、おおいに学ぶところがあった。それを思えば、写場を荒らされてもお釣りが来るぐらいだわい」

「ベアトさんは、斬られる直前のボールドウィンさんとバードさんに江ノ島で会っていますからね。責任を感じてらっしゃったのでしょう」

こう言って、漣太郎は改めてこの場にいる全員を見回した。

「この度は本当に多くの方にご協力いただきましたね。蓮杖さんに、ベアトさん、それに岩亀楼の岩槻屋さん……」

今回の異人亡霊騒動は、実に多くの者たちの手を借りた大掛かりな企てであった。

その全貌を明かすならばこうである。

まず、窪田鎮章が内藤豊助を横浜へ招いたところから計画は始まっていた。

鎮章は豊助を呼ぶに当たり、それとなく「武州の地理に通じた者を供につけるとい い」と言っておいた。これによって十中八九、武州出身の間宮一が豊助に伴われる。

神奈川奉行所に顔を出した豊助へ、鎮章は漣太郎を横浜の案内人として紹介した。

漣太郎は、何食わぬ顔をしてふたりを全楽堂へと連れてきて、写真を撮らせる。そうして撮影した写真の種板で、蓮杖はベアトの作成した鶏卵紙を用い、幽霊写真を偽造したのであった。

さらに、蓮杖は豊助に渡した五枚の偽造幽霊写真の他に、余分に数枚同じものを刷っていた。写真に細工をするためである。

その細工を引き受けたのは、西洋画家志望の高橋佁之介だ。

佁之介は、得意の描画技術を存分に発揮し、余分な写真に筆を加え、やや異人の像が明瞭になった一枚、睨みつけるような表情に変わった一枚、激しく形相の歪んだ一枚、と、三枚三段階に変化する写真を見事に作りあげた。

そして、全楽堂には岩亀楼の女郎に扮したフランスお政がいた。お政の役目は豊助と間宮を岩亀楼へと誘い込むことである。

岩亀楼の内にこそ今回一番の大仕掛けがあったのは言うまでもない。

まず女郎に扮したお政が言葉巧みに酒を進め、内藤主従を酩酊させる。

酔って注意散漫になった豊助らの隙を見て、漣太郎が巾着切りも仰天するような手際で、写真をすり替えていった。

写真の像が徐々に変わっていった絡繰りがこれである。

厠の戸に浮いていた徽の顔は、これも高橋佁之介の筆によるものだ。あたかも徽の浮いたような人面を描いた戸板を別に用意しておき、嵌め換えたのである。

座敷に滴った血は、天井裏に潜んだ漣太郎が隙間から顔料を流したものだ。

亡霊の正体が、かつらと血糊で変装した岸田吟香であったのはご存じの通り。外国人士官の大柄な体格に見合い、万一豊助や間宮が反撃してきた場合にも対抗できる腕力を有するのは吟香しかいなかった。

では、座敷を汚した血や破れた障子が短時間で元に戻ったのはなんであろう?

豊助と間宮が厠に立った隙に、漣太郎とお政はすぐに隣の座敷に食べかけの食膳などを運び、前の座敷と寸分違わぬ位置に置いた。その上で前の座敷の明かりを消し、新しい座敷に明かりをつけたのだ。厠から戻った豊助と間宮は、たったひとつだけ明かりの灯った隣の座敷を、先ほどまでいた座敷と錯覚して入ったのだ。

そこで天井からの血や亡霊に化けた吟香の演技で脅かす。

恐慌状態になって豊助と間宮が座敷を飛び出したところで、急いでまた食膳を前の座敷に戻して、お政は何食わぬ顔でそこに座る。

これが遊郭で起こった怪異の真相だが、無論、これらを実行するに当たり、岩亀楼の楼主である岩槻屋佐吉の全面的な協力が必要であったのは言うまでもない。

実を言えば岩槻屋は漣太郎ら異人の守り手たちに借りがあった。

異人を日本の女でもてなす商売を営む佐吉は、攘夷浪士の標的とされることが多々ある。漣太郎はそのような浪士の凶刃から幾度も岩槻屋を守ってやっていたのだ。

その恩義もあって今回のことを持ちかけると、岩槻屋は快く応じてくれた。

岩槻屋は漣太郎らが企てを実行しやすいよう、楼内の改装を理由に、客へ「本日は真夜九つまでとなります」と事前に断っておいてくれたのである。

こうして、すっかり豊助と間宮に異人の祟りを信じ込ませた漣太郎たちは、最後に蓮杖の口から「写真を奉行所に届け、調べさせる」と告げさせた。

まんまと引っかかった間宮一が、写真を盗み出そうと全楽堂へと忍び込んだ。

そして吟香扮する亡霊に怯えた間宮は、ついに口走ったのだ。

（あの時のように、もう一度、俺がおまえを斬ってくれる！）

と。

「間宮一。鎌倉で清水清次とともにボールドウィンさんとバードさんを斬ったのはあの青年です」

「清水清次の言ってたのは高橋藤次郎って名じゃなかった？」

お政が尋ねた。

「それは偽名です。彼は頻繁に名を変えています。初めに江戸に出た時は平尾右近と名乗ってもいました。しかし、顔ばかりは変えることができない」

漣太郎は深い声色で続ける。

「間宮は、鎌倉でボールドウィンさんたちを斬る前に、近隣の子供に顔を見られている。殺された異人の写り込んだ写真とともに自分の顔を奉行所に調べられたなら、全てが露呈してしまうと思ったのでしょう」

吟香が皮肉な笑みを浮かべた。

「それでやつは種板と写真を盗みにここへ来たわけだな。もう窪田様からはとっくに目をつけられてるってのによ」

窪田鎮章は間宮の実家のある村へも取り調べに行っていた。そこで聞き込みをしたところ、寺の僧侶の様子が明らかにおかしい。何かを隠している雰囲気がある。

その僧侶こそ間宮一の父親だったのである。

鎌倉で異人を斬ったあと、間宮は一度実家の寺へ戻っていた。彼の父は息子の衣服から漂う微かな血臭から、鎌倉事件の犯人が我が子であることにすぐ気がついたらしい。息子を庇おうとする素振りが挙動に現れてしまったのだ。

抜け目ない鎮章は、僧の周辺を徹底的に調べ上げ、息子の間宮一が下手人であると目星をつけるに至ったのである。

ごほっ、と高橋佁之介が乾いた咳をし、物思うように呟いた。

「しかし、よもや下手人があのような若者だとはの……」

「いいえ。若者だからでしょうね」

即座に漣太郎が否定した。

「若いからこそ攘夷熱に浮かされ、あのような愚かな異人斬りに走ったんです。攘夷にはそういう恐さがある。将来に展望の持てぬ若者を惑わし、自暴自棄な蛮行に走らせてしまう魔力があるんです。その魔力をここで断ち切ってしまわねばならない」

漣太郎の声がいつになく強くなった。

「間宮は遠からず召し捕られ極刑に処されるでしょう。だけど、彼を清水清次のような義士として死なせてはなりません。己の愚行を心底から後悔させ、傍(はた)から見ても若いのに馬鹿なことをしでかしたものだと思われるようにせねばならないんです」

若く凛々(りり)しい間宮一が、清水清次同様の堂々たる死に様を見せれば、間違いなく憂国の英雄として祭り上げられるだろう。その犯行を模倣せんとする者が必ずや現れる。

(間宮めの心を折れ。きゃつは無様な末路を遂げねばならぬ……)

それが、今回、窪田鎮章から漣太郎への依頼だった。わざわざ大がかりな怨霊騒動を起こさせ、間宮一を恐怖させたのはこのためだったのである。

「上手くいったのかしらね」

お政が間宮の逃げ去った戸のほうを見、呟いた。

「あいつ、写真に写ったボールドウィンさんたちを見ても、鎌倉での話をしても、まるで顔色を変えなかったわ。なんの後ろめたさも感じていないのよ」

「どうでしょうね。これぱっかりは刑場に引きだしてみなければわかりませんよ」

漣太郎も自信なげだった。

「そういやあよ」

と、吟香がふと思い出したように言った。

「あれはどうやったんだい？」

「あれ？」

「ほら、座敷で写真の異人が口を利いたじゃねえかい。だうしゃるびあべん、ってよ。あんな絡繰りを用意してたなんて知らなかったもんだから驚いちまってよ」

「……え？」

漣太郎がきょとんとなった。

「あの時、僕は天井裏で血の仕掛けにかかってましたが、てっきり岸田さんが言ったものだと思ってましたよ」

「なんだって？」

　吟香の眉根がしかめられた。

「障子の向こう側にいたおいらがどうやって写真から声を出せるってんだよ」

「じゃあ、誰がやったんです？」

「…………」

　漣太郎と吟香はしばし無言で見つめ合う。

　表に吹いた生温かい風が、戸をカタカタと揺らした……。

　一同、何やら得体の知れぬ寒気を覚え始める。

「真を写す鏡と書いて写真鏡……」

　蓮杖がぼそりと言った。

「案外の……目に見えぬ何かを本当に引き寄せてしまったのかもしれぬな……」

（九）

　間宮一が召し捕られたのは、慶応元年七月十八日のことだった。

前触れもなく屋敷に現れた奉行所の捕吏に、内藤豊助は仰天した。

まさか鎌倉で英人を殺傷した下手人が、召し抱えたばかりの若い家来だなどとは夢にも思っていなかったのである。

捕えられた間宮は、神奈川まで護送され、奉行所による取り調べを受けた。

間宮の口から語られた犯行の経緯(いきさつ)は、以下である。

侍になることを志し、実家の寺を出た間宮は、一時、鎌倉に住む浪人の養子になり士分を手にしたものの、仕官の当てもなく鬱屈していた。

そのようなおりに東海道を我が物顔で馬で駆ける異人を見かけ、強烈な憎悪を抱いた。個人的な憎念は、聞きかじりの攘夷思想によって正当化され「異人を斬るのは御国のためだ」と愚かしい妄念に取りつかれていった。

そうして間宮は、偶然出会った清水清次と共謀して異人斬りに及んだのであった。

間宮が、知り合いの伝手(つて)で内藤家へ仕官したのは、その後のことである。

今、間宮は戸部刑場の牢(ろう)へ入れられ、刑の執行される日を待っていた。

暗く湿気の多い牢内に静かに端座する間宮は、一見すれば泰然としているし、彼自身そうあろうと努めている。

が、斬首を控えたその心中が穏やかなはずはなかった。

死への恐怖は言うまでもない。だが、死ぬこと以上に彼を不安にさせるものがある。

（アノ世デモ、オマエノ魂ハ決シテ放サヌゾ……）

全楽堂に現れた異人の亡霊の言葉だ。

（俺はあの世で異人の亡者に苦しめられ続ける……。未来永劫……）

それを考えると体の奥より震えが湧き起こった。

（い、いや、何を恐れる必要があるか。異人を斬ったのは御国のため。異人の亡霊ごときが何をぬかそうと、俺は天に恥じることは一切しておらぬのだ）

この期に及んで、間宮一はそう信じ込んでいる。鎌倉で異人を殺めたことそのものにはなんの罪悪感も後悔もなかった。

（そうだ。俺は神国を脅かす夷狄に天誅を下したのだ。天の代理たる俺を亡霊づれが脅かせるものか。胸を張れ！　堂々たる志士の死に様を見せてやろうではないか！）

そう己へ言い聞かせることによって、生まれくる恐怖心を押し殺し、逆に英雄的恍惚感へと塗り変えようとしていた。

「間宮……」

声がして顔を上げると、牢格子の向こうに男がひとり立っていた。

沈鬱げな顔で間宮を見下ろすのは、彼の主人、内藤豊助である。

「これは、殿！」

あわてて間宮は居住まいを正す。そして地へ手をつき、深々と頭を下げた。

「それがしのためにご迷惑をおかけ致しました。まことに申し訳ございませぬ」

「いや、よい」

豊助の声には疲れがあった。

この主人のもとにも奉行所のお調べは当然入ったはず。もっとも間宮の犯行は、内藤家へ仕官する前のことであるし、豊助はそれを知りもしなかったので、なんら責めを負うこともなかった。こうやって面会を許されたのも、豊助に非がないと認められているからであろう。

間宮は、久しぶりに見る主人の姿に心強いものを覚えた。

主人もまた攘夷の志を胸に抱く同志なのだ。

立場上、それを公に口にすることはなかろうが、間宮の異人斬りを心の内では「天晴れ、よくぞやってくれた」と褒めてくださることだろう。死を前にして心揺らぐ間宮へ、必ずや温かな、あるいは叱咤（しった）激励の言葉をかけてくださるに違いない。

そういった主君の言葉があれば、間宮も胸を張って斬首に望むことができる。

が、その期待は見事に裏切られた。

「……つまらぬことをしたの」

「は？」

間宮一は耳を疑った。

「あの異人の霊は、そうか、そなたを恨んでのことであったか……。異国の地で無惨な最期を遂げ、さぞ無念であったろうの……」

「なっ、何を……？」

つい間宮は膝立ちになった。

「つ、つまらぬ？　それがしの行ったことがつまらぬと仰せですか？　な、何ゆえ？　と、殿の御心も攘夷にあるのではなかったのですか？」

「たわけが」

豊助の声は、叱咤というには、あまりにも弱々しかった。

「わしの心は攘夷にある。そう申したことに偽りはない。しかし、罪なき異人をひとりふたり殺めたところでどうなるというのだ。左様な攘夷、〝小攘夷〟に過ぎぬ」

「しょ、小攘夷？」

「うぬの行いによって、また異国からの幕府への信用が落ちた。下手をすれば異国に、我が国へ攻め入る口実を与えることとなったかもしれぬのだぞ」

「それこそ、望むところ！　死力を尽くし、夷狄を退けて……」

豊助の大きな溜息(ためいき)が、間宮の言葉をさえぎった。

「今の日本に強大な異国と戦えるだけの武力などないわ。今、我らがやらねばならぬのは異国を知り、異国を学び、日本国を異国に介入されることなき強国へ育て上げることなのだ。それこそがわしの攘夷。〝大攘夷〟よ」

唖然とする間宮を余所(よそ)に、豊助は語り続ける。

「わしは、そなたのように異国憎しと血気に逸(はや)る若き御家人の子息を集め、今申したようなことを説き、微力ながらわしの知り得る異国の知識を授けておった。いずれ、国の開けた暁には、わしの門下を海外へ送ることも考えておったのだ」

「で、では……あの会合は……」

ここに来てようやく間宮は、内藤豊助の屋敷に出入りしていた若侍やそこで行われていた会合の意味を理解した。

「ああ、惜しいの。間宮、そなたが斯様な蛮行を犯す前に、わしのもとへ来てさえおればの……。若い命を国のためにならぬ形で散らせることもなかったろうに……」

「く、国のためにならぬ……？」

「惜しい……。まことに惜しい……」

惜しい、惜しいと呟きながら、豊助は牢格子の前を去っていった。

取り残された間宮は、まなこを見開き、言葉もなくわなわなと身を震わせている。

(お、俺のやったことは、国のためにならぬ……?　で、では……無駄死に……?)

間宮の中で、何かが、ぽきりと折れた。

(……だうしゃるびあべん……)

はっ、となって間宮は振り返る。

真後ろに、血に塗れた異人がふたり立っていた。その姿が煙のように透け、向こう側の壁が見えている。

「お、お、お、お、おまえらは……」

二名の異人は憎々しげに間宮を睨みつけていた。

口が動き、音ならぬ怨嗟の声が流れ出る。

(アノ世デモ、オマエノ魂ハ決シテ放サヌゾ……。未来永劫苦シメテヤル……)

言いながら、異人の怨霊が一歩一歩間宮へ歩み寄ってきた。

「わっ、わあああああああっ!」

獄中に響き渡った間宮の絶叫は、まさに恐怖の極致といったものであった。

慶応元年九月十日。

どしゃぶりの雨が降りしきるその日、居留地引き廻しの上、戸部鞍止坂の刑場で間宮一は斬首された。

その様子は見苦しいの一語につきた。

間宮は、怯えるあまり刑に臨むことができず、酒を飲まされ泥酔の中で刑場に引きずり出された。それでも落ち着くことなく、暴れ、大声で喚き散らし、終いには啜り泣いて逃げ出そうとして、刑吏たちに取り押さえられた。

結局、公開での処刑は執行できず、刑場の隅の小屋で首を斬られたという。

見物人の誰ひとりとして間宮一に国に殉じた義士の姿など見なかった。

「若いのに馬鹿なことをやったものだ……」

横浜外国人居留地を震撼させた〝鎌倉事件〟は、こうして幕を閉じたのであった。

第三話　心配性のサム・パッチ

（一）

慶応元年九月十七日（一八六五年十一月五日）。

平年より早く雪の降りしきるこのささやかな夜は、日本プロテスタント宣教史において非常に大きな意味を持つ一夜となりつつあった。

神奈川宿の奥まった通りにある長屋の裏店。

その小さな一室に、古びた日本家屋には似つかわしからぬ西洋風の羽毛布団が敷かれ、中年の男が横たわっていた。

男を囲んで、ひとりの若い日本人の男と、三人の外国人とが端座している。

横たわる男の名は、矢野隆山(やのりゅうざん)。鍼灸(しんきゅう)医である。

頬はこけ、血色が悪く、頻繁に乾いた咳(せき)を繰り返していた。見るからに病んでおり、そしてその病が相当に重いものであるのは明らかだった。

隆山を見守る日本人の男は、彼の長男である。

隆山には他にもたくさんの家族がいたが、横浜の貿易商人のもとに奉公へ出ているこの息子だけが、代表して厳粛なこの席に加わっていた。

三人の外国人の名は以下の通り。

米国オランダ改革派教会宣教師ジェームス・ハミルトン・バラ。

そして米国長老派教会医療伝道宣教師ジェームス・カーティス・ヘボン博士。

その夫人マーガレット・テート・キニア・バラ。

「ヤノセンセー、本当によいのですか？」

ジェームス・バラが、片言の日本語で隆山へ尋ねた。その顎の細い若く整った顔には、隆山の病態を気づかう色がある。

隆山は、二、三度、咳(せ)き込むと、深く頷(うなず)いた。

「ここに来て、どうして尻込みなど致しましょうや。私の命はもはやそう長くはありませぬ。この罪深き生涯の終わる前に、私は神の子へ列したいのです」

　こう嗄れた声で言うと、隆山は身を起こしてバラの顔を真っ直ぐに見た。

「どうか、私に、洗礼を授けてくださりませ」

　決然と発されたこの言葉に、バラは強く胸を打たれた。

　自然、瞳に滲むものがある。傍らでは、妻マーガレットが憚ることなく涙を流していた。年長のヘボン博士ですら目元を押さえている。

「あなたは、構わないのですか？　この国では、洗礼を受けることが堅く禁じられておりますが」

　バラは隆山の息子へも尋ねた。息子は深く頷く。

「父の望むようにしてやってください。私はあなたたちを信頼しています。あなたたちは、父のふたつめの家族のようなものですから」

　息子の言葉に、バラはまた、じん、となる。

　そう。矢野隆山はバラと、妻マーガレットにとって家族同然の男なのだ。

　バラが東洋伝道の志を胸に抱き、妻とともに日本の地を踏んだのは四年前のこと。

　ふたりがまず入居したのは、この長屋からそう遠からぬ場所にある成仏寺であった。

　当時、成仏寺は外国人宣教師の宿舎となっており、ここに列席しているヘボン博士とその妻、米国オランダ改革派教会のサミュエル・ブラウン一家、バプテスト派教会のジョナサン・ゴーブル夫妻などが宗派を超えて同居していた。

成仏寺の一員となったバラが、目下せねばならなかったのは日本語の習得である。日本語の教師を求めていたバラに、同じ宗派の先輩ブラウン牧師が紹介した人物こそ、神奈川在住の鍼灸医、矢野隆山だったのだ。

日本語教師と言っても、隆山もまた英語を話せないのだから、その教授法といえばほとんど手探りである。互いに身振り手振りで意思の疎通をはかり、単語ひとつひとつ、発音のひとつひとつを教え合う。

初対面では、気難しく不愛想だった隆山だが、このようなやり取りを繰り返し、互いに互いの言語を理解するにつれ、気のおけぬ間柄となった。

やがて家族ぐるみの温かな交流が生まれ、バラ夫妻が成仏寺を出て横浜居留地へ住まいを移転した後もその関係性は続いた。

バラが『ヨハネ伝』の日本語訳に取り掛かった時、隆山はそれを積極的に手伝った。隆山は日本語教師という役目を超えてバラの親友であり、同志でもあったのである。

ある日、バラは聖書翻訳の仕事を行うに当たり、神へ導きを求めておらぬのに気がつき、隆山とともに祈ることにした。日本語による祈りであった。

祈りを捧げた後、隆山はそっとバラに告白したのである。

「私は聖書の言葉が真理であると気がつき、信仰に目覚めました」

この頃から隆山は体調を崩し始め、自宅で寝込むようになった。

バラ夫妻は毎日のように隆山の家へ通い、食べ物や暖かい羽毛布団を届けたりなどしたが、いっこうによくならない。むしろ病状は悪化の一途を辿った。

医師であるヘボンが診察したところ肺結核であった。

快方へ向かう見込みはなかった……。

こうして己の死期を悟った隆山は、受洗を申し出たのである。

そして今日という日がやってきた。

洗礼が済めば、矢野隆山は日本における最初のプロテスタント受洗者となる。禁教令の布かれる中、バラやヘボンら宣教師たちが必死で蒔いてきた信仰の種が、今宵初めて小さく芽吹くこととなるのだ。

バラは湧き起こる感動と、親友隆山との遠からぬ別れを思い、言葉を発すれば涙の零れそうになるのを必死に堪え、こう言った。

「では、始めさせていただきます」

聖書を手に取った時である。

「お待ちくだされ……」

なぜか隆山が止めた。

「洗礼を受けるに当たり、私は罪を告白せねばなりませぬ……」

「罪?」

「実を申せば……私はあなた方を見張っておりました……」

隆山の青ざめた顔が頷いた。

「え?」

と、バラやマーガレットは驚きを見せたが、年長のヘボンは鷹揚に頷いた。

「わかっていましたよ。私の日本語の先生ヤゴローもそうでした。幕府より派遣された先生方は、皆、私たちが布教を行わぬか監視する役目を担っていたのでしょう?」

「そうだったのですか?」

バラは意外な事実を知らされ、ヘボンと隆山の顔を交互に見る。

「ああ、やはりヘボン殿にはお見通しでありましたか……」

隆山は病み疲れた顔に微笑を浮かべる。

「しかし、もうひとつございます」

「もうひとつ?」

「幕府から監視を命じられていたのは仰る通り。ですが、私は幕府とは異なる一党からもまた同様の……いや、より強い命を受けて皆様の内に潜伏しておりました」

「……？」

「私は〝鴉〟という一党の者なのです」

途端、柔和だったヘボンの顔が、さっ、と険しくなった。

如何な事態にも穏やかなところを崩すことのないヘボンの、この急激な表情の変化に、バラは怪訝なものを覚える。

「鴉？　ヘボン先生は、ご存じなのですか？」

「そういう組織がこの国に存在していることだけは……」

「僕は初耳です」

「バラ、知らずともよいのだ。いいや、知らぬほうがよいこともあるのだ」

何か暗い記憶を振り払うようにヘボンは首を振った。

隆山はひとつふたつ咳き込んだあと、

「ヘボン殿が左様に嫌悪されるのも仕方がございませぬな……。鴉は、まことに唾棄すべき一党にございますから……」

「それは、どのような組織なのです」

「異人を憎み、攘夷を手引きする一党」

「手引き?」

尊王攘夷を掲げる組織ならばこの時代いくらでもある。土佐勤王党や水戸天狗党などが有名だろう。外国人のバラでもそういう組織のことは幾度か耳にしていた。

だが、攘夷を手引きというのはいささか変わっている。

「鴉はこの国のどこにでもおり、何食わぬ顔で常人と変わらぬ暮らしを送っております。旗本のお侍様の内にもおります。僧や神職の者もおりますし、女郎や旅芸人もおります。日本人町の商人の内にもおります。横浜を守る菜葉隊にも、奉行所の内にも……そして、皆様の内には私が入り込んでいたのです……」

淡々と語る親友隆山が、この時バラには得体の知れぬ何者かに見えてきた。

「そうやって各々が、職能や立場に応じた方法で攘夷を助けるのです。おおよそが異人や異人に関わる日本人の監視。攘夷浪士と密かに接触し、潜伏場所や武器、資金、関所手形などを提供したりもします。中には暗殺を行う者もおりますが……」

バラは、ゾッとなった。

「そ、そのような組織が、この国に……」

隆山は頷いた。

「私は幕府の命とは別に、鴉として皆様を監視しておりました。いずれ攘夷浪士を手引きし、速やかに亡き者とするため……」

「な……⁉」

バラは、隆山から距離を置くように身を退(ひ)いた。

「御心配めされるな。すでに、皆様を害さんという心はありませぬ」

隆山はまた咳き込み、呼吸を整えると改めて話し始める。

「私は皆様と交わり、その高潔なお人柄、清貧を旨とする暮らしぶり、そして何より神の御教えに触れるうちに心が変わりましてございます。いたずらに異人を憎み、攘夷を標榜(ひょうぼう)することが如何に愚かしいか知ったのです」

「…………」

「今や私はひとりのクリスチャンにございます。どうか疑わないでいただきたい」

バラは己の不審を恥じ入り、隆山の痩せて青く血管の浮いた手を取った。

「大丈夫ですよ、ヤノセンセー。僕はあなたの信仰を信じております」

隆山はバラの手の温(ぬく)もりを受け、目を細めた。だが、すぐに表情を引き締めると、

「しかし、私と鴉との忌まわしき縁が断たれたわけではありませぬ」

厳しい声でこう言った。

「一度交わったなら二度と抜けられぬのが鴉の掟。私が病に倒れたことはすでにかつての忌まわしき同朋の耳にも入っておりましょう。そして最期まで皆様を害さんとする行動を起こさなかったことを不審に思っているはずです」

「………」

「きゃつらは、近いうちに必ずや探りを入れに現れます。万一、私が洗礼を受けたことを知れば、私は無論のこと、一族尽くが抹殺されましょう」

息子の顔が青ざめた。自分の父親がそのような恐ろしい組織に所属していたなど知りもしなかったのだろう。

「皆様の身にも危険が及びます。それでも私に洗礼を授けてくださりましょうか？」

「………」

バラは即答できなかった。

僅かな躊躇いの間を破ったのは意外にも彼の妻マーガレットだった。

「もちろんですわ」

マーガレットは目に涙を溜めつつも、凛とした表情である。

「危険はこの国に来ると決めた時から承知していたことです。鴉なんて恐くない。主は必ず私たちをお守りくださるはずです。ねえ、あなた、そうでしょう？」

妻の力強い言葉に、バラも腹が決まった。

「その通りです。センセーの胸に芽吹いた信仰を無下には致しません」

「おお、バラ殿、奥方……」

隆山の厳めしい顔にも涙が生まれた。

「どうか、今宵のことは御内密に……」

「もちろんです」

バラの頷きに、隆山の病み衰えた顔は安堵して和らいだ。

と、この時である。カタッ、と玄関戸が鳴った。

ハッとなって屋内の一同が戸を振り返る。

「サムかい？」

バラが声を投げると、戸の向こうより気弱げな返事があった。

「へ、へえ……」

ここでバラは、長屋の外に、馬丁代わりに連れてきた使用人のサム・パッチを待たせていたことを思い出す。臆病な使用人サムは、隆山の肺病が移るのを恐れて、雪の降る中、外で待つと言い張ったのだ。

「サム。僕たちの話していたことが聞こえたかい？」

バラが尋ねた。聞かれていたならば、誰にも話すなと釘を刺さねばならない。

「いんや。何も聞こえちゃございませんが……」

この答えに、バラはほっとした。

「悪いが、少し戸から離れて待っていてもらっていいかい？　すぐに済むからね」

「へえ。承知致しました」

戸からサムが遠ざかる気配を確認し、バラは改めてこう言った。

「では、始めましょう」

この後、日本における初めてのプロテスタント洗礼の儀式が厳かに執り行われた。

こんこんと雪の降る神聖な一夜は、こうして静かに更けていくのである。

が、バラたちは知らない。先程の「聞こえちゃございません」というサム・パッチの言葉が偽りであったことを……。

（な、なんてこった。えらいことを聞いちまったよ……）

サム・パッチは長屋の軒下で小さな体を縮こませていた。

ぶるぶると身を震わせているのは、寒さだけが理由ではない。今耳にしてしまった秘密の重大さにこそ身を震わせていたのだ。

（旦那様も矢野先生もなんて命知らずなんだ……。お、お、おっかなくねえのか？）

洋服を着たざんぎり頭の小男である。髪型と服装はすっかり西洋人だが、顔立ちは平べったく頰骨の張った日本人のそれであった。

（ああ、いらんことを聞いてしまった……。鴉だって？　ま、まさかあっしまで危ない目に遭いやせんよな……。ああ、心配だ。心配だ、心配だ……）

宣教師ジェームス・バラの使用人サム・パッチ。

本名は仙太郎。

この冴えない日本人の小男に、何ゆえサム・パッチなどという西洋的な名がつけられているのか、その由来、彼の数奇な境遇をまず語らねばならぬだろう……。

（二）

ジョン万次郎という男がいる。

もとは土佐国中浜の漁師だったが、天保の頃、彼の乗っていた漁船が足摺岬沖で強風に吹かれ遭難した。伊豆諸島の鳥島に漂着し、百四十三日の過酷な無人島暮らしののち、アメリカの捕鯨船によって救助された。

そのまま万次郎はハワイを経由し渡米。米国の学校で英語や数学、航海術などを学んだ後、捕鯨船の船員となって太平洋を回ったり、ゴールドラッシュに賑わうサンフランシスコへ行き金鉱採掘などを行ったりした。

帰日後の万次郎は、海外で身につけた近代的知識を買われ、故郷の土佐藩で士分に取り立てられ、藩校の教授に任命される。さらにペリー来航によって欧米の知識を必要とした幕府に招かれ、直参旗本の身分まで与えられた。

田舎の漁師に過ぎなかった男が、ひょんなことから鎖国下の日本より未来都市のごとき欧米へ流れ着いて、近代的な知識を得て帰国し、日本国になくてはならぬ人物となる。なんとロマンと冒険に溢れた生涯を送った人物であろうか。

だが、海難に遭い海外へ流れ着いた日本人は、このジョン万次郎だけではない。

古くは元禄八年ごろ〝デンベイ〟なる日本人がカムチャッカに漂着し、ロシアに帰化して日本語学校の教師になったという記録がある。

また、天明三年、大黒屋光太夫という回船商人が、江戸へ向かう途中に嵐に遭って、ロシア領アリューシャン列島アムチトカ島に漂着し、九年間ロシアで過ごした後、女帝エカチェリーナ二世と面会し、帰国している。

さらに天保三年、尾張国の商船宝順丸が遠州灘で暴風に遭い太平洋を彷徨って、アメリカ太平洋岸のフラッタリー岬付近に漂着したことがある。

生存者は、音吉、久吉、岩吉の三名のみ。三人はロンドンを経由してマカオへ行き、アメリカ商船モリソン号に乗って帰国を果たそうとしたが、当時、日本では異国船打払令が発布されており薩摩藩と浦賀奉行から砲撃を受けてしまう。かの有名な〝モリソン号事件〟である。

やむなく帰国を諦めた音吉らは生涯故国の地を踏めぬまま一生を終えた。

このように海難事故によって鎖国下の日本から奇しくも海外へ渡ることになってしまった漂流民は枚挙に遑がないほど存在したのだ。

さて、サム・パッチこと仙太郎もまたそういった漂流民のひとりであった。

仙太郎は芸州瀬戸田村の生まれで、摂津国大石村松屋八三郎の持船〝栄力丸〟の雇われ下っ端船員であった。

荒っぽい船乗りの中にあって、この仙太郎は、非常に気が小さく、船出のたびに嵐に遭いはしないか、

「心配だ、心配だ、心配だ……」

と、ぶつぶつ呟くほどの臆病者。

さらに愚鈍な質で、先輩船乗りたちからの覚えはあまりいいほうでなかった。

そんな彼の「心配」が現実のものとなったのは、嘉永三年、大坂から酒や荒物など

を江戸へ送り、帰路、浦賀で大豆や小麦などを積み込んで戻る航海の時である。

この航海において、仙太郎には生涯忘れ得ぬ同船者がふたりいた。

ひとりは伝吉(でんきち)という先輩船乗りである。

この伝吉、ひどく意地の悪い質の男で、気の利かぬ仙太郎をたびたび「馬鹿だ、アホだ、のろまだ」と罵り苛め(いじめ)てきた。そのくせ、上の者のご機嫌を取るのが上手(うま)く、どんなに下の者をいびっても咎(とが)められることがないのである。

時に、伝吉は自身の失敗を仙太郎に押しつけることがあった。口下手な仙太郎はそういう時、なんの言い訳もできぬまま船頭の叱責を受けるのである。

そんな仙太郎を果敢に庇(かば)ってくれる少年がいた。これがもうひとりの忘れ得ぬ同船者、彦太郎(ひこたろう)である。

彦太郎は十四歳の少年で、栄力丸の乗組員の中では最年少だ。

若いが利発で、仙太郎が何度教えられてもなかなか覚えられぬ仕事を一度聞いただけですぐに覚えてしまう。素直で、愛嬌(あいきょう)があり、船員の誰からも可愛(かわい)がられていた。

仙太郎からすると、後輩なのに自分よりよく働き、愛されるこの少年は劣等感の対象以外の何ものでもなかったのだが、彦太郎のほうはというと、年の近い仙太郎をよく慕い「仙さん、仙さん」と兄貴分として慕ってくれたものである。

さて、仙太郎、伝吉、彦太郎を乗せた栄力丸が、志摩大王崎沖へ達した時、夜半より天候が急変し、暴風雨に見舞われた。

転覆を回避するために積荷を海へ捨て、流れ込む海水を汲み出し、帆柱を切り倒したが、嵐の去ったあと太平洋を波まかせに彷徨うこととなってしまった。

およそ五十日間ほど漂流の日々を経て、もはや生還不可能と乗員の誰もが悲観し始めた時、海の向こうに黒山のごとき巨大なものが見えた。

アメリカ商船のオークランド号である。

オークランド号は、仙太郎ら栄力丸の乗員たちを救助し、そのまま目的地であるサンフランシスコ港へと向かったのだった。

入港後、彼らは税関の巡邏船ポーク号に移され、その船内で暮らすことになる。

アメリカ船員たちは意外なほど彼らに親切であった。

哀れな日本人たちに対する同情と友好の念もあったろうが、それとは別にワシントンより日本人漂流民たちを丁重に扱うよう指示を受けていたからである。

アメリカは当時鎖国下にあった日本との通商を画策しており、偶然流れ着いた栄力丸の船員たちは、江戸幕府に対する有用な取引材料とみなされたのだ……。

一年が過ぎ、ようやく彼らの帰国の準備が整った。

この〝帰国の準備〟とは、アメリカが日本へ開国を迫るための準備にほかならない。

漂流民たちはセント・メリー号へと移乗し、サンフランシスコより出港したのだが、この辺りで栄力丸船員たちも何かがおかしいことに気がついた。

なぜならば、彼らの移されたセント・メリー号が商船や旅船ではなく、二十二門の大砲を備え、二百人を超える屈強な海兵隊員を乗せた軍艦だったからだ。

「この軍艦は俺たちの故国に何をしに向かうのだ？」

漂流民の誰もが不安にかられた。このまま軍艦で日本へ乗り込んだら、幕府よりアメリカ海軍の水先案内を行ったとみなされ、罰せられるのではないかと……。

当然、仙太郎もまた航海の間中、呟くわけである。

「心配だ、心配だ、心配だ……」

セント・メリー号はハワイのオアフ島や香港(ホンコン)を経由して、マカオへと到着した。そこで漂流民たちは別の船へと移される。

——フリゲート艦サスケハナ号。

後に浦賀沖へ来航し日本へ開国を迫る、あの〝黒船〟であった。

数日後、すぐに漂流民を乗せたサスケハナ号はまた香港へ向かい、そこで東インド艦隊司令官代将に任命されたばかりのマシュー・ペリーの到着を待つこととなる。

ペリー到着を待つ間のサスケハナ号における漂流民たちの待遇は、ポーク号やセント・メリー号の時とは打って変わってひどいものだった。

与えられたのは狭く不衛生な船室で、水兵たちは彼らを乱暴に扱い、日常的に暴言を浴びせかけ、暴力も振るった。漂流民たちが初めて体験した人種差別だった。

特に気の小さい仙太郎が、格好の迫害対象とされたのは言うまでもない。

一度、たいへんな目に遭った。

何が気に食わなかったのか、水兵数人が、甲板に出ていた仙太郎を怒鳴って追いかけ回してきたことがある。おそらく虫の居所の悪かったおりに、矮小で愚鈍な仙太郎を見かけ、気晴らしにいびってやろうとでも思ったのだろう。

仙太郎は、わけのわからぬまま甲板を逃げ回り、マストまで追いつめられた。

水兵たちはニヤニヤ笑って迫ってくる。

恐怖にかられた仙太郎は、ついにマストをよじ登っててっぺんまで逃げた。

マストの上で、ぶるぶる震える仙太郎を水兵たちは散々に罵った。

「日本の猿め！　降りてこい！　降りてこなけりゃ、下から火をかけるぞ！」

そんなことをするわけがないが、愚かな仙太郎は真に受けた。そうしてついに堪らなくなり、マストから香港の海へと飛び込んだのである。

幸いすぐに引き上げられ大事には至らなかったが、ひとつ間違えば溺れ死んでいた。

彼を苛めた水兵たちが上官に散々しぼられることになったのは言うまでもない。

そのおかげか、水兵からの迫害が、この頃を境に軽くなった気がした。

あまりいじめられなくなったのはよいのだが、水兵たちが、何やら仙太郎を妙なあだ名で呼ぶようになり始める。

「サム・パッチ」

仙太郎の口癖「しんぱい」が、外国人の耳には「サムパッチ」と聞こえたようだ。

そう。漂流民仙太郎が、サム・パッチとなったのはこの時からだった。

サスケハナ号が香港に投錨してから数か月が過ぎた。

この長すぎる逗留期間は、ペリー到着の大幅な遅れによるものだった。

故国日本のすぐ近くまで来ているにも拘らず、いつになっても帰国が叶わぬことに漂流民たちもいよいよ焦れてくる。

そんなある日のこと、ふいに彦太郎が、仙太郎へこう告げてきた。

「仙さん。一緒にアメリカへ戻りませんか？」

仙太郎は耳を疑い、驚いた。帰国を目前に控えたこの時に、何ゆえ彦太郎はこんなことを言い出したのか。

「トマスに誘われたんです」

トマスとは、ポーク号の伍長だった男で、日本人漂流民たち——特に彦太郎と親しくし、日本語をよく覚え、ここまで通訳として同行してくれていた人物である。

そのトマスが、彦太郎にこう提案したそうだ。

「今、日本に戻れば、日本の政府によって君は罰せられてしまうかもしれない。それよりも一度アメリカに戻って日本の開国を待ったらどうだろう？　それまでに英語を勉強しておけば帰国した時、国のためになることができるはずだ」

この話をする彦太郎の目は、キラキラと海原に照る陽光のように輝いていた。

彦太郎の若々しい魂は、新天地へ踏み出すことへの情熱に躍っていたのである。

「ひとりでアメリカに戻るのは不安なんです。仙さんがいてくだされば心強い。どうです？　一緒にアメリカへ行きませんか？」

自分がいるとどうして心強いのか、仙太郎にはさっぱりわからなかった。

仙太郎は、彦太郎のような果敢な冒険心は持ち合わせていないし、慣れぬ異国で上手くやっていく自信もなく、この話を断った。

彦太郎が非常に残念な顔をしていたのを仙太郎はよく覚えている。

結局、彦太郎は、仙太郎ではなく亀蔵と治作というふたりの漂流民を誘い、別の船に乗り換えて、アメリカへ旅立ったのだった。

彦太郎らを乗せて香港から出港する船影を眺め、仙太郎はやはりこう呟く。

「心配だ、心配だ、心配だ……」

彦太郎の行く末も心配だが、唯一親しくしてくれていた彦太郎がいなくなってしまったこともまた心配であった……。


サスケハナ号が香港を出港したのは彦太郎が去ったあとだった。

とは言っても、行く先は日本ではなく上海(シャンハイ)である。

この頃、清(しん)国では太平天国の乱が激化しており、サスケハナ号は上海租界に在留するアメリカ人を保護しに向かわねばならなくなったのだ。

またも、日本ではなく別の地へ渡ることになってしまった漂流民一行。

上海に到着し、いよいよ帰国を危ぶみ始めた彼らを、実に意外な人物が訪ねてきた。

なんと日本人である。名は、音吉。

あの天保三年に海難事故によって漂流し、アメリカ沿岸に流れ着き、マカオを経てモリソン号で帰国を果たそうとしたが砲撃を受けて断念した男だ。

故国に戻ることを諦めた彼は、上海のデント商会に勤めていたのである。

音吉は、サスケハナ号に自分と同じような境遇の日本人がいることを聞きつけ、心配になって駆けつけてきたのだ。

音吉は、漂流民たちにモリソン号事件における自身の手痛い経験から、このままアメリカの軍艦で日本へ向かっても無事に帰国はできぬだろうと話した。

さらに、アメリカは何隻もの軍艦を集めて日本へ向かい、漂流民たちを開国交渉のため利用するつもりだ、とまで言い、こう強く勧めたのである。

「一刻も早くサスケハナ号を降りて、乍浦(チャプー)から長崎へ向かう清国船での帰国を考えるべきだ」

音吉の言葉は、漂流民たちが漠然と抱いていた不安を裏付けるものだった。

彼らは、同朋である音吉の助言を聞き入れ、さっそくサスケハナ号の艦長ブキャナンに下船を申し出たのである。

が、ブキャナンはそれを承諾しなかった。日本開国のための重要な交渉材料である漂流民たちを独断で手放すわけにはいかなかったのだ。

ここでまた音吉が出向いてくる。

音吉は、栄力丸の船員たちを己と同じ境遇にはしたくないと、英語の苦手な漂流民たちに代わり、敢然たる交渉を行ってくれたのである。

一歩も譲らぬ音吉の説得を受け、ついにブキャナンはこう言って折れた。

「漂流民全員を船から降ろすわけにはいかない。せめてひとりだけでも残してくれ」

このあたりが落としどころだろう。

だが、こうなると、誰がそのひとりになるか、である。

漂流民同士、気まずく何も言い出せぬ中、あの意地悪者の伝吉がこう提案した。

「仙太郎にしようぜ。あんなやつを連れてったって足手まといにしかならねえ」

これを皆の前で言わず、陰で仲間のひとりひとりに根回ししていったところに伝吉の狡猾（こうかつ）さがある。本人の知らぬところで仙太郎の残留が決定してしまったのだ。

突如、栄力丸の一同から「残ってくれ。もう決まったことだ」と、頭を下げられ、仙太郎が愕然（がくぜん）となったのは言うまでもない。

こうして漂流民たちは、仙太郎を残し、サスケハナ号を降りてしまったのである。

たったひとり取り残された仙太郎は、青ざめた顔で呟く。

「心配だ、心配だ、心配だ……」

それからしばらくして、待ちに待ったペリー提督がようやく上海へと到着した。

いよいよサスケハナ号は、上海を出港し、艦隊を率いて日本へと向かうことになる。

――嘉永六年六月三日、浦賀沖に黒船来航。

誰が知ろう。日本を揺るがした歴史的大事件〝黒船〟に、愚鈍で臆病で矮小な日本人、我らがサム・パッチ仙太郎が乗っていたということを……！

だが、アメリカ側の期待に反し、開国の交渉において仙太郎はまるっきり役に立たなかった。

それというのも、当の仙太郎自身が、日本への帰還を激しく拒んだからである。

上海で音吉に聞かされた話が仙太郎の心を臆病にさせていた。アメリカの軍艦に連れられて帰国すれば首を斬(き)られるのではないかと「心配」だったのである。

結局仙太郎はペリーの一度目の来航で、日本人の前には一切顔を出さなかった。

彼がようやく日本人の前に引き出されたのは、翌年の嘉永七年、ペリーの二度目の来航時である。

浦賀奉行支配組与力、香山栄左衛門(かやまえいざえもん)が、艦隊に日本人が乗っていることを耳にし、会って話を聞いてみたいと言ったのだ。

艦上で面会した仙太郎は、もうただひたすらに怯(おび)え畏(かしこ)まっており、栄左衛門が何を尋ねても答えようとしなかった。

栄左衛門は、仙太郎の身柄を引き渡すよう申し出、アメリカ側は本人の意思に任せると答えたが、仙太郎本人は「日本には帰らない」と首を振る。

栄左衛門は苦笑して「べつにおまえを罰したりはしない」と説得するも、仙太郎はその言葉を信じずに頑(かたく)なに艦に残ると主張し続けた。

こうして仙太郎が故国の地を踏まぬまま、ペリー艦隊は下田の港を発(た)ち、琉球(りゅうきゅう)を経由してアメリカへと戻っていったのである。

遠ざかる日本を甲板から眺めながら、仙太郎はたったひとりの日本人として異国へ帰っていく己の運命を思い、やはり呟くのだ。

「心配だ、心配だ、心配だ……」

こんなことなら彦太郎に誘われた時点で一緒に戻っていればよかったのだ。

仙太郎は自分の意思というものをおよそ持ち合わせていない。ただ、目の前の「心配」をその場その場で回避するだけなのである。

そんな判断能力に乏しい仙太郎へ、帰米の航海中に近づいてきた男がいた。

ペリー艦隊の下級海兵隊員、ジョナサン・ゴーブルである。

ゴーブルは不安に打ち震える仙太郎へ、こう優しい言葉をかけた。

「アメリカに戻ったあと、行く当てはあるのか？　なんなら俺がおまえの面倒を見てやってもいいんだぞ」

　このゴーブル、熱心なキリスト教徒で、以前より日本伝道へ強い志を抱いており、ペリー艦隊の日本遠征に志願したのも、いずれ布教に訪れるであろう日本国を直に見ておきたかったからだ。

　そんな彼が、仙太郎に先ほどのような言葉をかけたのはこんな思惑からだった。

「この哀れな未開人の面倒を俺が見てやり、キリスト教教育を施してやるのだ。こいつから日本の言葉を学べるし、俺の名声も上がる。改宗させたこいつを連れて日本へ同行させれば布教の役にも立つ。それに基金集めのいい旗印にもなるだろう」

　帰米後の展望がまるでなかった仙太郎は、アメリカでの生活を世話してくれるというゴーブルの甘言にまんまと乗っかった。その結果、

『熱心なキリスト教徒ゴーブルが、深い慈愛によって迷える日本人に手を差し伸べた。ゴーブルとサムとの友情は、まさにアメリカと日本との将来を見るかのようではないか！　我らの愛すべきサム・パッチは、日米友好の懸け橋となるであろう！』

　と、一時、仙太郎はおおいに持ち上げられることになる。

　ゴーブルもまた気をよくし、サムに期待するところ大であった。

　が、彼のその期待はアメリカへ帰り、仙太郎とともに故郷のニューヨーク州へ到着

して、早々に失望へと一変する。

ゴーブルは仙太郎から日本語を学ぼうとしたが、仙太郎は文字が書けない。しゃべりに関しても口下手なうえに訛りがひどく、到底学べるような代物ではなかった。ならば、逆にこいつを教育してやろう、とゴーブルは自身がハミルトンのマジソン・アカデミーに入学し、神学を学び直す際、一緒に仙太郎も入学させる。

しかし、ただでさえ愚鈍で英語もたいして聞き取れぬ仙太郎が、カレッジの勉強についていけるはずもなかった。一年で退学することになる。

こうなってくると仙太郎の存在は、学費や東洋伝道の資金集めに奔走せねばならないゴーブルにとってお荷物以外の何物でもない。

ゴーブルの失望は、激しい折檻や罵倒という形で仙太郎に向けられるようになった。

たったひとり異国の地で、散々な虐待を受けながら、身の丈に合わぬ期待をかけられ、それに応えられぬ己を思い、愚かだが朴訥な仙太郎の心は疲弊していった。

ある日、ついに仙太郎は限界を迎えた。

ゴーブルの家を飛び出し、入水自殺を計ったのである。

しかし、哀れなこの男には自ら命を絶つ度胸すらなかった。

身を浸した滝の水があまりに冷たく、結局自殺を諦め、ずぶ濡れの体でとぼとぼゴーブル宅へと引き返したのである。

だが、この自殺未遂騒動のあと、仙太郎は唐突にキリスト教への改宗を申し出た。

心からの改宗であったのかどうかは仙太郎本人にしかわからない。

異邦人としての孤独を癒すには神の道に縋(すが)るよりほかなかったのかもしれないし、周囲からの過度な期待に応え、キリスト教社会に適応していくには、改宗するしか方法がなかったのかもしれない。

理由はともかく、仙太郎の受洗は、ゴーブルに「日本人を改宗させた男」という名声を与えた。ようやく仙太郎の存在がゴーブルの役に立ったのである。

ゴーブルはこの名声を使い、アメリカバプテスト自由伝道協会へ日本への派遣母体になってくれるよう何通もの手紙を書き送った。その結果、晴れてゴーブルは日本伝道区宣教師に任命されたのである。

漂流からおよそ十年、こうしてかなりの遠回りを経て、仙太郎はゴーブルに連れられて故国へと戻ることとなったのだった。

だが、この時になってもなお仙太郎は、こう呟く。

「心配だ、心配だ、心配だ……」

昨年すでに日本は開港したが、未(いま)だに仙太郎は帰国すれば罰せられるのではないかという不安に苛(さいな)まれていた。

帰国し、すでにサミュエル・ブラウンやジェームス・ヘボンたちが滞在している神奈川成仏寺にゴーブルとともに入った仙太郎は、宣教師たちの使用人のような形で彼らと生活を共にするようになる。

ゴーブルは二年ほどして、横浜居留地へと移ったが、仙太郎は成仏寺に置き去りにされた。日本への入国を果たしたゴーブルにとって仙太郎は用済みだったのだ。

そんな仙太郎を引き取ってくれたのが、ゴーブルに遅れて来日した宣教師ジェームス・バラだった。翌年、仙太郎はバラ夫妻とともに横浜へ移ることになる。

この頃、仙太郎は一緒に遭難したあの意地悪な伝吉の悲惨な末路を耳にした。

上海で他の漂流民たちとともに仙太郎を置き去りにした伝吉は、その後、仲間の漂流民たちとは別行動を取り、どういう経緯か、当時の広州領事、後に初代駐日英公使となるラザフォード・オールコックに通訳として雇われたそうだ。

イギリス国籍を取得し、ダン・ケッチという西洋風の名を名乗るようになった伝吉は、オールコックとともに来日し、イギリス公使館で働いていた。

それだけならば立派な出世と呼ぶべきだが、伝吉はあの意地悪な性分をここでも発揮してしまったようだ。大国イギリスの庇護(ひご)下にあることを笠(かさ)に着て、非文明国である日本人を見下すようになっていた。

往来で馬を乗り回し、傍若無人な態度を取った。さらにはイギリス人相手に日本の女を斡旋（あっせん）するなどという言語道断なことまでやり始めた。

そんな伝吉が攘夷浪士に目をつけられるようになったのは当然の成り行きであろう。

仙太郎が帰国するほんの二か月前のこと、伝吉は、イギリス公使館の門前で、何者かに背を刺されて殺害されたのであった……。

また、仙太郎は、あの彦太郎も帰国していることを知った。

アメリカに渡った彦太郎は、米国市民権を得てジョセフ＝ヒコと名を変えていた。

海外でおおいに勉強し、西洋の進んだ文化を貪欲に吸収した彦太郎は、初代駐日米公使タウンゼンド・ハリスの通訳として来日し、アメリカと幕府との交渉に貢献した。

いったん、アメリカへ戻った際には、かのリンカーン大統領と面会まで果たしている。

再来日後、領事館通訳に復帰するが、翌年には辞任し、最初の来日の際に横浜で開いた貿易商館を再開する。多くの名士と交流し、日本初の新聞を発行するなど精力的な活躍を見せていた。

何度か、仙太郎は横浜居留地内で彦太郎を目にしている。

かつての少年は、立派で自信に溢れた西洋紳士へと変貌を遂げており、その眩（まばゆ）い姿を見ていられず仙太郎は目を逸らし、そそこそと知らぬふりをした。

イギリス公使館の通訳となり出世したにも拘らず、悪質な性分によって命を絶たれた伝吉……。対して、同じように外国人の通訳となり、優れた才覚を発揮して国内外に名を知られる実業家へ成長した彦太郎……。

共に栄力丸での遭難以前には名を記録されることもない平凡な船乗りであった。

それが漂流という人ならぬ偶然の力によって歴史の表舞台に強引に引っ張り上げられ、結果、ふたりの運命は大きく明暗をわけた。

では仙太郎はどうか？　帰国してからの仙太郎は、日本語をしゃべらぬようにし、居留地からもほぼ出ぬようにして、外国人のふりをし続けた。

異国で洗礼を受けた仙太郎は、外国人を装わねば国法により罰せられるのではないかという不安を未だに抱え続けていた。

母国に帰ってきてもなお仙太郎は、

「心配だ、心配だ、心配だ……」

と、変わらず呟き続けていたのである。

そして、矢野隆山の洗礼は、彼の新たな「心配」の種となっていた……。

（三）

ジェームス・カーティス・ヘボンの邸は、居留地三十九番地、関内を囲む掘割に架かった谷戸橋の畔、横浜外国人居留地の南端にある。

その書斎――夥しい数の書物が山と積まれた机に、ひとりの大男がのっそりと腰掛け、大きな手でほそっこい羽ペンを握り、一心に何か書き物をしていた。

岸田吟香である。この、見た目によらず学のある巨漢は、ヘボン邸に連日通い和英辞書の編纂助手を務めていた。

「ご苦労様です。キシダさん」

声がかかって、振り返ればいつの間にやらヘボンが真後ろに立っていた。

今年五十になるヘボンは、すでに頭髪が薄く白く、その眼差しには困難の絶えぬ人生から生まれた一抹の寂しさと穏やかさが湛えられている。

「おっと、こりゃあ先生、すみません。気がつかなかった」

吟香は照れくさげに頭を掻く。三十過ぎの男がヘボンの前では少年のようだった。

「いいのです。作業の邪魔をしてすみませんでした」

「先生は？　休憩ですかい？」

「ええ。ようやく患者がひけました」

宣教医であるヘボンのもとには、連日多くの患者が訪れる。

禁教下にあるこの国で、日本人への伝道は許されていない。

そのような中、宣教医として来日したヘボンが始めたのが医療活動であった。

横浜に移住する前は、神奈川の宗興寺(そうこうじ)を施療所として多くの患者を受け入れていた。

眼病治療が主だったが、流行病(はやりやまい)のコレラの治療や、外科手術なども行っていた。

その優れた医術の腕はすぐに評判となり、多くの日本人がヘボンのもとを訪れ、またヘボンは己の足で往診まで行っていた。

そして驚くべきことに、無償であった。ヘボンは、私財を投げ打って治療費を捻出し、訪れる患者から一切謝礼を受け取らなかったのだ。

伝道の許されぬ中、異人への偏見を解き、キリスト教精神のなんたるかをただその無欲な奉仕の姿勢のみで示し続けてきた。

当然、生活は貧しかったし、宣教師が日本人を多く集めていることを警戒した幕府から妨害を受けたこともあった。

それでもヘボンはその不屈の精神から無償の診療をやめはしなかった。

時に攘夷の志を持つ者が、日本国に邪宗門を広めんとする不届きな異人の医者の噂(うわさ)を聞きつけ、乗り込んでくることもあった。

だが、実際にヘボンと面会し、その穏やかで高潔な人柄に触れるとたちまちに毒気を抜かれ「異人は憎いがヘボン先生は別格だ。あの御仁は〝耶蘇(やそ)の君子〟である」と、尊敬の念すら抱き帰っていくのだった。

実を言えば、吟香もまたヘボンとの出会いで考えを変えたひとりである。

この吟香、ほんの七年ほど前、勤皇の志士として活動していた時期があった。

当時、胸に熱い攘夷思想を抱き、幾人もの勤皇家と交流していた吟香だが、安政(あんせい)の大獄で同志の多くが命を落とし、その攘夷熱も消沈せざるを得なくなった。

それでも消え難い攘夷の火を胸に燻(くすぶ)らせつつ、江戸の市井に混じり怏々(おうおう)として愉(たの)しまぬ暮らしをしていた吟香だったが、ある時、眼病を患った。

日本人の医者の治療を受けたが、いっこうに治らない。

そのようなおり、横浜に眼病をよく治すヘボンなる医師の噂を耳にしたのである。

それで吟香はヘボンを訪ねるのだが、僅かに残る攘夷の心から「異人の医者とやらがどれほどか見てやろう」という思いもあった。

が、そんな心はヘボンの治療を受けて一変した。

ヘボンは、失明すら覚悟していた吟香の眼病を瞬く間に治してのけたのである。

吟香は、西洋医学の凄まじいまでの効用に感動した。

「異国の技術ってえのは、なんて面白えんだ！」

岸田吟香という男には、一度「面白い」と思うと、後先など考えず躊躇なく飛び込んでいく身の軽さがある。これは生まれた時からそうであり、死ぬ時まで変わらない。

さらに吟香は、診療のおりに言葉を交わしたヘボンの人柄にも感服した。

「なんて御方だ。こういう御方のために尽くすのが男ってもんかもしれねえ！」

吟香の胸から攘夷の二文字が完全に消滅した瞬間だった。

以来、吟香は、ヘボンのもとに足しげく通うようになり、ついには横浜へ移住してヘボンの和英辞書編纂を本格的に手伝うようになったのであった。

ヘボンもこの学がある愛嬌者の大男を愛し、なくてはならぬ協力者と思ってくれていた。いや、かつて我が子を流産や病で五人も亡くしたヘボン夫妻にとって吟香は日本における息子のような存在であったのかもしれない。

（おいらは、この人たちを守ってやるんだ）

いたずらに異人を憎み、脅かそうとする日本人は数多く、ヘボンの人間性などお構いなしに凶刃を煌めかさんとする者もいた。

吟香が〝異人の守り手〟として秦漣太郎とともに活動するようになった背景には、ヘボン夫妻を守ろうという思いがあったのだ。

「キシダさん。少し、お話をしてもいいですか?」

こう言って、ヘボンは吟香の向かいの席へ座った。

「なんですかい、改まって」

吟香は、やけに神妙なヘボンの様子にきょとんとなった。

「ヤノさんのことはご存じですね?」

「バラさんとこに通ってる先生でしょう?　病を患ってるとお聞きしましたが」

「ええ。残念ながら長くはないでしょう」

「え?　そんなにお悪かったんですかい?　いや……そいつは……お気の毒で……」

吟香はしんみりとなった。バラの聖書翻訳の協力者である矢野隆山には、ヘボンの辞書編纂を手伝う自分と重なるところがあり、勝手に親近感を覚えていた。

だが、次のヘボンの言葉は隆山が長くないと知らされた以上の衝撃を吟香にもたらすのである。

「病床のヤノさんは、受洗を願い出ました」

「へ⁉」

「その願いは、昨夜バラの手によって叶えられました」

　吟香の口が驚きにあんぐりと開かれた。

「ほ、本当ですかい？　いやあ……矢野先生もずいぶんと思い切ったもんですね……。まあ、先がないとわかりゃあ、最期にって気持ちはわかりますよ……」

　口にしながら吟香は、自身の驚きをゆっくりと咀嚼していく。次第に吟香の顔つきに、どこか憧憬にも似た温かなものが生まれた。

「いや、だが……いいことだ、そりゃあ……。うん。そうですかい。矢野先生は信仰の道に目覚めてらしたんですかい。お亡くなりになっちまうのは寂しいが、最後にお心のままになされたってのは……うん、おめでてえこってすよ……」

　幾度も頷きながら、誰にともなくこんなことを言う。だが、すぐにハッとなって、

「ちょっと待ってくださいよ、先生。いいんですかい、そんなことおいらなんかに話しちまって？　こいつは他人に知られちゃまずい話だ。万が一役人の耳にでも入ったら、矢野先生だけじゃなく、バラさんも……」

「ヤノさんから許可をいただいています。キシダさんと、キシダさんのご友人たちにだけは話してもよい、と」

「おいらと……友人たちですって？」

吟香の濃く太い眉が寄る。

交友の広い吟香だが、〝ご友人たち〟とヘボンがあえて曖昧な言い方をしたところから、誰を指しているかはおのずとわかった。

──秦漣太郎。高橋怡之介。フランスお政。

吟香とこの三名に限って打ち明ける、となればそこに不穏な事情が察せられた。

「ヤノさんは、ご自身が〝鴉〟だったと告白したんです」

「なんですって？」

と、言ったあと、吟香は腕組みをし、難しい顔で唸った。

「そいつぁ、やっかいなことになりましたね……」

矢野隆山が鴉であったと聞いただけで、吟香はおおよその事情を理解した。

ヘボンもまた、これ以上余計なことを言わず、ただこう付け加える。

「私やバラが望むのは、ヤノさんがキリスト教徒として穏やかな最期を迎えられること。それだけです」

暫時、吟香は、黙り込んで深く考える。

「キリスト教徒として穏やかな最期を迎えること……ですかい……」

吟香の顔が鋭く真剣なものへ変わった。ヘボンの顔を真っ直ぐ見つめ返し、

「よござんす。万事この吟香にお任せくだせえ」

深みのある声でこう言った。

（四）

矢野隆山が洗礼を受けた日から七日が経った。

あの聖なる夜は、しんしんたる降雪であったが、それからの七日間は晴れと曇りが続き、降り積もった雪も、人に踏まれ、道の端に僅かに残るばかりとなっている。

そんな雪解けのぬかるんだ神奈川宿の道を、三人の男が歩んでいた。

ひとりは恰幅のよい体形で、頭を剃り上げた一目で医師とわかる男。

残る旅装束の二名はその従者といった風体である。ひとりは饅頭みたいに太った小男、もうひとりは長身で犬に似た顔をした男。長身のほうは長い杖をついている。

三人は神奈川宿の奥まった場所へと踏み込んでいった。

行きついた先は、矢野隆山が住む裏長屋である。

長屋の戸の前に立ち、医師風の男が内へ声を投げた。

「もし。……もぉし」

いくら呼びかけても返事はない。男は戸へ手をかけた。

「先生に何か御用ですか？」

開けるより先に、背後から声があった。

振り返ると、そこにひょろっと痩せた男が立っている。

ざんぎり頭。目と鼻が細く、面輪(おもわ)も細い。何度見ても忘れそうな平凡な顔だ。

だが、その人物の顔には大きな特徴があった。

刀傷である。左頬から首を通って、鎖骨の辺りまで続く縦一線の刀傷だ。ずいぶん古い傷のようだが、それがつけられた当時は相当な深手であったろう。

医師とふたりの従者は、ふいに現れたその不審な男に警戒の色を見せた。

刀傷の男は、にこっ、と人懐っこい笑顔を作る。

「矢野先生なら留守にしてらっしゃいますよ」

男の穏やかな声色を受け、医師も表情を柔和なものに変えた。

「そなたは矢野とどのような間柄かね？」

「肩の凝った時に先生に灸(きゅう)をすえてもらう間柄です。まあ、ここの常連ですね」

「ほお……常連」

医師は探るように刀傷の男の顔を窺(うかが)った。

「矢野は留守とのことだが、どちらへ行かれたかな？　わしは矢野とは同じ師から鍼灸の術を学んだ仲での。矢野が病に臥せっておると耳にし、見舞いに参ったのだ」

「ははあ、先生とご同門のお方でしたか」

「左様。それで、矢野は……」

「いやあ、僕もわからないんですよ」

「何？」

「僕もね、先生が病気だというのでお見舞いに来たのですが、おられないとお聞きしてがっかりしていたところなんです」

「確か矢野には子がいたと思うが……」

「ええ。いらっしゃいますよ。さっきお会いしました。今はどこかに出ているようですがね。その時に伺ったのですが、なんでも矢野さんはご家族に病が移らぬようどこか人のおらぬ場所で療養なさっているそうなんです」

　医師は怪訝げな表情になった。

「それはどこで？」

「ですから、わからないんですよ。ご家族も知らないそうです」

「家族も？　何ゆえ家族にまで黙って……？」

「心配されて見舞いに来られたら、移してしまうからじゃないですかね？」

医師は、じっと刀傷の男の顔を見つめる。へらへら笑う男の表情からは何も読み取れなかったらしく、視線を逸らした。

「つかぬことをお尋ねするが……」

「はい？」

「矢野殿は横浜の伴天連（バテレン）のもとへ、言葉を教えに通っておったそうだが……」

「へえ！　それは初耳でしたね。はははあ、どうりで留守が多かったわけだ」

医師の目が鋭く光った。

「矢野殿は、キリシタンに改宗したということはないかな？」

その問いは微笑（ほほえ）みとともに発されたが、どこか凄（すご）むような響きがあった。

一時、刀傷の男はきょとんとしたが、すぐに、

「先生が？　キリシタンに？　まさかまさか」

吹き出して笑った。

「そんなことは天地がひっくり返ったってありはしませんよ。なにせ矢野の先生ときた日には、毎朝仏壇を磨かなきゃ気が済まないってお方ですからね」

「ふふふ。そうだったな。いや、すまぬ、つまらぬことを聞いたわ」

医師も笑ったので、男はこう尋ねた。

「よかったらお名前を伺ってもよろしいですか？　先生が戻られたら、あなたが来られたことをお伝えしておきますよ」

「あいや、それには及ばぬ。また訪ねてくるつもりでおるでな」

「そうですか」

「では、わしらはこれにて」

頭を下げ、三人は長屋の前から去っていった。

しばし、刀傷の男は、去っていく三人の背をその場で見送る。三人の姿が建物の角を曲がったところで、長屋の戸へ声を投げた。

「行きましたよ」

戸が内側から開いた。のっそりと巨体の男が長屋の内より屈（かが）み出てくる。

「どうだった？」

巨体の男――岸田吟香が尋ねた。

「怪しいですね」

そう答え、刀傷の男――秦漣太郎は口元に手をやる。

「やつら、鴉かい？　キリシタンになったんじゃねえかって尋ねてきたな？」

「まあ、矢野先生はバラさんのもとに通っていたわけですから、鴉でなくてもそこを勘ぐりはするでしょう。怪しいと思ったのは、僕と話している時の三人の様子です」

「何かおかしかったのか？」

「自然と僕を囲うような位置に移動していた。僕をすぐにでも取り押さえられる位置取りでしたね。あれは堅気ではないな……」

「なら……」

「いや、それだけであの方たちを鴉と断じるのは早計でしょう。まずは矢野先生に心当たりがあるか確認してみるべきですね」

　ヘボンの意を受け、吟香と漣太郎は矢野隆山を探りにくるであろう鴉党員を、この長屋で待ち受けていたのである。

　矢野隆山の身柄は、本牧（ほんもく）にあるフランスお政の邸へ移してあった。

　お政の邸は、周囲に民家もないひっそりとした場所に建つ洋館で、隆山を匿（かくま）うには絶好の場所だ。

　その洋館は、表向きは日本人であるお政が土地を買って建てたことになっているが、実際はお政のいい人――シャルル・ド・モンブラン伯爵なるフランス人ともベルギー人ともつかぬ怪しい西洋貴族が建てたものだ。

このモンブラン、神出鬼没に国内外のあらゆる場所に現れ、得体の知れぬ胡乱な活動をしていて、現在もまたフランスのパリにいるとかで長く留守にしている。

その間、お政が邸を自由に使っても構わぬと言われているのだ。

隆山の子供たちには「父親は然るべき場所で療養させている」とだけ告げて、居場所は教えていない。それどころか仕事で大坂へ出ている長男以外には、父が洗礼を受けたことすら知らせていなかった。

子供らとしては心配であろうが、鴉党員に探りを入れられ、ボロを出されてしまう恐れがある。家族に全てを打ち明けるのは、一件が落着したあとでなくてはならない。

「では、岸田さんは、矢野先生への確認をお願いします」

口早にこう言うと漣太郎は、すたすたと歩み出した。

「おい。おまえはどこに行くんだい？」

「尾けるんですよ。あの三人を」

「なるほどな……」

こうして漣太郎と吟香は各々の行動へ移った。

が、漣太郎は神奈川宿から保土ヶ谷のほうまで東海道を尾けたところで、早々に三名の姿を見失った。撒かれたのだ。

漣太郎の尾行術は決して凡庸なものではない。それを振り切った三人組はやはり尋常な人間とは思えなかった。

一方、吟香のほうは収穫があった。

病床の矢野隆山へ、長屋を訪ねてきた医師らしき人物たちについて確認したところ、

「やはり、きゃつらが来たか……」

と、表情を苦々しくしたのである。

――友枝吠庵。比後次郎。大杉百五郎。

医師らしい風体の者が吠庵で、饅頭みたいな小太りの男が次郎、犬顔が百五郎ではないかとのことだ。医師と従者を装っているが、三名とも同格の同志であるという。

同志というのは、無論〝鴉〟の同志という意味である。

隆山を含めた四人は、それぞれがそれぞれに異人への不満を抱いており、交流するうちに攘夷の心を膨らませ、ついには、そろって鴉へ入党した。

鴉とは特異な組織だ。組織というよりは宗教に近いかもしれない。

横浜で長く鴉との暗闘を続けてきた漣太郎は、漠然とだがその特異性を知っている。

まず党員が皆、ひとつに纏まって活動しているわけではない。己以外の誰が鴉党員であるかすら知らぬことがほとんどだ。

ただ、個々が、己は鴉であると自覚し、己のいる場所、己の方法で異人排斥のために働くことを使命としているのだ。

そういう世に潜み隠れて暮らす鴉党員ひとりひとりが細い糸で繋がり、日本全国に蜘蛛の巣のごとく広がっている。いざ何事か為す時になって、その蜘蛛の巣の一部が急激に結束して事を為し、終わるとまた散っていく。

ひとりふたりの党員を捕え、尋問したところで細い糸はすぐ切れる。辿れるのは、せいぜいその同朋数名ほどで、組織の核心にまでは至れない。

そういう組織ゆえ、根を断つことができぬのだ。

己を探るかつての同朋三名について聞いた矢野隆山はこう言った。

「おそらくきゃつらは指令を受けて動いているのではなかろう。長く便りを絶っていた私を訝しみ、独自で探りに来たのだ」

隆山は、宣教師たちのもとに忍び込んだ当初、頻繁に彼らと文を交わし、報告を続けていたらしい。機があれば彼らを手引きし、宣教師らを抹殺するために……。

だが、バラやヘボンらとの交流で攘夷の心が薄れた隆山は「まだ機ではない」と言い続け、徐々に報告を少なくしていった。

病に侵され死期の近づいたこの時に至っても、なんら連絡をよこさぬ隆山を、吠庵らが「異教徒に感化されたのではないか？」と疑うのも宜なることだろう。

このまま呋庵らが、矢野隆山の居所がわからず引き揚げてくれるならば一件は落着といっていいのだが、そうはならなかった。

翌日、再び三人は神奈川に現れたのである。

漣太郎や吟香のおらぬところで、町に出ていた隆山の子供たちと接触したのだ。

「父上は今どこにおられる？　キリシタンに改宗したということはないかの？」

こういったことを遠回しに探り、何も知らぬとみると、またどこかへ消えていった。

それからも三名の姿は横浜周辺の随所で一、二度見かけられた。いずれも付近の住人へ矢野隆山の居場所の手掛かりを尋ね、すぐに姿を消している。

「慎重で、執拗ですね」

漣太郎は吟香にこう言った。

「先生のご家族を人質に取るかもしれない。どこかへ匿ったほうがよさそうですね」

「どうしてここまでしつこく矢野先生を見つけだしてえんだ？　先生が洗礼を受けたかどうかなんて、連中にとっちゃ憶測に過ぎねえだろう。受けてたところで先生はもう長くねえんだから、ほっといてくれりゃいいのによ」

「鴉にとってキリシタンへの改宗は最も忌むべき裏切りです。それが近しい仲間から出たとなると彼ら自身の党内での立場も危うくなる。真相を突き止め、もし改宗していたならば、矢野先生の命が尽きる前に自らの手で罰さなければならない」

「まったく……おっかねえ連中だ……」

吟香は肩をすくめた。

「ですが僕らの仕事はややこしくならなくて済みますよ」

「ん？　そりゃあ、どういうことだい？」

「彼らは始末をつけるまで、矢野先生が改宗したかもしれぬことを他の党員には伝えられないということです。彼らさえなんとかすれば、今回の一件はそこで片付きます」

「そういうことか」

合点がいって吟香は頷き、

「問題は、どうやって連中をとっつかまえるか、だな？」

「ええ。今回は窪田様の力を借りるわけにはいきませんしね。これは難しい……」

菜葉隊を指揮する窪田鎮章の協力を得られれば、吠庵らを探す目も増えよう。

だが、神奈川奉行所の鎮章に、隆山が禁教である耶蘇に改宗したことを知られるわけにはいかない。知れば鎮章は、隆山を捕え罰するだろう。

ここは、漣太郎たちだけで吠庵らを見つけ出さねばならないのだ。

漣太郎の尾行すら撒き、神出鬼没に姿を見せながら未だに足取りをつかめない友枝吠庵ら三名……。

煙でも追うような捜索である。

（五）

よく晴れた日であった。

横浜外国人居留地に陽光が照り、冬の肌寒さが僅かながら緩んでいる。

昨日まで雪解けにぬかるんでいた地面も乾き、靴の汚れる心配のない道を、洋服を着た小男がひょこひょこと歩んでいた。

仙太郎である。

いいや、アメリカ人となり洗礼まで受けた彼、サム・パッチは、すでに仙太郎なる名は捨てている。実際、彼を日本名で呼ぶ者はもういない。

サムは、バラ夫人・マーガレットから申しつけられた日用品の買い出しをしていた。

バスケットにはたくさんの品物が入っている。

(あれも買った。これも買った。買い忘れはしておらぬよなぁ……。忘れておったらまた奥様に叱られてしまう。ああ、心配だ、心配だ、心配だ……)

相も変わらずこんなことを考えながら、心配性のサムはバラ邸までの道を歩んでいたのであった。

「そこの」

ふいに背後より声をかけられた。

振り返ると、いつの間にやら三人の男がすぐそこにいる。

ひとりは頭を剃り上げた医師風の男。その男に、饅頭みたいに小太りの男と、杖を持った犬顔の男のふたりがつき従っている。

「少々尋ねたいことがあるのだが……」

「ホワット?」

咄嗟(とっさ)にサムは英語で返した。

サムは国法から逃れたいがため、日本語を話せぬふりをして外国人を装っている。特に見知らぬ日本人に声をかけられた時は徹底的に関わりを避けようとするのだ。

「アイキャントスピーク……」

「これ、惚(とぼ)けるでない」

医師がやや強い声色でサムの言葉をさえぎった。

「先程、店の者とこの国の言葉で話しておったではないか」

医師の顔は柔和だったが、目だけは笑っていなかった。こうなっては、サムもたいして上手でない英語を引っ込めるしかない。

「そなた、バラなる異人の邸の下僕であろう？」

ひくっ、とサムは喉を鳴らす。なぜ、この男は、そんなことを知っているのか？

違いますとも、そうですとも答えられぬうちに医師は続けて問うてきた。

「矢野隆山は知っておるな？」

「へえ。うちの旦那の先生ですから……」

「わしは矢野の古い知り合いでの。病に倒れておると聞いて見舞いに参ったのだ。矢野がどこにいるか知っておるか？」

サムは、ほっとした。なんだ、そんなことかと安心したのである。

「矢野先生でしたら、病に罹られてから横浜には出てきちゃおりませんよ。神奈川のお宅にいらっしゃるはずですが……」

サムは、漣太郎たちが隆山を本牧に移したことを知らなかった。

「それはおかしいの。先に神奈川を訪ねたのじゃが、留守であった。なんでも家族にも知らせずどこか別の場所で療養しておるとのことだが……」

「へ？」

サムは目を丸くした。

「知らなんだか？」

「へ、へい。初耳でごぜえます」

医師は、じっとサムの顔を見つめる。その眼力の強さに、サムの身が竦んだ。

「偽りは申しておらぬようだの」

「とんでもねえ。偽りなんて、あっしは……」

「もうひとつ尋ねたいのだが」

またサムの言をさえぎって、医師は問うてくる。

「そなたの仕えておるバラ殿は耶蘇の宣教師であるそうよな？」

「左様にごぜえます」

「矢野は耶蘇の教えをどう聞いておったかの？」

「どう……と、申しますと？」

何を問われているのかわからず、サムは首を傾げる。

「好ましきものとして聞いておったか？　それともそうではなかったか？」

　ギクリ、となって、サムの肩が揺れた。矢野隆山が病床で洗礼を受けた一件が思い出されたのである。

「さ、さあ、あっしは矢野先生とはあまりお話ししたことがありませんで……そんなことは知りようもごぜえません……」

　すっとぼけようとしたが、動揺が態度に表れてしまった。

「よもやキリシタンに改宗したなどということはあるまいな？」

「そ、そんなことは、ね、ねえ！　ねえでごぜえますよ！」

　あわてて否定するが、ますます怪しい素振りになってしまう。

　三人の男たちの目つきがギラギラと獰猛（どうもう）な色を帯び始める。

「少し、あちらで話そうか」

　こう医師が気味悪く笑いながら示したのは狭く人気（ひとけ）のない路地だ。

「へ？　え？　いや……」

「いいから来い」

　従者のひとり、犬顔の男が凄んだ。サムは路地へ引っ張られていく。

　路地に入ると、三名はサムを囲むように立った。逃げ道を塞いでいる。

　ここでサムは、あの洗礼の夜に立ち聞きしてしまった矢野の言葉を思い出す。

——きゃつらは、近いうちに必ずや探りを入れに現れます……。

(か、鴉とかいう連中か？　あちこちに隠れて外国人を殺そうとしているっちゅう？

そいつらがいよいよやってきたのか？　そ、そうに違えねえ！)

だとすれば、先程外国人のふりをしてみせたことがかえって後悔されてくる。

(や、やべえ。あ、あっしはどうなっちまうんだ？　心配だ、心配だ、心配だ……)

湧き起こる恐怖心に、サムの身がガタガタと震え始めた。

怯えるサムへ、医師風の男は気持ち悪いほどの猫なで声でこう尋ねてくる。

「のう？　どうなのだ？　矢野は耶蘇に転んだのか？」

「し、知らねえ……」

「これこれ、正直に申せ。申さねばためにならぬぞ」

「ほ、本当に知らねえんですよぉ……。信じてくれよぉ……」

サムの声は泣きべそのようになっていた。

「少々、痛めつけてやるかい？」

小太りの従者が穏やかならぬことを言った。ひっ、とサムは小さく悲鳴を漏らす。

「いや、待て。こやつの態度で察しがついたわ。こそこそ身を隠しておるところから
もわかるが、矢野めが、邪宗門に染まりおったは間違いなかろう」

医師の言葉に、サムは青ざめる。

自分のせいで隆山の洗礼を感づかれてしまった。

「こいつはどうする？」

犬顔の従者が忌々しげにサムを睨んだ。

「斯様な洋服を纏いおって。異国にかぶれ、夷狄に傅く浅ましいやつだ。生かしておいてはためにならんな」

サムは震え上がって声を上げた。

「ま、待ってくだせえ！　あ、あっしは好きでこんな格好をしてるわけじゃねえ！」

「ほう？」

「あ、あ、あっしは船で異国に流されちまって、異人の間で暮らさなきゃならなかったんでごぜえます。こうやって国に戻っても、日本人の中じゃ暮らしていけねえ。だから仕方なく外国人の中で異人のふりしなきゃならねえだけなんですよぉ！」

「つまりそなたは、あの伝吉や浜田彦蔵めとは違うというわけか？」

ふいに知った名を口にされたものだから、サムは驚いた。

伝吉は言うまでもなく、あの意地悪な伝吉である。浜田彦蔵は、ジョセフ＝ヒコこと彦太郎の現在の日本名だ。

「で、伝さんや彦を、し、知ってるんで……？」

「知らぬわけがあるまい。私欲のために日本を捨て、異人どものために働く憎むべき売国奴どもよ。そも、伝吉めを成敗したのは……」

と、言いかけて、

「まあ、それはよいだろう」

サムは、ゾーッ、となった。

（ま、まさか、伝さんを殺めたのは、こ、こいつら……）

サムの恐怖心を面白がるように、ふふふっ、とほくそ笑んで、医師は小太りの従者へ顔を向ける。

「聞けば、こやつ、哀れではないか。情けをかけてやってもよいとは思わぬか？」

「始末せずともよいのかい？」

「こやつごときを殺したところで矢野の居所が知れるわけでもあるまい。それより、使ったほうが賢かろうよ」

「使う？」

従者には答えず、医師はサムの色を失った顔を覗き込んだ。

「これ、おまえ。名はなんと申す？」

「せ、仙太郎と申します。人からは、サム・パッチと呼ばれておりますが」

「夷狄が飼い犬につけた名か！」

　吐き捨てるような犬顔の従者の声に、またサムは身を縮こまらせる。

「名などなんでもよい。そなた、矢野の居所を知らぬというはまことじゃな？」

「へ、へえっ！　お天道様に誓って、まことにごぜえます！」

「では、その居所、探り出してまいれ」

「へ？　……えっ⁉」

「そなたは知らずとも、そなたの主人は、矢野の居所を知っておるのではないか？」

「そ、そうでごぜえましょうか？」

「あるいは、屋敷に出入りする者の中に、矢野めを匿っておる者がいるやもしれぬ。フフン。先日、神奈川で会った刀傷の男が怪しいのぉ。あやつ、わしらを捜しておる様子。横浜に異人を守る怪しからぬやからがおると聞いたが、それがやつか」

　なんのことかわからぬサムは、ただただ戸惑うばかりである。

「おまえは屋敷へ戻り、それとなく矢野の居所を探るのだ。五日ののち、我らはまたおまえの前に現れる。その時までに成果を用意しておくのだ。よいか？」

「そのようなこと、あっしにゃとっても……」

サムがまごまごしていると、医師はぎろりと彼を睨み、

「よいか?」

有無を言わせぬ調子で念を押してくるので、サムもつい、

「へいっ!」

と、答えてしまった。

「わかっておろうが、我らのことを誰かに話せば……」

「へ、へいへい! もちろんでごぜえます! く、口が裂けても!」

がくがくと首がもげるほどサムは頷いた。

満足げな笑みを浮かべると、医師は従者二名へこう告げる。

「では、行こうか」

「よいのか? こんなやつに任せても?」

小太りの従者が不満げに言った。

「我らがこの狭い横浜で下手に動けば、あの刀傷めに見つかるやもしれぬ。異人の邸を探らんとすればなおのこと。こやつを使うが得策であろうよ」

「我らは、五日もこやつを待つというのか?」

犬顔の従者が尋ねた。

「わしらはわしらで横浜の外を捜す。なに、病体ではそう遠くには逃げられぬわ。誰ぞ隠れ家へ向かう矢野めを見ているはずじゃ。神奈川周辺を虱潰しに探るぞ」

「うむ」

三人が顔を見合わせて頷く。

医師はもう一度サムへと目をやり、脅迫じみた微笑みを浮かべた。

「頼んだぞ……」

背を向けると、三人は路地の外へと歩み出した。

恐怖に身の竦んだサムがようやく動けるようになったのは、彼らの姿が完全に路地の角に消えたあとである。

こわごわとサムは、路地の出口まで歩んで、往来へ顔を出す。

角を曲がってそう時が経っておらぬのに、長く続く通りの右を向いても左を向いても三人の姿はない。さながら魔性の者が天へ飛んで忽然と姿を消したかのようだ。

しばし、呆然となっていたサムだったが、麻痺していた思考が働き始めるにつれ、じわじわと強烈な不安が湧き起こった。

（え、えらいことになっちまった……）

あの三人、矢野隆山の言っていた〝鴉〟に違いなかろう。生涯関わりたくもない恐ろしい者どもに、矢野隆山の居場所を五日で探ってこいと言われてしまった。

（あっしがもし矢野先生の居場所を見つけて、あいつらに話したらどうなるんだ？　や、矢野先生はあいつらに、こ、こ、殺されちまうのか？）

ここまで考えたあと、サムは別の不安にかられる。

（ま、待てよ。矢野先生の居場所を捜し出せなかったら、あ、あっしが矢野先生の代わりに殺されるのか？　心配だ、心配だ、心配だ……）

どこをどう歩んだかもわからぬまま、サムはふらふらとバラ邸へと戻った。

居留地一六七番のバラ邸は、大通りに面した賑やかな場所にある。

洋館ではなく開港初期に建てられた日本家屋だ。

もともと神奈川成仏寺を宿舎としていたバラたちだが、生麦事件後治安が悪化し、神奈川に住み続けるのが危険になって、急遽横浜に家を探して住んだのがここだ。

邸に着くと、あれほど何度も確認したにも拘らず、サムは買い忘れをしていた。

そのことでマーガレットにお小言を言われたが、ほとんど頭に入ってこなかった。

それで、ぼーっとしてしまったものだから、さらに叱られることになる。

矢野隆山を狙う者からその居所を探れと言われているにも拘らず、それをバラやマーガレットに黙っている己がひどく後ろめたかった。

同時に、あの三人との接触を知られてしまったらここを追い出されるのではないか、などということまで頭を過る。

一日、そわそわと落ち着きのなくなったサムは、使用人としての仕事でいくつもの失敗をしてしまった。

彼の挙動不審が主人・バラに伝わったのだろう。夕食の後、声をかけられた。

「サム。今日は様子がおかしいようだが……何かあったのかい？」

「あ、いや、申し訳ござえません」

謝ったあと、ふとサムは思った。

（今が矢野先生の居場所を聞き出す機会かもしれねえぞ）

あの三人に報告するかどうかはともかく、聞き出しておくべきかもしれない。

「あ、あの、旦那様、矢野の先生はどこかへ行かれてるんでございましょうか？」

途端、バラの顔色が曇った。

「なぜ、そんなことを聞くんだい？」

「ああ、ちょっと人から聞いたもんでござえまして」

「人から聞いた？　誰から？」

一瞬、返答に困ったサムは、しどろもどろにこう言う。

「だ、誰って……昼間買い物に出た時に、矢野先生の患者さんとかいう御方にですよ。神奈川のお宅を訪ねても留守だったとかなんだとかで……」

「それは日本人かい？　君と矢野先生の関係をその人は知っていたというのかい？」

「は、話の流れでごぜえますよ。あっしが旦那に仕えていて、矢野先生がこのお屋敷に通っていたことを話す流れになったんですよ」

「君が初対面の人間とそこまで？　日本人とあまりしゃべらない君がかい？」

「へ、へえ。あっしも珍しくよう話したもんでごぜえますなぁ」

サムはそそくさと主人の前から逃げ出した。

（だ、ダメだ。やっぱりあっしに矢野先生の居所を探るなんて無理だ。どうすりゃあ、いいんだよぉ……。ああ、五日したらあの三人が来ちまう。心配だ、心配だ……）

その夜はまるで眠れなかった。

翌朝、サムが、心配と眠気に苛まれながら屋敷の庭先を箒で掃いていると、表戸のほうから声をかけられた。

「おはよう。サムさん」

見れば、往来に面した敷地の表戸に大男が立っている。

何度かこの屋敷に来たことがあり、知っている人物だ。

確か名は岸田吟香。ヘボンのもとで辞書編纂の手伝いをしている男である。

吟香は気さくに手を振りながら、のそのそと敷地内に入ってきた。

サムは自然と身が竦んでしまう。吟香が悪人でも乱暴者でもない好人物であることは知っている。だが、体が小さく小心者のサムは、相手の図体が大きいというだけで無意識に怯えてしまうのだ。

「バラさんは？」

「書斎でお仕事をしてござえます。ただいま呼んで参ります」

「ああ、いや、いいんだ。おいら、サムさんに用があって来たんだよ」

「へ？　あっしに？」

戸惑うサムと目を合わせるように、吟香がぬうっと屈みこんだ。

「昨日、あんた、医者みてえなのの いる三人組に声をかけられなかったかい？」

「ど……！」

ふいに変な声が出た。「どうしてそれを？」と言いそうになって、サムはあわてて言葉を呑み込む。だが皆まで口にせずとも、不審な態度は吟香に伝わってしまった。

「何か言われたんだな？」

「な、なんのことだかわからねえ。さ、三人組なんて知らねえ」

「隠さなくたっていいんですぜ」

　吟香の声は優しかった。

「サムさんが昨日そいつらに路地のほうへ連れ込まれるのを知り合いが見てるんだ」

「え？　み、見ていた……？」

　確かに往来には人通りがあった。だが、サムとあの医者たちを不審に思って気にする人間などいただろうか。

「なあ、サムさん。その三人組に何を尋ねられた？」

「な、何って、ちょっと道を……」

「矢野先生のことを尋ねられたんじゃないのかい？」

「え！　いいや……まっ……その……先生のことなんて……！」

　サムは、明らかな狼狽（ろうばい）を表してしまう。

　吟香の太い眉が「おや？」という風に動いた。

「サムさん、あんた、連中に何か言われたな？」

「なんにも言われてねえ！　道を尋ねられただけでごぜえます！」

　吟香の大きな手が、サムの肩へ当てられる。

「落ち着いてくれ。こいつは大事なことなんだよ。詳しくは言えねえが、矢野さんやバラさんの安全に関わることだ。話してもらわなきゃ困る。なあ、何を言われた？」

「し、知らねえ！　あ、あっしゃぁ、なんにも知らねえ！」

サムは、吟香の手を振り払うと、一目散に玄関へ駆け込んだ。

「サムさん！」

と、吟香の呼び止める声が発された時には、すでにサムは玄関の戸を閉めていた。

「な、なんで、岸田の旦那が、そんなことあっしに尋ねてくるんだよぉ……。わからねえ。ああ、もう、いっそ旦那様に全て打ち明けてしまおうか……」

と、思った矢先である。

――カアッ。

屋敷のすぐ外で、一羽の鴉がけたたましい声で鳴いた。

びくりと身を震わせたサムは、その鴉があの三人組の使い魔か何かで、常に自分を監視しているような気がした。

（ダメだ、ダメだ。話せば、あっしの命がねえ。それに、あっしが矢野先生の居所を探るよう命じられたことを旦那様が知ったらどう思うんだ？　疑われてここを追い出されちまうんじゃねえだろうか？）

日本人でありながら、外国人に混じらねば生きていけないサムは、バラから捨てらればもうどこにも行き場がない。

「うわぁ……どうすりゃ、いいんだよぉ……。心配だ、心配だ、心配だぁ……」

サムはその場にしゃがみこんで頭を抱えるのであった。

（六）
横浜運上所（うんじょうしょ）裏、お貸長屋付近の狭苦しい小料理屋である。

小魚を油で揚げる香ばしい音が響く中、吟香がこう呟いた。

「どうも、サムさんは何か知ってるなぁ」

不愛想な主人が、皿に載せて出した揚げ魚を受け取り、漣太郎が答えた。

「サムさんと言えば、ヒコさんと一緒に漂流した方ですよね。どういう人なんです？」

「おいらもよくわからねえんだ。ヘボン先生の供でバラさんの家に行った時に何度か見かけてはいるんだがな。話したことはなかったんだよなぁ。ずいぶんと気の小せえやつのようだが……ヒコの言ってることは違うんだよなぁ」

ジョセフ＝ヒコこと浜田彦蔵。サムとともに栄力丸で漂流した彦太郎のことである。

吟香は、ヒコが発行している『海外新聞』の刊行を手伝っていた。また、吟香に英語を教えたのも彼である。吟香とヒコは、事業の協力者であり友人同士でもあった。

「なぜかな、ヒコのやつは、サムさんをやけに褒めるんだよ。生真面目で信頼のおける人間だってな。ここぞって時にゃ、一番頼りになるそうだ」

「岸田さんにはそうは見えないと？」

「そうだなぁ。悪人じゃねえのは確かなんだろうが、いつ会ってもびくびくしてるし、使用人だからって異人相手に卑屈が過ぎるんだよなぁ」

「ふうん」

漣太郎は揚げ魚に唐辛子をさっと振ってひと齧りした。

「まあ、共に異国を彷徨ったヒコさんにしかわからないこともあるんでしょうね」

「おいらにゃ、買い被ってるようにしか思えねえがなぁ。一緒に異国を彷徨ったっつっても、あのふたりが香港で別れて十年も経ってる。ヒコの知ってるサムさんとはずいぶんと変わっちまってるのかもしれねえ」

「だけど横浜でまた会ってるでしょう？」

吟香は首を振った。

「いいや。サムさんのほうでヒコを避けてるらしい。何度かヒコもサムさんを見かけてるんだが、声をかける前に気づかないふりをして逃げられちまうそうだ」

「どうしてでしょう?」

「恐いんだろうよ。ヒコは攘夷浪士から目の仇にされてるからな。あんまりヒコと仲良くしてりゃ、自分の身も危ないとでも思ってるのさ。やっぱりヒコの言うようなやつとは思えねえなぁ……」

吟香は自分の皿の揚げ魚をひょいと摘み上げ、大きな口へ放り込む。ばりばりと骨ごと噛み砕いて呑み込んだ。

「それで、サムさんが何か知ってるようだというのは?」

「おっと。そいつを忘れていた。まずな、吠庵たちが、サムさんを路地裏に連れ込むのを、お政のガールが見てるんだよ」

ガールとは、娘ラシャメンのことである。

ラシャメンと言えば、異人を専門にした遊女だ。幕府から鑑札を出された公娼で、表向き、外国人はラシャメンしか買ってはならないことになっている。

だが、外国人の多くは、遊女ではなく素人の日本人女性を好む。

その需要に応えるように、非公式で異人の館へ通い、妾になったり、現地妻になったりする素人娘が増えていた。

こういう無許可のラシャメンを〝娘ラシャメン〟と呼ぶ。

ラシャメンも娘ラシャメンも、異人と情を交わす不届きな女として日本人から蔑まれ、往々にして差別を受ける。

その末路は悲惨であることが多く、貧困から娘ラシャメンになったものの、異人に飽きて捨てられ、ただラシャメンであった過去だけが入れ墨のように生涯残り続ける。蔑まれ、道端で悪しざまに罵られることも少なくない。

フランスお政は、そういった虐げられる娘ラシャメンを援助する活動を行っていた。

というのもフランス貴族モンブランの恋人であるお政もまた、世間から娘ラシャメンのひとりとみなされているからだ。

娘ラシャメンの中でも、お政はかなりの成功者と言っていい。

富裕な外国人貴族の庇護を受け、その寵愛も並大抵ではなく、そこらの旗本の奥方と比べてもだいぶ贅沢な暮らしを送ることができている。

もっとも、お政は、自身を娘ラシャメンとは認めていない。

結婚こそしていないが、モンブランと自分とは純粋な恋愛感情で結ばれ、対等な存在として互いを認め合う関係なのだと主張していた。

彼女の娘ラシャメン援助活動は、自由恋愛であっても異人相手だとラシャメン扱いされ、悪評と迫害の対象にされてしまう世相との戦いなのだ。

お政は路頭に迷った娘ラシャメンへ、可能な限りの資金援助をおこない、病に罹れば医者を紹介した。時に本牧の邸に招き、お茶会と称して相談にも乗っていた。

いつしか娘ラシャメンたちにとって、美しくも凜々しく、武士や異人相手にも敢然と意見する庇護者〝お政お姉さま〟は憧憬と崇拝の対象となっていた。

そんな、横浜に二千人はいると言われる娘ラシャメンたちが、お政の目であり耳である。彼女たちの見聞きしたことはことごとくお政の耳に入るのだ。

サムを路地裏に連れ込む吠庵らを目撃したのも、そういったお政と通じる娘ラシャメンのひとりだった。

「それで、吠庵たちはサムさんに何を話していたんです？」

「そこまではわからねえ。連れ込んだところまでは見たが、そこから先は恐くて深入りできなかったらしい」

「声をかけられたのはサムさんだけですか？」

「いいや。バラさんちに出入りする卵売りの婆(ばあ)さんや、奥さんのやってる英語塾の生徒さんとかも声をかけられてる。そいつら全員に話を聞いてみたんだが、矢野先生の居所やキリシタンに改宗してやしねえかってことを遠回しに尋ねられたってぐらいだった。だが、サムさんだけはおかしな反応をしやがったんだ」

「おかしな？」

「おいらが尋ねたら、顔色を変えて焦り始めた。詳しく話を聞こうとしたんだが、まるで話そうとしねえんだよ」

「なるほど……」

「ありゃあ絶対に何か隠してるぜ。なんとしてでも聞き出さなきゃならねえ」

吟香は卓に置いたでかい拳を強く握り、震わせた。

そんな吟香を漣太郎は不思議そうに見つめている。

「なんでい？　じろじろ見やがって」

「いや、岸田さん、今回はずいぶんと熱が入っているな、と思いまして」

指摘され、吟香は口をすぼめて、ばつの悪そうな顔を作る。

「ヘボン先生からの直接のお願いだからな……」

こう言っているが、理由は別にありそうだった。

「熱くなり過ぎないほうがいいですよ。今回の相手は一筋縄では行きませんからね」

そう。今回の敵、友枝吠庵一党は並一通りの相手ではない。

ここまで吠庵たちの行方を追ってきた漣太郎たちだが、未だにその尻尾を摑むことができないでいる。

お政に集まる娘ラシャメンからの情報で、昨日まで吠庵らが横浜に出没していたことだけはわかったが、その消息も今日はふっつりと途絶えていた。

おそらく吠庵たちも漣太郎らの動きに気がついている。慎重に身を隠しながらも執拗に隆山の居所を探っているのだ。

やはり素人ではない。いずれ本牧の邸へ辿りつかれてしまうかもしれない。

今のところお政の邸には、高橋佁之介が護衛として入ってくれている。

だが、江戸の藩邸に住み、開成所の出役を務めている佁之介は、いつまでも横浜に留まってもいられない。それに敵が素人でないとなると、剣の達人の佁之介でも、三人がかりで奇襲をかけられれば守り切れるか危ういところだ。

こちらが向こうを捕まえるのが早いか、隆山を見つけられるのが早いか……。

漣太郎と吟香の内に焦りが生まれていた。

「今のところ唯一の手がかりと言えそうなのは、やはりサムさんだけですね」

「だが、ありゃあ、何を聞いても話してくれそうにないぜ。力ずくってえのもちょっと気が引けるしなぁ……」

「ええ。ますます頑なになってしまうかもしれない。サムさんが気を許している誰かに聞き出してもらうしかないでしょう」

「気を許している誰か？」

　吟香は腕組みをした。首を捻って、

「そんなやついるかなぁ？　あいつ、自分が日本人だってことすら初対面の人間に知られねえようにしてるぐらいだぜ」

「よく考えてください。誰かいるはずです」

「ふう～む」

　吟香は低く唸って考え込んだ。

「差し当たって、やっぱりあの人だよなぁ……」

　思い当たったのは、当然、サムの主人、ジェームス・バラであった。

（七）

　夜、サムが夕食の食器を片づけていると、ふいにバラに呼び止められた。

「サム。あとで書斎へ来てくれないかい？　ちょっと話があるんだ」

　声色こそ気軽な調子だったが、人の顔色を窺う習慣がしみついているサムは、バラの穏やかな表情の裏に、神妙な何かが隠れていることを見て取った。

（まさか、あの医者たちのことか？）

バラにはあの三人組に出会ったことは話していない。

だが、隆山の居所について尋ねた時の、挙動の怪しさは十分に伝わってしまったはずだ。あの場では見逃されたが、主人バラはいずれ追及するつもりだったに違いない。

（ああ、どうすりゃあいいんだ……）

三人組から隆山の居場所を探れと命じられたのは、もう一昨日のことである。

その間、サムは直面する問題をなんとか穏便に回避できないか悩み続けていた。

打開、ではなく、回避、である。

隆山の居場所を探り出すこともなく、主人に三人組と話したことも知られることなく、数日後にもう一度自分のもとに現れる鴉たちに見逃してもらう方法……。

つまるところ、言い逃れる方法ばかり考えていたのである。

「心配だ、心配だ、心配だ……」

と、相も変わらず呟きつつ、サムはバラの待つ書斎へ向かったのだった。

日本家屋であるバラ邸の書斎には、畳敷きの上に洋風のテーブルと椅子、書棚とが置かれている。

バラとその妻マーガレットが椅子に腰かけて待っていた。

「やあ、サム、来たね。座ってくれ」

卑小なまでに畏まるサムへ、バラとマーガレットの視線が痛いほど向けられていた。

逆卵型の顔をした若くハンサムなバラの表情はあくまでも優しげである。

十六才の頃、身近な少女の死に直面し、それをきっかけに信仰に目覚めたというバラは、とにかく誠実で優しい宣教師だった。

お世辞にも有能とはいえないサムを使用人として邸に置き、面倒を見続けてくれているのもその優しさゆえである。どんな失態を犯しても、この主人が声を荒らげてサムを叱ったことは一度もない。

だからサムはバラに対しては主人に対する恐縮以上の畏れは感じていなかった。

サムが今怯えているのは、その隣の女主人のほうである。

(なんで奥様までいらっしゃるんだ……)

サムは厳しい顔で自分を見つめるマーガレットをちらちらと盗み見る。

マーガレットは、夫バラと九つ歳が離れ、今年二十五歳である。

来日してからすでに子をふたり産んでいるが、丸顔でくりくりと愛らしい目をしたマーガレットは未だにどこか少女らしさを残し続けていた。

それも勝気でおてんばな少女である。彼女の休日の趣味が、馬に跨り横浜の外までと叱る。サムは彼女のそういうところが苦手だった。

遠出することであることからも、その勝気さがよくわかるというものだ。サムのこともはっきりそんな彼女なので、何事もはっきりハキハキとものを言う。サムのこともはっきり

「ねえ、サム、君は僕に隠していることがあるんじゃないかい？」

バラが柔らかな声で切り出した。

「なんのことでございましょう？　あっしにはさっぱり……」

「先日、君は僕にヤノセンセーの居所を尋ねてきたね？」

「ち、違えます。ただ、先生がどこかへ行っていると小耳に挟んだもんで、どうしたものかとお尋ねしただけでして……」

しどろもどろに言っている間も、サムは自分を凝視するマーガレットの視線を意識している。この利発な夫人はどんな嘘も見逃さないように思えた。

「その日、君は町で三人の男に声をかけられたそうだね？」

やはり知られていた、と思ったが、サムは咄嗟にしらばっくれる。

「三人の男なんて、あっしはまったく……」

「嘘は吐かないで欲しいんだ。キシダさんのお知り合いが、見ているんだよ」

バラの声色がやや厳しくなった。

「あ、ああ……そうだったかもしれねえです。そうです、そうです。そういえば、あの日、確かにお医者様らしい御方に道を聞かれましてごぜえます。なんてことはねえことだったんで忘れちまっておりました」

目を泳がせながら、サムは苦しい言い訳をした。

対してバラのサムを見る目は真っ直ぐである。

「サム。いくら隠しても、神は全てを見通しているよ」

「か、神……」

曲がりなりにもクリスチャンであるサムは、神と言われると弱い。

「いいかい。僕が今君に尋ねているのはとても重要なことなんだ。君が出会った三人は、信仰を脅かす悪魔たちだ。そのままにしておいてはヤノセンセーの命が危ない。だからね、君がその男たちに何を言われたのか、打ち明けて欲しいんだよ」

宣教師らしい懇々たる言葉であった。

「あの、旦那様……信仰を脅かす悪魔が、なんで矢野先生のお命を狙うんで？」

このサムの質問は、惚けるために発されたものだが、相手は予想外に言い淀んだ。

「それは……」

バラは、矢野隆山の洗礼や、かつて隆山が鴉の一味であったことをサムが知らぬと思っている。それらのことを隆山の許可なく話すわけにはいかなかった。

しばし、バラは思い悩むように考え込んだが、やがてこう言う。

「すまない。それを君に話すことはできないんだ」

生真面目な宗教者であるバラは偽りで誤魔化すようなことはしなかった。

「僕が隠し事をしているというのに、君にだけ真実を話せと言うのは少々ずるいね。だからね、話すことができることだけはきちんと君に話すよ」

「…………」

「僕はヤノセンセーの居場所を知らない。万が一にも居所が知られぬよう、センセーを匿っている方たちは僕にも教えていないんだ。そしてね、また隠し事になってしまうが、センセーを匿っている方たちが誰であるかということも君に話すことはできない。これも悪魔に知られてはならないからだよ」

バラの丁寧で誠実な言葉に、サムは僅かに心動かされた。

全てを明かせぬ事情は当然のものとして十分に察せられる。だが、バラはそれを心底から申し訳なく思い、きちんとサムへ説明し、詫びてくれているのだ。

(なのに……あっしときたら……)

保身のために嘘ばかり吐く自分をサムは恥ずかしく思った。

さらにバラはこう続ける。

「サム。僕は君をただの召使ではなく、家族と思っている」

「へ？　か、家族？」

もったいない言葉にサムは動揺した。

「家族である君のことはちゃんと守る。見捨てたりはしないよ。だからどうか打ち明けて欲しいんだ。君があの男たちと何を話したのかを……」

「だ、旦那様……」

じーん、とサムの胸は熱くなった。

こんなに温かな言葉をかけてもらったことはサムの人生において一度もない。

この主人が、上辺(うわべ)だけの言葉を並べるような人間でないことは知っている。本当にバラはサムを家族の一員と考え、守ってやろうと考えているのだ。

（ああ、なんとお優しい御方なんだ……）

話してもよいかと思った。鴉たちは数日後にまたサムを訪ねてくる。そのことをバラに告げて、あの男たちを捕えてもらうのがよいのではないか。

だが、まだサムの中には一歩踏み出せぬところがあった。

（旦那様は優しい……）

優しいが、それゆえに暴力にものを言わせる組織に抗う力はないのではないか。サムを守ると言う言葉に偽りはなかろうが、実際に守り切れるのだろうか。そういう点に関して、この善良だが世知に疎い宣教師は頼りない気がした。

沈黙を続けるサムを、バラはじっと目を逸らさずに見つめ続ける。

次第にサムの心が決まってきた。

(やはり打ち明けよう。大丈夫だ。きっとなんとかしてくださるに違えねえ)

そうして重い口を開きかけた時である。

「サム」

厳しい声がバラの傍らから発された。びくっとなってサムは開きかけた口を噤む。

今まで黙って話を聞いていたマーガレットだった。丸い目がサムを睨みつけている。

「旦那様がこうまで仰っているのに、まだあなたは話してくれないの?」

「え……いや……奥様……」

「マーガレット、君は黙っていてくれ」

バラが諫めたが、マーガレットは止まらなかった。

「いいえ。わたくし、もう辛抱できないわ。言わせてもらいます」

きっ、とマーガレットの鋭い視線がサムへ戻る。

「どうしてあなたはいつもいつもそう煮え切らないの？　旦那様のお尋ねしていることは本当に本当に大事なことなのよ。あなたがそうやってうじうじしている間にもヤノセンセーのお命は危険にさらされているかもしれないの。おわかり？」

「へ、へえ……」

「いいえ。わかってないわ。わかっているならば、話してくれるはずだもの。もし、わかっていて黙っていると言うのならば、それは神に対する背信よ！」

「えっ！　は、背信？」

　マーガレットは深く溜息（ためいき）を吐く。

「それも仕方がないのかもしれないわね。サム、あなたはこの国の人間だもの」

「日本は本当に美しく素晴らしい国。国民も純粋で聡明（そうめい）よ。だけど未だに迷信と偶像崇拝に支配されているわ。お寺や神社には恐ろしい不動尊（デーモン）の偶像を祀（まつ）り、病や不幸が癒えると信じ込んでいる。鎌倉のブッダ像は素晴らしいけれど、あの素晴らしさこそが人々を惑わしてしまっている……」

　嘆かわしいとでも言うように、マーガレットは首を振った。

　マーガレットは、熱心で純粋なプロテスタント教徒である。だが、それゆえに日本の宗教に対し、曇りない心で不寛容なところがあった。

「ねえ、サム。あなたは、この国で再び偶像崇拝に触れて、せっかくアメリカで芽生えた信仰の心を失いかけているんじゃなくって？　それで仏教（ボンズ）の手先である男たちを庇い立てして何も話してくれないんじゃないの？」

「マーガレット、サムの信仰を疑うんじゃない。それに鴉と仏教（ブッディズム）は同じじゃない。偏見はいけないよ」

こうバラが口を挟んだが、マーガレットは聞いていない。

「サム！」

椅子から立ち上がり、握り拳を作って言い放った。

「あなたの信仰が確かならば、包み隠さず全てを打ち明けなさい。あなたはあなた自身で信仰の証（あか）しを立てるの！　あなたならできるわ！　だってあなたは困難な漂流を乗り切ってきた男でしょう？」

マーガレットの言葉は熱烈な激励である。だが、その熱烈さはサムを萎縮させるばかりだった。せっかく開きかけたサムの心はどんどん閉ざされていく。

何よりもマーガレットが発した一言が、いけなかった。

（――あなたはこの国の人間だもの）

それはバラの言った「家族」という言葉と相反している。サムはバラ一家から突き放されたような気になってしまった。

（家族なんて仰ってても、結局あっしはこの御方たちとは生まれが違えんだ。いざって時に守ってくださるとは限らねえ）

結局、サムが口走った言葉は次のものとなってしまうのである。

「知らねえ、知らねえ！　あっしはなんにも知らねえんでごぜえます！　あの男たちには道を尋ねられただけなんでごぜえます！　本当になんにも知らねえ！」

それからも、サムは「知らねえ」の一点張りであった。

サムを下がらせてから半刻ほどの書斎に、バラの落胆した声が響いた。

「やはり妻には席を外してもらうべきでした……」

バラは整った顔を申し訳なげに歪め、両手で頭を抱えた。

「そもそもどうして奥様が同席なすったんですか？」

問うたのは岸田吟香である。大きな体を椅子に埋めて呆れ顔であった。

吟香は、サムが書斎にいる間、襖一枚を隔てた隣室で聞き耳を立てていたのである。

「どうしてもと彼女が言ったんです。うっかり事情を話したのがいけなかった。僕だけだとあまり厳しくサムを追及できないのではないかと心配したようですね。だけど、ますます彼の心を閉ざす結果になってしまった……」

「まあ、過ぎてしまったもんは仕方ねえですよ」

吟香は溜息を吐いた。

「バラさんが尋ねりゃ、すぐに話してくれると思ったんですがね。あなたでダメなら他に気を許すような人間は親兄弟しかいないでしょうなぁ」

そのサムの親兄弟は、彼の故郷、芸州瀬戸田村にいる。まさか安芸（あき）国から親族を呼び寄せるわけにもいくまい。

「サムが気を許す……？」

ふとバラが何か思い立ったように口にした。

「……彼ならもしかして」

「どなたか心当たりがあるんで？」

「いや、気を許すというのとは少し違うかもしれない。だけど彼ほどサムと繋がりの深い男もいないし……。ああ、だが、彼とサムとを引き合わせたくはないな……」

「そりゃあ、どんな御方なんです？」

「悪い男ではないんです。僕も親しくしているし、何かと世話にもなっています。だけれど、少々癖のある人物でして……」

何やら奥歯にものの詰まったようなバラの言葉に、吟香はじれったくなる。

「どなたなんです。そのお人は」

「ジョナサン・ゴーブル。バプテスト派の自給伝道師です」

それは、サムがこの世で最も恐れる人間の名であった。

（八）

翌日の夜、バラ邸へひとりの男が姿を現した。

顔立ち厳めしく、焦げ茶色の髪に、赤らんだ灰色の肌をした西洋人だ。大きい。全身が岩石のごとき筋肉に覆われ、あの岸田吟香と並べてもまったく見劣りしそうにない屈強な巨漢であった。

開国当初、初めて西洋人を目の当たりにした日本人が、その見慣れぬ異貌を赤鬼のごとしと形容する例が多々あったが、この男などまさに赤鬼だ。

そんな鬼のごとき男が、のっしのっしと周囲を威圧するようにバラ邸内を歩む。男の体重に広縁の板が、ギシギシと悲鳴を上げていた。

やがて書斎の前まで辿りつく。障子をからりと開き、彼の巨体には低すぎる鴨居（かもい）を窮屈げに身を屈めて潜った。

「待たせてすまぬな、バラ」

親しげだが、巨獣の唸るような低く恐ろしげな声色である。

椅子に腰かけていたバラが男へ答えた。

「いえ、こちらこそ急の呼び出しに応じてもらってすみません」

「なに、おまえの頼みだ。気にすることはない」

言った後、男はバラのすぐ隣に立っていた矮小な小男へぎょろりと視線を向けた。

「おお、久しぶりだのぉ、サムよ」

サムの身が、強張った。

男がサムに向けるのは笑顔だが、猛獣が獲物を油断させるために浮かべる微笑みというものがあるならば、こういうものであろうという笑顔だった。

「達者にしておったか？　俺が成仏寺を出てから、おまえ、一度も訪ねてはくれなんだからのぉ。心配しておったのだぞ」

男は、さも久闊を叙するように両腕を広げてサムへ歩み寄った。男の接近につれ、サムの小さな体が、ぶるぶると震えだす。

（な、なんでゴーブル様がいらっしゃったんだ……？）

――ジョナサン・ゴーブル。

アメリカバプテスト派自由伝道協会の日本伝道区宣教師。

志願してペリー艦隊の海兵隊員になり、帰国後アメリカでサムの面倒を見続け、日本まで連れ帰ったあの男だ。

このゴーブル、もと軍人という以上に宣教師として異色な経歴がある。

前科持ちなのだ。

ゴーブルは早くに両親を亡くし、貧しく荒んだ幼少期を過ごした。荒んだ生活が彼の心までも荒ませたのか、十代の頃にはいっぱしの不良少年へと成長していた。

特にゴーブルは非常に頭に血が上りやすい性質があり、腹立たしいことがあると、彼自身まったく自制することができぬまま無意識に暴力をふるってしまうのである。

そんな彼が金銭強盗未遂の罪を犯したのは十九歳のときのこと。

なんでもブレアという男に対して「五〇ドルよこさなければ撃ち殺すぞ」といった内容の脅迫状を送りつけたらしい。

当然のごとく逮捕されたゴーブルは刑務所で二年間を過ごすことになった。

この獄中生活で、ゴーブルは何がきっかけとなったのか、強い信仰に目覚めた。

刑期を終えたゴーブルは、胸に抱える鬱屈や暴力性を東洋伝道という理想へと昇華させ、精力的に活動を始めたのである。

来日してからは、自給伝道師という寄付金のみを頼りとする貧困の中、獄中労働で学んだ靴直しで糊口を凌ぎ、キリスト教徒に対する偏見や弾圧をその屈強な肉体と激しい気性で撥ね除けながら伝道活動をおこなってきた。

まさに不屈の人というべきだろう。

非常に残念なのは、その熱烈な信仰心をもってしても〝かんしゃく持ち〟という彼の宿痾を改善できない点である。

この極度の癇癖のため、日本人はもちろんのこと、同じ宣教師との間にもトラブルが絶えなかった。バラが「少々癖がある」と言葉を濁したのは、このためだ。

かんしゃく持ちのゴーブルと、卑屈で臆病者のサムとの食い合わせがおそろしく悪いことは言うまでもない。

アメリカ時代、ゴーブルは要領の悪いこの東洋人に苛立ち、幾度も自制心を失って暴力をふるった。繰り返される虐待に堪えきれず、サムは自殺未遂までしている。

サムにとってゴーブルは、恩人である以上に、魔王のごとき恐怖の対象だった。

「ゴ、ゴーブル様……本日はどういったご用向きで……？」

サムが、歯の根の合わぬ声で尋ねると、ゴーブルの目がギロッと光った。

「どういった用向き？　俺とバラは親友だぞ。友の邸を訪れるのに理由などいるか？」

「え……いえ……」

縮こまるサムを目にし、ゴーブルはニカッと笑った。

「わっはっは。冗談だ。本日はな、バラではなく、おまえと話をしに来たのだ」

「へ？　あ、あっしとでございますか？」

ますます恐ろしくなるサム。

ゴーブルがバラへと顔を向けた。

「バラよ、席を外してもらえるか？」

「え？　僕も同席するつもりでいたのだけれど……」

「サムと腹を割って話をしたいのだ。おまえがいたのでは、話すことも話せぬだろう」

「そうかい？　それなら……」

バラは心配そうな視線をサムに残しつつ、席を立つ。

サムは「残ってくれ」と目顔で哀願したが、虚(むな)しく、主人は出ていってしまった。

非情な音を立てて、障子が閉まる。ゴーブルが、どっかと巨体を椅子へ降ろした。

「まあ、サム、おまえも座れ」

「いえ、あっしはこのままで……」

「座れ」

高圧的に言われ、サムはあわてて椅子へ腰かける。

「なあ、サムよ。こうやっておまえとふたりきりで話すのはいつ以来だ？」

ゴーブルの声は、気持ち悪いほど穏やかだった。

「へ、へえ……。ゴーブル様が成仏寺を出て以来にごぜえます」

「うむ。懐かしい。成仏寺での日々もそうだが、アメリカでの日々もなぁ」

「へえ……」

それはサムにとって悪夢の日々である。

「俺はおまえのためにずいぶんと骨を折ってやったものだ。なかなか改宗に踏み切れぬおまえにヤキモキしたこともあったが、今となればそれもいい思い出よ」

「………」

勝手にいい思い出にしないでもらいたいと思うサムである。

「だが、最後におまえは洗礼を受けてくれた。俺は嬉しかったぞ。覚えておるか？　俺の宣教師任命式でおまえは壇上に立ち、皆の前で立派に自身の信仰について語ってくれたな。聞いていて俺は涙が出そうになったものだ」

その任命式での挨拶もまた、サムにとっては苦痛以外の何物でもなかった。ゴーブルが改宗させた日本漂流民という触れ込みで、望んでもおらぬのに観衆の注視を受ける壇上に引っ張り上げられ、上手でない英語でつっかえつっかえみっともなく挨拶させられた記憶は、忘れてしまいたい過去にほかならない。

「のお、サム」

ふいにゴーブルの声質が一段階低くなった。サムはぞくっとなる。

「おまえ、あの日の信仰を忘れたな？」

ゴーブルの目が、凶悪にサムを見ていた。

「と、とんでもございません。あっしは今でも変わらずクリスチャンでごぜえます」

「では何ゆえ、異教徒と通じ、庇い立てする？」

「な、なんのことでごぜえます？」

「すっとぼけるでないわ！」

ゴーブルが机をぶっ叩き、吼えるように怒鳴った。サムの身がのけぞり、危うく椅子ごと倒れてしまいそうになる。

「おまえは、信仰の弾圧者と通じ、そやつらの陰謀に加担しておるそうではないか」

「か、加担ですって？」

「詳しくは知らぬ。俺が聞いているのは、おまえが我ら宣教師を害さんとする者どもと通じているらしいということだけだ。おおっ、なんと嘆かわしいことか。よもや我が手で救い上げた信徒が悪魔のしもべになろうとは……！」

「そ、そんな、滅相もねえことを……！」

「黙れ黙れ。おまえが弾圧者どもと会って話をしておったことは聞いておるのだ」

「ち、違えます！　あっしはただ道を聞かれただけで……」

「見苦しいぞ！」

ピシリッ、とゴーブルはサムの言をさえぎった。

「ただ道を聞かれただけで、何ゆえ路地へ連れ込まれる？　何ぞやましきことを話すのでなければ左様な人気のない場所に入る必要はあるまい？」

「そ……それは……」

鋭い指摘にサムは言い淀む。

「虚言を吐いておるな？　その虚言、神に向けられた虚言であるぞ」

「へっ？　神⁉」

「そうだ、神だ。悪魔へ心を寄せ、神へ偽りを申しておるのだ。おまえは魂まで穢れきっておる。その罪穢れ、最後の審判の日に必ずや裁かれるであろう！」

アメリカでキリスト教教育を受けたサムにとってこれほど恐ろしい言葉はない。

(正直に言わなきゃ、あっしゃぁ、お裁きの日に地獄へ落とされちまうってえのか？だ、だ、だけど、言っちまったら、命がねえ。ど、どうすりゃいいんだ？)

が、実を言えばゴーブルは、サムが鴉らに加担しているとは思っていない。

何も話そうとせぬのも、敵を庇っているわけではなく、脅されてものが言えぬのだろうと察している。「話せば殺す」とでも言われ、臆病なサムの口が堅くなっていることぐらい長年アメリカで共に暮らした経験からわかっていた。

——ならばその脅し以上の脅しをぶつけてやればよい。

これがサムの口を割らせるゴーブルの算段だった。

サムの怯えきった姿を目にし、ゴーブルは己の策略が上手くいっていることを実感して、厳めしい顔を和らげる。

椅子を立ち、にこにこ微笑みながらサムの隣へ回る。サムの肩へ手を回し、

「とはいえ、のう、サムよ。神は寛容だぞ」

「か、寛容？」

「そうとも。一度や二度の過ちも、本心より悔い改め、信仰の道へ邁進（まいしん）するならば必ずやお許しくださるであろう。そら、俺を見ろ。かつては獄に繋がれた身だ」

「…………」

「俺もなぁ、若き頃は相当悪事を働いた。信仰に目覚めてからはこのように生涯をかけて昔日の悪行の贖(あがな)いをしておる。人は何度でもやり直せるのだ」

ゴーブルの声には温かみがある。演じているからだけではない。激しやすい男でもあるが、そのぶん人情家でもあるのだ。

「今からでも遅くはない。真実を告白するのだ。そして俺とともにのぉ、罪を償っていこうではないか。なあ、サムよ」

「…………」

サムはうつむき黙り込んでいた。

ゴーブルは、この沈黙を己の言葉がサムの心身へ浸透する表れと理解する。穏やかな表情で、サムの顔を見つめ、その重い口が開かれるのを待った。

やがて、サムの唇が震えを帯び、蚊の鳴くような声が漏れ出る。

「わ……わか……」

「なんだ？　はっきり申してみよ」

ゴーブルはサムの顔へ耳を寄せる。

サムは目を机の木目に落としたまま、躊躇いがちにこう言った。

「な……何をおっしゃってるのか……わ、わからねえ……」

「何？」

ゴーブルの額で僅かに癇筋がぴくりと動く。

「ゴ、ゴーブル様は、先程から……な、何をおっしゃってるんで？　あ、あっしにゃぁ、なんのことかさっぱりでごぜえます。先程も申し上げました通り、あ、あっしはただ道を尋ねられただけで……そ、それ以上のことは……何も……」

サムの言葉は尻のほうで小さくなり、ついには掻き消えた。ゴーブルの彼を見る形相が凄まじい怒りの色を帯び始めたからである。

「貴様……貴様……あくまでも偽りを申すか？　この俺にまで打ち明けぬというのか？　当てのないおまえの面倒を見続けたのは誰だ？　この国へ連れ帰ってやったのは誰だ？　おまえは俺から受けた恩義を忘れたか？」

ゴーブルの顔面がだんだん湯気でも立たんばかりに紅潮してくる。かつて庇護下にあった哀れなサムが、己に背き言いなりにならぬことが腹立たしくなっていた。

だが、サムはこう思っている。

(な、何言ってんだ。あ、あんたぁ、あっしを捨てたじゃねえか)

居留地に住まいを見つけたゴーブルは、用無しでやっかい者のサムを成仏寺に置いて出ていった。帰国しても日本人社会に戻ることのできぬサムにとって、ゴーブルに見捨てられたことが当時どれだけ不安であったことか。

その薄情をサムは忘れていない。鴉のことを打ち明けて、自分の身に危険が迫っても、この男は守ってなどくれない。また見捨てるに違いない。

「あっしゃぁ、本当に何も知らねえんですよ。もうお帰りになってくだせえ」

サムの言葉は無意識にすねたものになっている。

その反抗の色に、ゴーブルは、かっとなった。

「こいつっ！」

まずい！　と、思った直後、ゴーブルの握り拳がサムの顔面に炸裂した。

「ぎゃっ！」

サムの小さな体が椅子ごと畳へ叩き倒される。派手な音が響き渡った。

口腔が切れて血の味を感じたのも束の間、厳つい手のひらで胸倉を掴まれ、サムは乱暴に引っ立たされる。

ゴーブルの忿怒の形相が、目と鼻の先にあった。

「この不忠者めがっ！」

柱に背中を叩きつけられた。それでもゴーブルの怒りは治まらない。サムの身をひっつかんだまま、幾度も幾度も柱へ叩きつける。

「話せ！　話さぬか！　ええいっ、この強情者が！　まだ話さぬか！　話せっ！」

「勘弁してくだせえ！　勘弁してくだせえ！　勘弁してくだせえ！」

悲鳴を上げて許しを請いつつも、サムは口を割らなかった。

船乗り時代のいじめ、サスケハナ号での船員からの迫害、アメリカでのゴーブルからの暴行……理不尽な暴力に晒され続けてきたサムは、それに立ち向かう勇気はないが、耐えることだけは得意なのである。

サムが哀れに声を上げ、我慢すればするほどにゴーブルの頭には血が上った。ゴーブルが強い信仰心をもってしても克服できなかった極度の暴力性が露わになっている。

もはや我を忘れたゴーブルは、白状させることではなく、ただ激昂のままに生意気な小男を痛めつけることだけが目的となっていた。

「ゴーブル！　何をやってるんだ！」

障子が開き、バラが飛び込んできた。ゴーブルを背後から押さえようとするも、もと海兵隊員の腕力に撥ね飛ばされる。

暴力の権化と化したゴーブルを取り押さえることなど非力なバラには不可能だった。非人道的な暴行を目前にして、バラはおろおろするばかりである。

暴行がいつ果てるともなく続けられると思われたその時だ。

「よさねえか」

屈強な力が、ゴーブルの肩をむんずと押さえた。

振り向いたゴーブルの赤熱した頬へ強烈な張り手が炸裂する。

畳へ倒れたゴーブルを厳しい表情で見下ろしていたのは、彼に匹敵する巨漢、岸田吟香であった。

「頭を冷やせ！　あんた、自分が何やってるのかわかってんのか！」

叱りつけられ、ゴーブルは、ハッ、と我に返ってサムを見る。

サムは顔面を青く腫れあがらせ、意識を失って伸びていた。

一転、ゴーブルの顔色が蒼白に変わる。

「あ、あああ……」

後悔がありありと面上に浮き上がった。

「ま、またか。また俺は、やってしまったのか。あ、あ、あああ……」

ゴーブルはわななきながら後ずさる。

抑えきれぬ暴力性を、誰よりも恐怖していたのはゴーブル自身であった。

「か、神よ。神よ！　ゆ、許したまえ！　許したまええ！」

咆哮のごとく懺悔の声を迸らせ、ゴーブルはバタバタと書斎を飛び出した。

椅子とテーブルの散乱する書斎には、唖然とするバラと吟香、無惨に倒れたサムだけが残されたのであった……。

（九）

全身の痛みに目を覚ますと、サムは布団に横になっていた。

バラ邸の、サムの寝室として宛てがわれている三畳の狭い部屋である。

暗い。まだ夜は明けておらぬようだった。

額に濡れ手拭いが当てられている。おそらくゴーブルの暴行で意識を失ったサムを、バラがこの部屋まで運んで介抱してくれたのだろう。

顔が痛みとともに熱を帯びていた。手拭いが温かくなっている。顔に触れてみるとひどく腫れていることがわかった。

（ひどい目に遭った……）

と、思うと同時にゴーブルの暴力がもう過ぎ去ってくれていることに、ほっとする。

もう一度眠ろうと体勢を変えて瞼を閉じた時、ふと、障子の向こう、部屋のすぐ外の廊下から話し声が聞こえた。

「サムさんは大丈夫でしたかい？」

岸田吟香の声である。

「ええ、今は寝ています……。ただ、頭を殴られているので、しばらく様子を見たほうがよさそうですね」

これはバラの声だった。

ふたりとも声を潜めているが、サムには十分聞き取れる。ふたりはサムがまだ気を失ったままだと思っているのだろう。

「ああ、やはりゴーブルを呼ぶべきではありませんでした。彼の気性を考えれば、こうなることなんて想像できたはずなのに……」

「サムさんには悪いことをしちまったな」

「…………」

バラは少し黙ってこう言った。

「キシダさん。サムは本当に何かを知っているのでしょうか？　これだけやって何も話さぬのは、本当に何も知らないからではないでしょうか？」

吟香が、うーむと唸る。

「サムさんが鴉どもに路地裏へ連れ込まれ、何か言われたのは確かなんだよ。サムさんの様子には隠すようなところがあった……」

「ヤノセンセーの居所を尋ねられ、別れ際に自分たちと会ったことは話すな、といった程度の脅しを受けただけじゃないでしょうか？　サムは気が小さいところがありますから、それだけでも怯えて挙動がおかしくなってしまうと思うのですよ」

優しく善良なバラは、無惨に暴行を加えられたサムの姿を目にし、これ以上話を聞き出すのに気が引けているようだった。

「確かにな」

吟香もバラの言葉を受け入れる。

「思えば連中がサムさんに足のつくようなことを話すはずもありゃしませんな。あんな目に遭わせてまで聞き出すことでもねえ。サムさんはここまでにしときますよ」

これを聞いて、サムは心底安堵する。ようやく執拗な詰問から解放されるのだ。

だが、すぐに次の不安がサムの胸中で湧き起こる。

（いずれ鴉どもがやってくる。そん時、あっしゃぁ、なんと答えりゃいいんだ？）

しかし、ゴーブルの激しい暴力の直後だからか、その心配もなんとか乗り切れるような気がした。

（正直なことを言っちまおう。バラの旦那は矢野先生の居場所を知らねえんだ。知らねえもんだから探りようもなかったたって言えばいいんだ）

多少いたぶられるかもしれないが、痛い思いをしながら、へえこら哀れっぽく頭を下げ続ければ命までは取られないだろう。

（あと一回痛い目を見れば、それで済む。それで心配は終わるんだ。知らねえもんは、答えようがねえんだから、それでいい……）

こうサムが心に決めている間にも、吟香とバラとの会話は続いていた。

「ところでキシダさん、ヤノセンセーの居所はやはり教えていただけないのですか？」

「それはなぁ……どこから漏れるか知れねえもんですからなぁ」

「キシダさんのお仲間はみんな知ってらっしゃるんでしょう？」

「まあ、知ってなきゃお守りできませんからね」

「僕もヤノセンセーの件に関しては仲間です」

バラがただの好奇心から尋ねているのでないのは、その声色からもわかる。聖書翻訳における盟友であり、自らの手で洗礼を授けた矢野隆山の居場所すら知らないまま、吟香たちに任せっきりなのに焦れるものがあるのだろう。

「僕は誰にも話しませんよ。もちろん、妻にもです。お邪魔になるような手出しもしません。せめてどこにいらっしゃるかだけでも教えてください」

「…………」

吟香は、暫時逡巡するような間を作り、

「……本牧」

小さな声で告げた。

「本牧？　本牧のどこに……」

「ここまでで勘弁してください」

バラは少し黙ったが、すぐにこう納得した。

「わかりました。ありがとうございます」

「絶対に訪ねちゃいけませんよ。そこから足がつくかもしれねえ」

「もちろんです。僕はただ、本牧にいる友人のために祈るだけです」

実際にバラはその場で手を組み、祈りの姿勢を取っているようだった。

「では、おいらはこの辺りで」

「引き続きよろしくお願いします」

言い合って、バラと吟香はサムの部屋の前から歩み去る。

廊下を踏む足音が完全に遠ざかり消えた時、サムは布団の内で震えていた。

(い、いらんことを聞いちまった!)

──矢野隆山は本牧にいる!

神奈川で矢野の洗礼を聞いてしまった時と同じだ。またもサムは知らずともいいことを知ってしまった。

鴉どもからいくら尋問を受けようと、知りさえしなければ「本当に知らないんです」と謝り続けることができる。相手もまたサムの態度から偽りがないと気がつくはずだ。

だが知ってしまっていれば「知らぬ」と嘘を吐き続けなければならない。

あの抜け目のなさそうな鴉どもが、サムの嘘を見破れぬはずがなかった。

(どうすりゃいい? どうすりゃいい? ああ、心配だ。心配だ……)

サムは布団から起き上がり、無闇に狭い室内をうろうろ歩いた。

そんなことをしたところでよい考えなど浮かぶはずもない。

無性に喉が渇いて、サムは部屋を出た。

バラやその家族はすでに床に入ったと見え、邸内は暗く静まり返っている。

サムは、ごちゃごちゃとして纏まらぬ思考に苛まれながら、台所へ行き、水瓶から柄杓(ひしゃく)で水を掬(すく)ってぐいぐい飲んだ。

（心配だ。心配だ。心配だ……）

いくら飲んでも渇きは癒えない。不安がサムの喉を干上がらせていた。

もう一杯掬って柄杓を口へ近づけた時、ふいに暗闇の台所に微光が射し込んだ。

月明かりである。振り向けば、勝手口の戸が音もなく開いていた。

戸の外に月光を背にして、影法師がみっつ、三羽の黒鳥のごとく佇んでいる。

「ひっ……！」

と、サムが上げそうになった悲鳴を、

「声を出すでないぞ」

静かだが有無を言わせぬ声が制した。サムは叫びを喉奥へ呑み込む。

ふふふ……と、みっつの影の中央のひとりが薄笑いする。

「それでよい。大声など上げられては、せっかく穏便に帰ろうというのにそうはいかなくなってしまうからのぉ」

剣呑なことを口にしながら、みっつの影が台所へ歩み入ってきた。

剃髪の影、小太りの影、長身の影。言うまでもなく、あの三人の鴉である。

声を出せぬサムを楽しげに眺め、医師風の男が粘りつくような口調でこう告げる。

「まだ五日経っておらぬのに何ゆえ現れたのかと申したいのであろう？　なに、もし万一そなたがわしらのことをしゃべっておれば、待ち伏せされるやもしれぬでな。

少々早いがこうして訪ねて参ったのだ」

「あ、あっしゃ、誰にも……」

「おうおう。そのようじゃな。感心感心。で。矢野めの居場所はわかったか？」

猫の目のように光る眼差しに見据えられ、サムはうっかり目を逸らしてしまう。たったそれだけのことで、

「わかったのだな？」

見抜かれてしまった。

「い、いや、わからねえ。そもそも旦那様も知らねえようでごぜえまして……」

必死に言い逃れようとするサムの肩を、犬顔の男が摑む。そのあまりに強い力にサムは言葉を引っ込めた。

医師風の男が、にやにやと笑う。

「わかったわかった。ここではなんだ。場所を変えて話そうではないか」

「ど、どこへ……？」

「そなたからゆっくりと話を聞き出せる場所へだ」

サムは、ゾーッとなった。

(どこかへ連れ込まれて口を割るまでいたぶられるに違えねえ！)

それがゴーブルの暴力などとは比べ物にならぬほど容赦なく無惨なもので、そして一度連れていかれたならば二度と戻れぬであろうことは察しがついた。

「い、嫌だぁ！　あっしは行きたくねぇ！」

「これこれ。大声を出すなと言うておろうが」

と、口元に突きつけられたのは、細長く光るもの。

「ひっ！」

針である。

鍼灸医が施術に用いるものに似ているが、それよりも長く、太い。

眼前に突き出された鋭利なそれが、治療とは正反対の目的に使われるものだということは、察しの良くないサムでも容易にわかる。

「そなたが行きたくないと申しても、わしらはどうしても来てもらわねば困るのだ」

穏やかなその言葉の裏に、突きつけられた針先以上に危険なものが潜んでいた。

従者風の男ふたりがサムの身を強引に引っ張った。

「ま、待ってくだせえ」

サムは涙ながらに声を上げた。

「んん？　なんじゃな？」

「は、話す。ここで話しますから、ど、どうか、連れてくのはご勘弁くだせえ」

声が少しでも大きくなりそうになると、目の前へ針の先端が近づいた。サムは喘ぎ叫ぶような囁き声で白状していく。

「ほ、本牧にござえます。矢野の先生は本牧にいらっしゃるそうでござえます」

「まことか？」

「知らねえよぉ。旦那がそういう話をしてたのを聞いたんでござえますよぉ」

「本牧のどこだ？」

「そ、それは知らねえ。ただ、本牧とだけ聞いたんでござえますよぉ。本当だ。本当にそれ以上のことはなんも知らねえんだよぉ」

三人の怪人は互いに目配せをする。

サムを摑む従者ふたりの力が消えた。サムは放り捨てられたように地へ膝をつく。

「本牧と言えば、あそこかの？」

小太りの従者が言った。

「うむ。あの異人屋敷、侍がひとり常に番をしておる。臭いとは思うておったが……」

口ぶりから察するに、鴉三名は、本牧のどこかに目星をつけた場所があったらしい。

三名は取るに足らぬサムなどもう存在せぬもののごとく囁き交わす。

「仕掛けるか？」

「うむ。明日の晩……」

「矢野めを邪宗門に引きこんだ伴天連めは如何する？」

「焦るでない。まずは矢野。伴天連めはそのあとよ」

「こやつは？」

男たちの目がサムへと向けられる。サムは土間に座り込み、放心の体であった。

「ここで殺ってはは始末が面倒。鼠一匹生かしておいたところで何もできぬわ」

医師風の男が、しゃがみ込んでサムの顔を覗き込む。

「ご苦労であったの。我らのことを漏らせば……わかっておろうの？」

サムは魂の失せた人形のようにコクリと頷いた。

「感心感心。では、長居は無用じゃ」

言って男たちは、台所を出ていった。

来た時と同じように勝手口が音もなく閉まる。台所が再び闇に包まれた。

不思議なことに、勝手口の落としがされている。まるで今しがたの出来事が夢であったかのように、男どもの出現する前の状態に寸分違わず戻っていた。

しばしサムは喪神したかのごとくその場にへたり込む。

（しゃべっちまった……）

取り返しのつかぬ事実を思い返すとともに、脱力していたサムの身に震えが蘇る。

（これから何が起こるんだ？　心配だ。心配だ。心配だ。心配だ……）

（十）

夜が明ける前に、サムはバラ邸を抜け出していた。

胸を苛み続けるのは深い罪の意識だ。

（あ、あっしは矢野先生の居場所をしゃべっちまった）

鴉どもは「明日の晩、仕掛ける」と言っていた。

明日——いいや、すでに白々と夜が明け始めている。もう明日ではなく今夜だ。今夜、あの恐ろしい凶人どもは本牧にいる矢野隆山を殺しにいくのである。

さらに「伴天連は矢野のあと」とも言っていた。

すなわち隆山を亡き者にしたあと、やつらはバラ邸を襲うのだ。おそらく主人バラやマーガレット、その愛くるしい子ども達まで毒牙にかけるつもりであろう。

遠からず起こる災禍を思うと恐ろしかった。その現場にいればサムもまた手に掛けられるに違いない。

だから逃げ出したのだ。

なんという臆病！　なんという裏切り！

ゴーブルに捨てられ頼る当てのなかったサムを、主人ジェームス・バラは拾い上げ、温かな心で家族のごとく面倒を見続けてくれた。

その大恩あるバラをサムは裏切ったのである。

（だけど……だけど……そうするしかなかったじゃねえか。そうしなけりゃ、あっしが殺されてたんだ。ああ、ああ、あっしはなんもしてねえのに、どうしていつも心配のほうからあっしのほうへやってくるんだ）

思えばそれがサムの人生そのものだった。

サムは己の身のほどを弁え、ただただ波風立たぬ平穏な日々を望み続けてきた。

だが、そんなサムへ文字通りの波風が容赦なく襲い、人生の漂流者へと変えてしまった。

日本開港の取引になど利用されたくなかった。ゴーブルの日本伝道の喧伝（けんでん）材料になどされたくなかった。矢野の洗礼など知りたくなかった。

どうして、いつもいつもサムは災いの渦中へ放り込まれてしまうのか？

（ああ、もうほっといてくれ！　あっしのことはほっといてくれよ！　もうあっしを心配させないでくれ！　心配の種なんてやってこないでくれ！）

サムは、行く当てもなく横浜関内をいたずらに歩き回った。

横浜の外へは出られない。しょせん日本人とも外国人ともつかぬサムは、関外の日本人社会で生きていくことなどできないのである。

陽が昇り、横浜の町は活気に包まれる。

サムの姿がないことに、そろそろバラたちも気がついただろう。

バラはサムを捜しているだろうか。捜しているのならば見つかりたくない。

賑わう雑踏の内を、陰鬱な顔のサムは人気のない場所を選び選びうろつき歩いた。

行き交う人のひとりひとりがサムを責め苛んでいるような気がする。

やがて陽が傾き、暮れた。

一日歩き回ってすっかり疲れ果てたサムは、人のいなくなった波止場に立ち尽くし、港に灯った常夜灯の明かりを眺めるでもなく眺めていた。

黒々とした海が波音を静かに立てている。冬の海から吹き寄せる潮風が、サムの小さな体を冷やした。項に冷たいものを感じたと思えば、雪である。

昼間歩き回っているうちは体が火照っていたが、太陽が沈み、ただこうして立っていると、どんどん身が凍え、そして心も惨めになった。

(どこで夜を明かそう……)

寝床を探す気力も体力もない。

アメリカで入水自殺をはかった時のことが、ふと頭を過る。その都度あっしは、ひどい目に遭うのかい。

(生きていたって心配は後から後からやってくるんだ。ああ、そりゃあ辛い。辛いというより面倒だ……)

夜の波止場は真っ暗で、海と陸との境界がよくわからない。このまま一歩一歩前に進んでいけば、凍てついた海へ落ちるだろう。

(落ちてしまおうか)

本当は栄力丸が嵐に遭った時に、海に落ちて死ぬはずだったのかもしれない。

死んでいるはずの人間が生きているという不自然こそが、自身の苦しみの元凶ではないかと思えてくる。ならばその不自然をここで解消してしまおう……。

そう考え、さらに一、二歩踏み出すが、そこで足が止まった。それ以上は動かない。

この期に及んで命が惜しくなっている己が情けなかった。

一歩踏み出し、一歩戻る。そんなことをひとりで延々と繰り返した。
雪はこんこんと降って広場を白く染める。サムの前後にばかり足跡が増えていった。
「仙さん」
ふと、呼ぶ声がした。
初めサムは自分が呼ばれたのだと思わなかった。最後に仙さんという日本人として
のあだ名で呼ばれたのは、もうずいぶんと昔のことだったからである。
だからサムが振り向いたのは、名を呼ばれたからではなく、無人と思っていた夜の
波止場に人がいたことに驚いたからだった。
真っ白く積もった雪がぼんやりと広場を明るくしている。その仄明るい純白の中に、
黒い西洋服を着た紳士がひとり傘を差して佇んでいた。
「やっぱり仙さんだ」
紳士が雪に足跡をつけながら歩み寄ってきた。
よく陽に焼けた端整な顔立ち。西洋服を着ているが若い日本人だった。
夜目には、若者が誰だかすぐには分からなかった。だが、間もなくサムは、精悍な
顔に残る面影、自分を「仙さん」と呼ぶその声に、ひとりの少年を想起させられる。
「彦……」

言ってからすぐにサムは目を逸らす。

そうだ。栄力丸で一緒だったあの少年、彦太郎ことジョセフ＝ヒコだった。

サムは卑屈っぽく会釈をすると、ヒコの横をすり抜けて立ち去ろうとした。

「仙さん。仙さんですよね。待ってください」

ヒコは大股で追ってきて、雪で白くなったサムのざんぎり頭の上に傘を寄せる。

サムは顔を見せぬようにしながら首を振った。

「旦那、あっしゃ、そんな人じゃぁ、ありません。人違いをしてらっしゃる」

「いいえ、仙さんでしょう。どうして僕を避けるんです？」

「…………」

どうして、と問われれば、ヒコの今の姿がサムにとってあまりに眩し過ぎるからだ。

横浜に来てから、ヒコのことは何度か遠目に見かけている。

胸を張り、自信に溢れ、西洋服を違和感なく着こなし、颯爽と横浜を歩く姿。あの
小さな彦太郎少年が、まあ、なんと立派な西洋紳士に成長したことだろう。

サムとヒコは年齢がそう違わない。同じ船で遭難し、長くアメリカで過ごしたのも
同じだ。なのに、一方は堂々たる国際人に、一方は西洋人の下僕に……。

この際立った明暗の分かれは、能力と人間性、器の差としか言いようがない。

何も言わぬサムに、ヒコはなおも語りかけようとしたが、かつての先輩船員の肌が異様に青白いのに気がつき、追及をやめた。

「いけない。体が冷えている。どこか暖を取れる場所へ移動しましょう」

サムは疲れた様子で首を振る。

じれったくなったヒコは、ジャケットを脱いでサムへひっかけてやると、冷たくなったその手をひいた。

「いいから、行きましょう。こんなところにいてはいけない」

サムは子供のように手を引かれ、とぼとぼと雪の波止場をあとにした。

宵の口で、まだ人気の失せ切っていない横浜の通りを歩き、ヒコがサムを連れ込んだのは本町通りの外国人居留地側を少し外れた一角にある料理屋だった。

卓の並べられた店内は、温かな空気に包まれている。店の中央にある火鉢、というよりは厨房(ちゅうぼう)からの熱気によるものらしかった。

「イラシャイマセ」

と、片言の日本語で厨房から声を投げた店主は清国人らしい。

この辺りの地区には清国人が固まって暮らしていた。外国商人たちによって買弁(ばいべん)や使用人として日本へ連れてこられた者たちである。

彼らは、独立して料理人、洋裁、理髪業のみっつの刃物を扱う職業、いわゆる〝三把刀(さんばとう)〟を主な生業(なりわい)として横浜へ根を下ろし、徐々に人口を増やしていた。そう遠くない将来、横浜のこの辺りの地区は中華街(チャイナタウン)になるかもしれない、とバラが話していたのをサムは覚えていた。

この店もまたそういった独立した清国人の経営する料理屋なのだろう。

他に客は、店の隅の卓に男がひとりいるだけだった。

ヒコとサムは中央の火鉢に近い卓へつく。

ヒコの注文によって燗(かん)のつけられた黄色く甘い香りのする中国酒が運ばれてきた。

「飲んでください。温まります」

恐々口をつけたサムは、黄酒(ホフンチュー)の独特の甘みと苦みに眉をひそめたものの、冷えた体幹がじんわりと温(ぬく)むのを感じた。

「何か食べる物も頼みましょう。遠慮しなくて大丈夫です。ここは僕が出します」

年下のヒコにこんなことを言われ、サムはまた情けない気持ちになった。

間もなく数皿の料理が運ばれてくる。いずれも見慣れぬ清国の料理だった。

遠慮して手を付けないでいたが、腹が鳴る。思えば昨晩から何も食べていなかった。

空腹に抗えず箸を取ると、油っぽいが美味(うま)かった。次々と口に運ぶ。

そんなサムをヒコは微笑を湛えた眼差しで見守っていた。

「仙さん、波止場で何をやっていたんです？」

穏やかにヒコが尋ねた。

「…………」

「仙さんは宣教師のバラ氏の邸に仕えていましたよね？　そのお顔はどうしたんです？　誰かに殴られたのですか？」

「…………」

サムは黄酒の満たされた杯に目を落とし、答えない。

「何か事情があるのはわかりました。話したくないのならば話さなくていいです。バラ氏のもとへ戻れないのであれば、今夜は僕のところへ泊まってください」

「…………」

ヒコの優しさと己の惨めさに、サムは涙腺が緩んだ。自覚せぬうちに目に涙が滲む。

「彦やい。おめえは相変わらず優しいなぁ……」

震える声でこう漏らした。

「栄力丸の時も、あっしをいつも庇ってくれたなぁ。本当に立派なやつだよ……」

サムは、情けなく涙に濡れた目をヒコへ向けた。

「アメリカでは大統領にお会いなすったんだろう？　それで今は領事館でアメリカと日本のために働いてる……」

「いえ、領事館は辞めています。今は個人で商売をしていますよ」

「なんにしたってたいしたもんだ。それに比べてあっしときた日にゃ……」

また零れそうになる涙を誤魔化すように、サムは杯を手に取って慣れぬ酒をグイッとあおった。

「彦よぉ、香港でおめえは日本に帰らずアメリカに戻ることにしたよなぁ。その時、あっしのことも誘ってくれたよなぁ」

「…………」

「何度も思い返すんだ。おめえと一緒に行ってりゃどうなってたのかってなぁ……」

サムはまた黄酒をあおる。酔いが回ってきた。

「へっ。どうもなってやしねえか……。彦とあっしはそもそも出来が違うんだ。おめえは心配の種がやってきても、それがどうした！　って進んじまう度胸がある。だけど、あっしゃぁ、駄目だ。おっかなくって身が竦んじまう……」

「…………」

「おめえと一緒にアメリカに行ってたって、あっしには何もできやしなかった。今と同じように異人の下僕をしながら、心配だ心配だってぼやき続けてたろうなぁ……」

今回の矢野隆山の洗礼を発端とする一件などまさにそうだ。

結局、サムは最後の最後まで「心配だ、心配だ」と呟くばかりで何もしなかった。

いいや、何もできなかったのだ。

「何もできねえまま、どんどんどんどん悪いほう悪いほうに転がっていく……。これがあっしの定めなんだよ……」

またも涙が溢れそうになり、サムは立ち上がった。

「彦。おめえさんと久しぶりに話せてよかった。あっしはそろそろ御免するぜ」

「どこへ行くんです？　僕の家に来てくださって構わないんですよ」

「せっかくだけど、そいつはあんまり面倒のかけすぎだ。ここの勘定は……すまねえ、そいつだけはご馳走（ちそう）になる。じゃあ、達者でな、彦」

サムは出口へと歩み出した。

「待ってくださいよ、仙さん！」

ヒコがサムの手を摑んだ。

「仙さん、まるで今生の別れでも告げているみたいじゃないですか」

言われて、サムは自分がそんな口ぶりになっていたことに遅れて気がついた。

もう海へ身を投げようとは思っていなかったが、この雪の夜に行く当てもなく出ていくなど似たようなものだろう。

「いいんだよ、もう」

「いいや、よくありません！」

ヒコはサムを叱りつけるように声をぶつけた。

声に驚き、店主が厨房の向こうからこちらを窺う。構わずヒコは言葉を続けた。

「仙さん、あなたは自分を卑下し過ぎです！」

サムは力なく首を振る。

「能のあるおめえにゃわからねえと思うが、本当に駄目なやつってのはいるんだよ。どうしようもねえ、どう足掻（あが）いたって上手いことできねえやつが……」

「それが間違っているんですよ。あなたは、あなたなりにいつだって一番いい道を選んできているんだ。どうして自分でそれがわからないんです？」

「選んでねえ。流されるままだ。それが、この末路なんだ」

「違う！」

怒りすら込めてヒコは否定した。

「仙さんは、生きている！」

サムはヒコが何を言っているのかわからなかった。だが、次の言葉で理解する。

「伝吉さんは、死んだ！」

ハッ、とサムは目を見張った。

栄力丸の船員だったあの意地悪者の伝吉。イギリス国籍を取得し、オールコックの通訳となって帰国したが、攘夷浪士に斬られて命を落としたあの伝吉だ。

「僕も攘夷浪士に命を狙われています。前に殺害を予告する立て札を立てられ、一度アメリカに逃げたことがあります。僕ら外国に帰化した日本人が、この国で生きていくのは、それだけ危険なことなんです……」

ヒコの表情が一瞬翳（かげ）ったが、すぐに熱烈さを取り戻して、

「そのような中、命を狙われることなく、あなたは生き延びているんです。帰国する前もそうです。仙さんは、栄力丸の仲間から離れてたったひとりで何年も海外で生き延びてきた。ただ流されていただけでそんなことできるものか！」

強い声で言い切った。

「あなたはあなたのやり方で乗り切ってきたんだ！　大海に放り出されても、大波を耐え忍び、決して流れに抗わず、そうしてこの国までちゃんと帰ってきた！」

サムは言葉を失っていた。

（あっしが……あっしのやり方で乗り切ってきたって……？）

そんな風に考えてみたことは一度もなかった。

「それに仙さん、あなたはただ流されるだけの人でもないでしょう？」

「そんなこたぁ……」

「だって、仙さんはサム・パッチじゃありませんか」

「へ？」

今度こそヒコの言う意味がわからず、サムは首を傾げた。

「仙さんは、どうして自分がサム・パッチと呼ばれているか、ご存じないんですか？」

「そりゃあ、あっしの口癖の〝心配〟を水兵さんたちがそう聞き違ったからだろう？」

ヒコの顔に呆れの色が広がった。

「違いますよ。いいや、それもありますが、それだけが理由じゃない」

「なんだそりゃあ？」

「いいですか、仙さん。サム・パッチとはアメリカのパフォーマーの名なんですよ」

「へ？　パフォーマー？」

サムは目を丸くした。

「そうです。飛び込みの技を得意とした男ですよ。ナイアガラの滝への飛び込みをやってのけた英雄です！」

「飛び込み？　あっ！」

　ここでサムは思い当たった。

　彼がサム・パッチの名で呼ばれるようになったのは、サスケハナ号でアメリカ水兵にいじめられ、マストによじ登り海へ飛び込んだ一件からだ。

「そうです。仙さんのやった、あの見事な飛び込みを目にし、まるでサム・パッチみたいなやつだと水兵たちが言い始めたんです」

「そうだったのか？」

　当時あまり英語が達者でなかったサムは船員たちのそんな話はわからなかった。

「気がついていましたか？　仙さんの飛び込みの一件以来、サスケハナ号の水兵たちの僕ら漂流民への迫害が軽くなったのを」

「気がついていたが……そりゃあ、あっしを飛び込みに追い込んだことで、あの連中が上官に叱られたからだと思っていたが……」

「違いますよ。仙さんの飛び込みを見て、連中が僕たち日本人へ一目置くようになったんです。仙さんのやったことが、僕ら漂流民の待遇を変えてくれたんですよ！」

　思い返してみれば、あの一件以後、水兵たちが、妙に親しげにサムへ声をかけてくるようになった。怖がりのサムは、そんな水兵たちを避けるように逃げていたが、あれは勇敢なサム・パッチに対する敬意と親愛の態度だったのだ。

「そしてね、仙さん」

改まってヒコがこう言った。

「僕がアメリカに戻ることを決めたのも、仙さんの飛び込みを見たからなんです」

「な、なんでだい？」

ヒコは照れ臭そうに微笑んだ。

「トマスにアメリカへ帰るよう勧められた時、正直、不安でならなかった。だけど、仙さんの飛び込みがサスケハナ号での待遇を変えたように、僕も思い切って飛び込んでみれば、何かを大きく変えられるかもしれないと思ったんです」

「そんな……」

「アメリカに渡ったあともずっと仙さんが僕の指針になっていました。どんな苦境も耐え忍び、だけど、ここぞという時には思い切って飛び込んでみる」

「………」

「今の僕があるのは、仙さんのおかげです。仙さんが僕に道を示してくれたんです」

サムは稲妻に打たれたような衝撃を受けた。

まさか、ヒコが自分のことをそんな風に思っていたなんて……。

ヒコのサムへの評価ははっきり言って勘違いだ。

苦境に耐え忍んできたわけではない。ただ身が竦んで行動できなかっただけだ。思い切ってマストから飛んだのも、恐怖にかられただけだ。

だが、勘違いだったとしても、それがヒコの人生に影響を与えたのである。

目の前の立派な西洋紳士ヒコ。アメリカ大統領と面会し、領事館通訳として国政に関わり、実業家として時代を切り開いている英傑ジョセフ＝ヒコ……。

そのヒコを作る一助を自分が担っていたのである。

生まれて初めてサムは、惨めったらしい自分の人生にも意味があったことを知った。

それが、ひどく誇らしく思えた。誇りもまたサムが初めて抱く感情である。

そしてもうひとつ〝見栄（みえ）〟も初めて抱いた。

（彦をがっかりさせたくねえ……）

サムの本性が指針に値しないとヒコが知ったらどうであろう。せっかく歩んできたヒコの栄達の道に影を落とすことになってしまうのではなかろうか。

（せめて彦の前では、辛抱強くてやるときゃやる仙さんでいてえ）

黄酒の酔いとは異なる熱が、サムの胸の奥よりむらむらと湧き起こってきた。

ここで、思い出されたことがある。

サムが今現在逃げ出してきた問題――矢野隆山に迫る鴉どもの魔の手である。

（今は何時だ？）

鴉どもは今夜隆山を襲うと話していた。まだ陽が暮れてそう時は経っていない。おそらく本牧の隆山の隠れ家を襲撃するのは深夜になってからだろう。

（今ならまだなんとかなる！　飛び込んでやろうかい！　あの時みてえに！）

サムの表情が目に見えて変わった。心配性のサム・パッチのそれから、勇敢な飛び込みの名手サム・パッチの表情へと。

「彦、もうあっしゃぁ、行かなきゃならねえ」

「いけません！　行かせられません！」

ヒコは、まだサムが凍え死のうとしていると考えたらしい。

「違えよ、彦。そんなんじゃねえ。すぐにでも行かなきゃならねえ場所があるんだ」

ようやくヒコもサムの顔つきの変貌に気がついた。

「どこへ行こうと言うんです？」

「どこ……？」

隆山の居場所は、本牧であるとしか知らない。主人バラもそれしか知らない。確かな場所を知っているのは――

「彦やい。おめえさん、岸田の旦那と一緒に仕事をしていたな?」

「吟香さんのことですか? ええ。新聞の翻訳を手伝ってもらっていますが……」

「岸田さんのお住まいを教えてくれねえかい。矢野先生が危ねえんだよ!」

ヒコは状況が呑み込めず、呆気に取られた顔をしている。

「早く!」

と、さらにサムが言った時、ふいに背後より声がした。

「サムさん、よく決心してくれました」

驚き、サムは振り返る。

店の隅の卓に座っていた客が立ち上がり、こちらを見ていた。

顔に刀傷のある男だ。入店した時、そこに男がいたことには気づいていたが、以降、完全にその存在を忘れていた。

初対面のはずのその男が、自分の名を知っていたことに、サムは警戒を見せる。

「安心してください。僕は、岸田さんの仲間です」

男は、人の心を和らげずにはおかない人懐っこい笑みを浮かべた。

「岸田の旦那の?」

「ええ。矢野先生を守る者のひとり、と言えばわかりますか？　申し訳ありませんが、ヒコさんとあなたのお話に聞き耳を立てさせていただきました」

「聞き耳……」

サムが疑わしく思っていると、意外にもヒコがこう言った。

「仙さん。この人は——漣太郎さんは信用できる人です」

では、ヒコはこの漣太郎という男が店内にいることを知っていたのか。

わけもわからず戸惑うサムへ、漣太郎がぼやっとした笑顔を引き締め、言った。

「サムさん、矢野先生が危ないという話、詳しく聞かせていただけますね？」

サムは一瞬躊躇いをみせる。

だが、すぐに頷き、バラにもマーガレットにもゴーブルにも開けなかった重い口を開いたのであった。

（十一）

横浜の南に海へ突き出た台地がある。

この台地の横浜側はいわゆる山手で、英仏軍の駐屯地だが、その裏側、根岸湾に接する切り立った断崖の上には静かな半農半漁の村があった。

――本牧本郷村である。

六つの集落の散在するこの地域は、内に穏やかな田園があり、村の総鎮守である本牧十二天社より望む海洋は美しく、居留地の外国人たちに好まれていた。

今、真夜九つを過ぎた本牧村は静まり返っている。

こんこんと降っていた雪は、止(や)んでいた。夜天には雲ひとつなく、月が煌々(こうこう)と照って、降り積もった雪で白一色と化した地上を不思議に青く染めている。

その白き月光世界の畦道(あぜみち)を、黒い影がみっつ駆けていた。

静寂の中、一切音を立てていない。ばかりでなく、まっさらな雪の上にまったく足跡を残していなかった。さながら実体のない影だけが駆けているかのようである。

友枝吠庵。比後次郎。大杉百五郎。三人の鴉どもだ。

彼らの向かう先に、鬱蒼(うっそう)と松の茂る林が見える。木々に隠れて見えぬが、林の奥には根岸湾の断崖を背にして一軒の洋館が建っている。

この小村に似つかわしからぬそのコロニアル様式の西洋建築は、フランスお政なる横浜で名の知れた娘ラシャメンの邸なのだという。

吠庵たちは執拗な聞き込みの末、十日ほど前の深夜、神奈川より駕籠(かご)が一丁、人目を憚るように出ていったことを突き止めた。

その駕籠が矢野隆山を運び出したものに違いないと睨んだ三名は、さらなる聞き込みによってその足跡を追い、怪しいと思う場所をいくつかに絞り込んでいたのである。

そのひとつが本牧のフランスお政の邸だった。

本牧の村人の話によれば、隆山が失踪したと思しき時期から、お政の邸にひとりの侍が滞在するようになったのだという。実際に三人は、その侍が邸の門前に画架を立てて何やら絵を描いている姿を遠目に確認している。

侍は、一見痩せて病弱そうだが、身のこなしに隙がなかった。

（矢野めを守る護衛ではないか？）

と、疑ったものの、お政の邸はあくまで複数ある候補のひとつに過ぎない。それも、さして有力な候補とも思っていなかった。

それがこのたび、サム・パッチの証言によって確信が得られたのである。

（あの侍、手強そうではあるが……なに、武士の道場剣術など真っ向勝負でしか通用せぬわ。我ら三名が協力し奇襲をかければ容易に始末できよう……）

駆けながらほくそ笑む吠庵へ、隣を走る次郎が囁いた。

「あのサムとかいう下郎、本当に始末しておかずともよかったのかい？」

「何度も申しておろう。あの時、あやつを殺っては死体の始末に難儀する。逆に敵の警戒を強めることにもなろう」

「それはわかる。が、あやつの前で今夜仕掛けることを話してしまったのはやはり迂闊であったと思うてな。あやつ、誰ぞへ話しておるやもしれぬぞ」

ははは、と吠庵は次郎の心配を笑い飛ばした。

「案ずるな。わしはあの手の男を幾度も見てきた。あのような男は、己に累が及ぶかもしれぬと思うと、密告するよりも関わりを避けることを選ぶのだ。たとえ恩人の危機だとしてもな。あれはそういう臆病で卑怯な男よ」

「まことか？」

「賭けてもよい」

自信満々に吠庵は頷く。

「まあ、あれもいずれ始末する。矢野を邪宗門へ引き入れた伴天連を殺る時にの……」

やがて三人は邸を囲む松林へと入る。邸は小高い丘の上にあり、林の内の道はなだらかな坂になっていた。冬なお葉を茂らせる松の枝葉に厚く雪が積もり、月光をさえぎって林道は暗い。暗闇の坂道を、三人は猫の目を持つがごとく迷いなく駆けた。

坂道の先に松林の出口が見えてくる。月光を背に建つ異人館の影もまた窺えた。

一気にそこまで駆け上がろうとした三人だったが――

「待て！」

百五郎が鋭く声を発し、三人、同時に動きを止める。

「……いるぞ」

忍びやかに言って、百五郎が坂の先を顎で示す。

坂を上り切った辺りに、天然の岩や石が重なり転がっているのが見えた。百五郎が示したのは、その岩陰である。

しばし三人は、じっと立ち止まり、大岩を睨み続けた。やがて――

「ちぇっ。バレちまったかい」

かくれんぼで鬼に見つけられた子供のような台詞とともに、岩の裏側より、ぬうっと巨大な人影が立ち上がった。

（人……？）

一瞬、吠庵らが己の目を疑ったのは、その人影が途方もなく大きかったからだ。

巨軀の人物、というだけならば、さほど驚きもしなかったろうが、隠れていた岩以上にごつごつとした筋肉質の体形――動き出した金剛力士像のごとき姿に、三人は驚き目を見張ったのである。

岸田吟香であった。

「ようやく来やがったかい。寒い中、ずいぶんと待たせやがって」

こう語る吟香の両肩からは、もうもうと湯気が立ち上っていた。吟香の逞しい筋肉が、昂ぶりによって降り積もった雪を溶かさんばかりに熱気を帯びている。

「吠庵。そなたの賭けは外れたようだぞ」

次郎が皮肉っぽく吠庵へ言った。吠庵の眉間に忌々しげな皺が寄る。

すっ、と吠庵の前に百五郎が進み出た。

百五郎は手にした杖を両手で握り、引く。

杖に切れ目が生まれ、ぎらぎらと光るものが現れた。刃だ。

杖の正体は、刃長五尺三寸に及ぶ長尺の仕込み杖。

大杉百五郎は筑後柳川藩出身の浪人である。天保の三剣豪として知られる柳川藩士大石進種次より直に指導を受けた手練れだった。

岩陰に隠れた吟香の気配を察し得たのも武芸者としての勘働きによるものである。

百五郎は、仕込み杖の鞘を投げ捨てて、もはや鍔のない長刀と化したそれを構える。

「ここは俺に任せよ」

仲間へそう告げて、百五郎は、じりじりと慎重に坂の上の吟香までおよそ五間ほどの距離を少しずつ詰めていく。

見たところ吟香は武器らしきものを帯びていない。体格から発揮される馬鹿力は相当なものだろうが、抜き身を構えた兵法者を徒手で制圧できるわけもなかった。

が、吟香の馬鹿力は、百五郎の想定を遥(はる)かに上回っていた。

「ぬうっ！」

と、太い気合の声を発したかと思うと、吟香の丸太のごとき腕が、つい先ほどまで己の隠れていた岩に回された。

凄まじい筋肉の漲(みなぎ)りが、吟香の両腕を倍ほどに膨らませる。

「ぬぬぬぬぅぅぅ……！」

信じられぬことが起こった。

雪に半ばまで埋もれていた大岩が上がり始めたのである。

百五郎、のみならず吠庵も次郎も呆気に取られ目を丸くした。

米俵十個ぶんは優に超えるであろう大岩は、到底人間に持ち上げられる重量ではない。その持ち上げられぬはずの大岩を、岸田吟香は鬼神のごとき怪力で、

「ぬんっ！」

己の頭上より高く持ち上げたかと思うと、

「ぬうりゃあっ！」

一気に放り投げた。

歪で決して丸くはない大岩が、勢いのまま坂をごろごろと転がってくる。

仰天した鴉三名は、猛回転しながら迫りくる岩塊を避けて、道の隅へ飛びのいた。

ここで、サクサクサクッ！と、雪を踏み、坂を駆け下りる音がする。

吟香ではない。墨色の着物を纏った小柄な人物だ。右手には月を映して照り輝く一剣が握られている。

まっしぐらに駆ける先には、岩石をよけて雪上に尻もちをつく百五郎がいた。

「くっ！」

咄嗟に膝立ちになり、身を守った百五郎の長刀に白刃が打ち落とされる。金属のぶつかる音が鳴り渡り、暗い林道に鉄気とともに火花が散った。

俊敏に飛びのいて二の太刀を牽制し長刀を正眼につける百五郎。

目の前にいたのは鳥の嘴のごとき鼻をした異相の男である。お政の邸にいた侍だ。

男は先ほどの稲妻のごとき一打とは裏腹に、落ち着いた動作で刀を八双につける。

痩せて頬も病的にこけているが、真剣をもって相対する百五郎は、その痩身より圧倒的にして冷ややかな闘気が陽炎のごとく立ち上るのを体感していた。

決して道場剣法などではない。想定していた以上の剣客だ。

百五郎は、相手を好敵手と見て自ら名乗る。

「大石神影流、大杉百五郎と申す。御身の流儀と御姓名をお尋ねしてもよろしいか？」

侍はしわがれた声でぼそぼそと答えた。

「高橋怡之介。流儀は新陰流。が、そんなもの疾うに捨てた」

「何？」

「刀は虚しい。剣などより絵筆を握ったほうがどれほど益のあることか……」

「絵筆だと？」

「左様。我が流儀、強いて申すなら、西洋画流とでも言ったところか……」

百五郎は忌々しげに舌打ちする。

「惰弱な異国びいきめが……」

剣と攘夷とを信念とする百五郎にとって、今の言葉ほど唾棄すべきものはなかった。

正眼につけていた百五郎の構えが変わる。左肘を曲げ、刀身を水平に怡之介の喉へ向ける。剣術というよりは、槍術を思わせる構えであった。

かつて百五郎の師、大石進は、この構えから放たれる激烈な左片手突きで江戸の名立たる剣豪相手に無双の快進撃を演じた。

百五郎の構えは、その伝説的な師のものと寸分違わない。

応ずるように佁之介が足を開き、腰を軽く沈めた。八双につけていた刀を下段に下ろし、左肩を百五郎へ向ける。

大石神影流の神速の突き技を思えば、佁之介は、至近距離で小銃を突きつけられたに等しい。動きを見せれば即座に喉を貫く一撃が襲いくる。

対する百五郎は、狙いとする喉が佁之介の左肩によって隠されていた。素直にいけば肩口へ斬り込むべきだろうが、それが相手の誘いなのは明白だった。

互いに互いの出方を窺い、双方氷結したかのごとく動かなくなる。

その内面には引き絞った弓弦のごとき一触即発の緊張があった。


一方、坂の上の岸田吟香。

侍同士の真剣勝負へ水を差す彼ではない。吟香が狙うのは、林道から飛び出し、木々の生い茂る斜面を駆け上ってくる残る二名の凶漢たちだ。

吟香は、足元に転がる石を、摑んでは投げ、摑んでは投げる。先ほどの岩ほどでないが、熟しきったスイカほどはある大石だ。バネのある剛腕からの投擲は、さながら投石器を思わせる凄まじいものである。

とはいえ、暗い林の内を右へ左へ高速で走る敵は、しかと捉えることが叶わない。木陰に隠顕する影を頼りに、がむしゃらに暗闇の林へ石を放り込み続けていた。

ざっ、と藪(やぶ)の内より吟香の真横へ飛び出た者がいる。友枝吠庵だ。

咄嗟に吟香は、握った石を吠庵の坊主頭へ叩き落とさんと振り上げる。

が、吠庵は誘い役。吟香の背後で、鞠(まり)のごとく比後次郎の肥満した肉体が躍り上がった。その手には細縄が握られている。

振り返る間もなく吟香の首に、縄が絡んだ。

「うっ!」

と、呻(うめ)いたのを最後に、吟香は声を上げることが叶わなくなる。

次郎が背に取りつき、細縄で首を締めていた。吟香の頑強な猪首(いくび)でなければ、瞬時に絞め落とされていただろう。

「任せたぞ」

簡潔に告げ、吠庵は邸へと駆ける。

握った石を投げつけてやろうとした吟香の首を、さらに次郎の縄が圧迫した。虚しく石は明後日(あさって)の方向へ飛んでいき、吠庵は邸の柵を飛び越えて姿を消す。

「大男、総身に知恵が回りかね……」

切歯する吟香へ、背中の次郎が嘲笑的に呟いた。

吟香は次郎を振り落とさんと、手負いの暴れ牛のごとく雪の上を転げまわる。しかし、次郎、執念深く細縄を摑んで放さない。

（い、いけねえ……）

頭部への血流が遮断され、吟香の意識が遠ざかりかけたその時――

――ダーンッ！

と、一発、轟然たる音が鳴り渡った。

途端、首への圧迫がふわりと緩む。

ふいに力を失った次郎の肉体が、吟香の背よりずり落ちた。

呼吸を回復させた吟香は、咳き込みながらも大きく息をして、雪上へ倒れた次郎へ目をやる。次郎の顳顬に穴が開き、こんこんと血が流れていた。

吟香は邸のほうへと目を移す。

邸の二階のベランダで、夜風に吹かれて白い西洋ドレスが優雅に揺れていた。

嫣然と微笑むその女性は、フランスお政である。彼女の手には淑女には似つかわしからぬ無骨な小銃が握られていた。

未だ生々しく銃口より硝煙をあげるそれは、最新式のスペンサー銃である。

お政は、その銃を用いて、激しく暴れまわる吟香の背にくっついた次郎の頭部を見事に撃ち抜いてみせたのだ。


お政の響かせた銃声は、佁之介と百五郎の勝負にも影響を与えていた。

双方、微動だにせず、対手が動きを見せる——いいや、動く前の刹那の変化を感得し、先を取らんと全身の感覚を鋭敏にさせていた。

そのような中で突如聞こえた銃声である。

鳴り響いた轟音が、互いの皮膚をビリリと刺激し、それが引き金となった。

先に動いたのは百五郎。大石神影流得意の猛然たる左片手突きが佁之介の喉仏目掛けて飛弾のごとく直進する。

が、この突きは、百五郎が絶好の機を捉えて放ったものではない。

神経を張り詰めさせた状態ゆえ、突如の銃声による佁之介の僅かな肉の振動を斬撃の前動作と誤認して動いてしまったのである。

対して、佁之介は銃声に惑わされなかった。その違いが勝敗をわけた。

身を返した佁之介の左肩を長刀の切っ先が掠める。

(躱(かわ)された!)

と、百五郎が認識できたか否か。下段につけてあった佁之介の太刀が、弧を描いて跳ね上がる。直後、百五郎の長刀が横手へ吹き飛んだ。

重い長刀を片手持ちにしていたとはいえ、勝負の最中に手放してしまうとは剣客にあるまじき不覚——ではない。百五郎の左手は最後まで長刀を握り続けていた。

——百五郎の左手首ごと長刀が飛んだのである。

柄(つか)に左手首をひっかけたまま、飛んでいった長刀の刃が松の幹へと突き立つ。

左手首より血潮を放出させながら、百五郎が前のめりに佁之介とすれ違った。

「おのれっ」

と、残る右手で長刀を引っこ抜き、振り返りざまに佁之介を叩っ斬らんと刃を振り上げた。が、その無防備な胴体へ、佁之介の迅速な袈裟(けさ)斬りが容赦なく振りかかる。

「ぎゃっ!」

くるくると独楽(こま)のごとく回転し、百五郎の身が、どっ、と倒れた。

僅かな残心のあと、佁之介は刀に血振りをくれ、納刀する。

途端、先ほどまで放っていた濃厚な剣気が萎(しぼ)むように消えた。

ただのくたびれた中年武士へ戻った佁之介は、ぶるる、と身を震わせる。

「冷えた……。ああ、明日には風邪をひくかもしれぬ……」

　ぼやくように呟いて、一、二度乾いた咳をした。


　友枝吠庵が銃声を聞いたのは、一階の窓を割り、邸内の一室へ侵入した頃であった。

（誰ぞ、鉄砲を使うたな？）

　仲間の身が案じられたが、邸のどこかにいる矢野隆山を仕留めるのが先決である。

　窓ガラスを割った音は、邸にいる者へも聞こえていよう。騒ぐ声もなく、駆けつける者もいないところを見ると、敵のほうこそ隠れ潜んでいるようだ。

　吠庵は、部屋の戸を開け、暗い廊下へと出る。すぐに二階へ上る階段が見えた。

　懐(ふところ)よりサムを脅すのに用いた、暗殺用のあの長針を出し、握る。

　階段へ歩もうとしたところで足を止めた。

「出てこい。そこに潜んでおるのはわかっておる」

　声を投げた先は、階段の陰に蟠(わだかま)る闇の内。

　しばしの静寂ののち、暗闇で、のそりと人影が立ち上がる。

　ひょろりと痩せた男だった。特徴のない平凡な顔に、縦一線の刀傷がある。

　秦漣太郎だった。

「やあ、これはまた妙なところでお会いしましたね」

にこにこ笑いながら漣太郎はこんなことを言った。

吠庵も調子を合わせて、

「なに、こちらで矢野が療養しておると小耳に挟んだものでの。見舞いに訪ねてみたのじゃ。して、矢野はどの部屋におるのだ？」

「いやあ、僕もわからないのですよ」

漣太郎が、後頭部を掻いた。

「先ほどまでおられたそうなのですが、もうどこか別の場所へ移ってしまわれたそうなんです。僕も先生にお会いしたかったのに残念でしたよ」

ははは、と吠庵が笑う。

「これ。偽りを申すでない。昨日から誰もこの邸を出ておらぬではないか」

「アハ。なんだ、ご存じだったんですか。あなたも人が悪いなぁ」

話しつつも、吠庵と漣太郎は、互いに隙を窺っていた。茶番にしか聞こえぬこのやり取りも、相手の油断を誘い出す駆け引きである。

「ところで、矢野先生にお会いになってどうされるんです？　先生の病状は芳しくありませんからね。お話しなんてできそうにありませんよ」

「病状が芳しくないからこそ会いたいのだ。わしが直に治療してやろうと思うての」

「へえ、先生の病は治らぬものだとお聞きしましたが」

「いやいや、そちらの病ではない」

吠庵の口の端が、にぃと残忍に歪んだ。

「邪宗門に毒された矢野めの身を、清めてやるのじゃよ。死をもっての」

途端、吠庵が弾(はじ)かれたように動いた。

煌めく針先が、漣太郎の胸元目掛けて突き込まれる。

身をひねり躱した漣太郎、流れのままに針持つ手を捕らんとしたが、即座に吠庵は、漣太郎の手を払って飛び退いた。

数間の距離を置き、

「そなた、柔(やわら)を使いおるな？　いずこで習い覚えたか？」

「あなたこそ、その針、どこで学ばれたんです？　医術というには剣呑すぎる」

「命を伸ばすばかりが医の道ではないぞ。命を絶つのもまた医術」

「そんな医術聞いたことがありませんよ」

飄然(ひょうぜん)と返した漣太郎の語尾へ被(かぶ)せるように、また吠庵の針が襲いくる。

体(たい)を返して躱した漣太郎へ、間髪を入れずに二突目が突き込まれた。次から次へと吠庵は、上下左右、変幻自在な連突を、息もつかせず繰り出してくる。

急所を定めず振るわれる針には、猛毒が塗り込まれていた。腕でも頬でもどこでもよい。ひっかき傷でもつければ、対象は間を置かず悶絶死する。

それを漣太郎も心得ているのか、得意の体術で腕を捕らんと試みるも、容易に手を出せぬ様子。毒針を繰る吠庵は、無手でやりあうにはあまりにも分の悪い相手だった。

床を蹴って、漣太郎が後方へ大きく距離を取る。

「今よっ！」

必殺を確信し、吠庵は俊敏な追撃で間合いを詰めんとして、

（やっ⁉）

跳び下がった。

吠庵の明敏な感覚が、突き込まんとした漣太郎の身より強烈な剣気の放出を感得したのである。あのまま距離を詰めておれば斬られていた。

（斬られていた？）

その直感のおかしさに遅れて気がつく。

漣太郎は太刀を帯びていない。その漣太郎に何ゆえ斬られることなどあろうか。

薄闇の内で漣太郎は微動だにせず、妙な構えを取っていた。両足を前後に開き、体

勢を低くしている。前傾になり、両の手を添えているのは左腰の辺りであった。

吠庵は一時目を疑う。

――〝居合術〟の構えだ。

左手で鞘を握り、右手は柄へ添えられている。抜刀直前の居合の構えに違いない。

漣太郎は存在しない刀を腰に差し、居合の形に構えていたのだ。

それがあまりに堂に入っているので、吠庵は己に見えぬだけでそこに刀が差されているのかと錯覚しそうになる。

「なんだそれは？」

無意識に問いが零れた。

「影水流」

答える漣太郎。飄々とした雰囲気が消えていた。

影水流などという流儀は聞いたことがない。

吠庵は踏み込めなくなっていた。無意識に刀を意識した間合いを取ってしまう。

が、その刀は吠庵の心が生み出した空想の刀に過ぎない。いくら帯刀しているように見えたとて、現実には無いのだ。無いものを恐れる必要はない。

「ふ……ふふふ……ふふ……」

吠庵は、顳顬より冷たい汗を滴らせつつも不敵に笑ってみせた。

「……そうか、合点がいったわ。おぬしの体術は、抜刀の術理に基づくものか。しかも、刀を持たずして、刀のあるのと同様の動きをせんとしておる」

「…………」

「到底、合理のある術とは言えぬの。何ゆえ斯様に理に適わぬ技を磨いた？」

「…………」

「さては、おぬし、前身は武士じゃな？」

ぴくりと漣太郎の肩があるかなしかの動きを見せた。

「士分を離れ、刀を捨てておるわけか。しかし、捨てたつもりが捨てられぬ。そなたのその構えが未練の表れよ。どっちつかずの兵法が、わしに通ずると思うでないぞ」

これらの吠庵の言葉は挑発だった。口で言うほどに漣太郎を侮ってはいない。端倪すべからざる漣太郎へ、自分から仕掛けることができぬから挑発を用いていた。

しばし黙然として答えなかった漣太郎が、

「どっちつかずではなく、千変万化」

静かにこう言った。

「影水流の心は、すなわち〝水〟。水は形なく如何な器にも従い得る。帯刀する器であっても、無刀の器であっても……」

すす……、と漣太郎が前進した。

上体が一切動かぬその歩法は、渚に打ち寄せる波を思わせる。

足元を濡らすさざ波を避けるように吠庵は後退した。

するすると歩みくる漣太郎。さがる吠庵。

帯刀せぬはずの漣太郎が、何ゆえか毒針を持つ吠庵を圧していた。

頭ではわかっていても、体が漣太郎の持たぬ刀を意識して退いてしまう。

吠庵は、ぎりりと奥歯を嚙み締めた。

（ええいっ！　惑わされるな、きゃつは刀など帯びておらぬ！）

心中で吠庵は己自身を怒喝し、床を蹴った。一跳びで漣太郎までの距離数間を縮める。肉薄し、漣太郎の真額目掛け、針を突き込んだ。

肩を返して紙一重で躱す漣太郎。

吠庵は休まない。凄まじい手数で針を突き込み続ける。

漣太郎はその尽くを最小限の体捌きで回避する。

激しい連続突きに晒されているにも拘らず体幹は一切ぶれない。見えぬ刀を抜刀せんとするようなあの構えも乱れなかった。

余人の目があったなら、吠庵の猛攻に、漣太郎は防戦一方と見えたろう。

が、当の吠庵自身は、実に奇妙な感覚にとらわれていた。

――小魚の群れを突いているかのよう。

無数の小魚が集まって漣太郎の形を成しているが、突き込めば即座に散ってしまう。

散開した小魚はすぐにまた集合し、漣太郎へと戻る……。

(なんだ？　なんだこれは？　なんなのだ？)

さざ波のごとく進みくる漣太郎を迎撃せんと踏み出したあの瞬間より、吠庵は海中深くまで走り込んだような不可思議な感覚を覚えていた。

今、吠庵は海中にて魚群を突かんと針を振るう素潜りの漁師であった。

針を振るえば水流が起こり、魚群が散る。

突いても突いても魚は泳ぎ逃げ、いたずらに水が動くばかり。

一匹でも仕留めんと滅茶苦茶に針を振り回す吠庵の周囲で水流がどんどん乱れる。

乱れ、渦を巻いた水流の中、散り散りになった小魚が吠庵の周囲を回り惑乱する。

この時、すーっ、と水流とともに魚群が一気に引いた。

直後、引いた水流が凄まじい大波と化して吠庵へ返ってくる！

(なっ！)

漣太郎の無刀が神速で鞘走る。

流星のごとく吠庵の喉へ漣太郎の手刀が炸裂した。

「げえっ！」

喉骨が砕かれる鈍い音とともに吠庵の口より血痕が飛ぶ。

ふらふらと二、三歩後方へ歩んだかと思うと、どうっ、と仰向けに倒れた。

「影水流〝漣波〟……」

暫時、残心の構えを見せたのち、何かの儀式ででもあるかのように、漣太郎は存在せぬ刀を納刀した。

——ちん。

と、鍔鳴りが聞こえるようであった。

（十二）

西暦十一月の第四木曜日はアメリカ人にとって感謝祭の祝日である。

その日もまた洗礼を受けた夜と同じように、しんしんと雪が降っていた。

神奈川宿の奥まった裏店。

今、矢野隆山はおよそ半月ぶりに、この住み慣れた長屋へと戻っていた。

横たわる布団の周りには、大坂から戻ったばかりの長男を初め、彼のたくさんの子供たちがいる。ジェームス・バラとマーガレット・バラの姿もそこに混じっていた。

隆山は洗礼の日よりも痩せており、顔色も悪かった。だが、その死期を悟った表情は、悔いのない者のみが浮かべることのできる穏やかさを湛えている。

「バラ殿……奥方……わざわざ見舞いにおいでくださり……申し訳ありませぬな……」

頰のこけた顔に微笑を浮かべ、隆山がかすれ声を出した。

「とんでもない。また来ます。何度でもお訪ねするつもりです」

「はたして……また、などという時が残されているものか……。私の命は……もう、そう長くはありませぬ……。本日、命のあるうちに……おふたりに別れの挨拶をしておくべきでしょうなぁ……」

ぐっとこみ上げるものがあり、バラは言葉が出てこなくなった。

「悔いは……ございませぬ。あるとすれば長く親切にしていただいたバラ殿……成仏寺で共に過ごした皆様に……なんの御礼もできずに世を去らねばならぬこと……」

バラは枯れ枝のような隆山の手を取り、強く握った。

「御礼などいりません。センセーからどれだけのものをいただいたことか……」

「いいえ、何か御礼がしとうございます……。ああ、そうだ。私は遠からずイエス様のおそばに参ります……。皆様から受けた親切を、是非、イエス様へお伝え致しましょう。それが、この隆山にできるせめてものご恩返し……」

もはや抑えきれなくなった滂沱（ぼうだ）の涙がバラの目から溢れる。

遠いアメリカから禁教の地日本へ渡ってきた宣教師にとってこれ以上価値のある礼の言葉は他になかった。

バラの涙が、握った隆山の手の甲を濡らし続けることしばし……。

ふと、バラがこう言った。

「ヤノセンセー、ひとつお願いがあります」

「なんでしょう？」

バラは戸のほうを振り返って、声を投げた。

「サム」

ゴトッ、と戸が鳴った。

「サム。入っておいで」

「へ、へい……」

控えめに戸が開いて、ちっぽけな使用人サム・パッチが恐々と顔を見せた。

今回もサムは、バラ夫妻の供をして神奈川まで来ており、表で待っていたのである。

肩をすぼめ遠慮がちに屋内へ入ってきたサムの姿を、隆山は怪訝そうに眺めた。

「ヤノセンセー、このサムのこともイエス様へ伝えてくださらないでしょうか？」

バラの言葉に、サムは驚きを見せた。

「へっ？　あ、あっしも……？」

「サムは脅しを受けながらも、勇敢に鴉たちの襲撃を伝えてくれました。彼の勇気がなければ今日のこの日は訪れなかったでしょう」

「………」

サムを見る隆山の顔に優しい微笑が生まれた。

「承知しました。サムや、おまえのこと、確かに伝えよう」

じんっ、とサムの胸に感動が生まれた。

「そ、そんな……そんな……」

サムの顔がくしゃくしゃと歪んだ。

「そんな、もったいねえ……もったいねえ……」

サムはサスケハナ号のマストから海へと飛び込んだあの日のことを思い出していた。

押し寄せてくる〝心配〟など考えぬ我武者羅な行動が、時に心配を払拭し、道の先に光明をもたらすことがある。

心配などする前に飛んでみよ、などという境地にはまだまだ至れぬサムだ。これからもきっと心配の種はつきまい。

だが、自分はちゃんと飛べるのだ、飛んだことがあるのだ。

その記憶があれば心配の大海で漂流しようとも、必ずやどこかへ漕ぎつけられる。

そんな微かな自負が、小さな飛び込みの名手サム・パッチに確かに宿っていた。

翌年の三月、マーガレットとそのふたりの娘とともに、サムはアメリカに帰国する。

この帰国はマーガレットの体調不良が理由であった。

サムは再度のアメリカでの暮らしを不安に思い、出港のその日まで、

「心配だ、心配だ、心配だ……」

と、呟き続けていたという。

サム・パッチの心配の日々はこれからも続くのであろう。

（十三）

「矢野先生が昨夜お亡くなりになったよ」

横浜運上所（うんじょうしょ）近くの小さな祠（ほこら）、水神社の玉楠（たまくす）の木の陰。

火鉢を焚（た）いて暖を取っていた漣太郎へ、岸田吟香がそう伝えにきたのは、慶応元年十月十八日のことだった。

「昨夜、ということは、ちょうど洗礼を受けてひと月ですか……」

漣太郎は、火鉢の熱気の上で悴（かじか）んだ手を揉（も）んだ。

吟香もしゃがみこんで火鉢に手をかざす。

しばらくふたりは、矢野隆山の死を悼み、何もしゃべらなかった。

間もなくして、吟香が暗い雰囲気を払拭するように口を開く。

「しかし意外だったな」

「何がです？」

「ヒコがサムさんの口を割らせたことだよ。初め、おまえがヒコを呼んでくれって言った時にゃ、おいらぁ、耳を疑ったもんだ」

「意外ですかね？　ヒコさんはサムさんと同じ船で漂流した仲間ですよ」

「サムさんはずっとヒコを避けてたんだ。バラさんやマーガレットさん、ゴーブルですら聞き出せなかったのに、ヒコにそれができるかって思ってな」

そもそも吟香は、サムが鴉の襲撃について知っているとも思っていなかった。ゴーブル訪問後のサムの失踪も、鴉と関連のあることとは考えず、ゴーブルの暴行を受けての家出であろうと思っていた。

「べつにサムさんは、ヒコさんを嫌いで避けていたわけじゃない。攘夷浪士に狙われているヒコさんと関わるのは危険ですし、あれだけの活躍をするヒコさんに顔向けできない思いもあったからでしょう」

「だけど、口を割らせられるとは……」

「岸田さん」

漣太郎は、火鉢に落としていた目を吟香へ向けた。

「僕はヒコさんに、鴉のことを聞き出してくれとは頼んでないですよ。サムさんが家出をしたから、少し食事でもしながら話をしてやってくれないかと頼んだだけです」

吟香はきょとんとなった。

「へ？　それで、なんで聞き出せたんだ？」

「ヒコさんが、聞き出そうとしなかったからですよ」

「はあ?」

吟香は腑に落ちぬ顔をしている。

「サムさんは、臆病に見えますが、いいや、臆病だからこそ黙って耐えるということに関してはずいぶんと辛抱強い。聞き出そうとすればするほど、自分を守るために口を堅くしてしまうんです」

「………」

「頑なになったサムさんの心を和らげる必要がある。それには、今回の一件とは遠い場所にいて、それでいて気心の知れた相手でなくてはならない」

「つまりヒコだな」

「そうです。一緒に漂流を経験したヒコさんと酒でも飲みながら思い出話や近況を語るうちに、ぽろっと手掛かりになるようなことを漏らすんじゃないかと期待したんですよ。いやあ、だけど——」

漣太郎は苦笑した。

「あそこまでヒコさんがサムさんへ熱い思いを抱いていたとは考えもしませんでした。結果、ヒコさんの熱がサムさんの心を動かしたんです」

「なるほどなぁ」

　感心して吟香は唸った。

「まあ、万事うまく行ってよかったぜ」

「ええ。うまく行きました。しかしね……」

　漣太郎は寂しげな目をして、火鉢の炭を木の棒でつついた。

「せっかくお守りできた矢野先生が、ひと月ばかりで亡くなってしまわれたというのは……何やら少々やるせないですね……」

　こう漏らした漣太郎へ、吟香は首を振る。

「そんなこたぁねえさ」

「そうですか？」

「そうだよ。最後のひと月だけでも矢野先生は洗礼を受けたクリスチャンとして生きることができたんだ。きっと先生も満足だったはずさ」

　吟香の顔つきが、切なげな、憧れるような、そんな表情へ変わる。

「おいらはな、矢野先生が羨ましいんだ……」

　吟香は赤熱する炭を見つめながら、暫時黙りこくっていた。

　やがて、ぽつりとこう言う。

「漣太郎、おまえにだけ打ち明けるぜ」

「………」

「おいらは、クリスチャンだ」

漣太郎は目を見開いた。

思えば、宣教師ヘボンの人柄に感銘を受け、その和英辞書編纂を手伝い続けている吟香が、耶蘇の道に目覚めるのは決して驚くべきことではない。

今回の一件、吟香はやけに熱が入っていた。それは、矢野隆山に己自身を重ねていたからだったのだ。

「まだ洗礼は受けちゃいねえがな」

吟香は自嘲気味に笑う。

「いや、受ける覚悟がつかねえのさ。この国じゃ耶蘇への改宗は認められねえ。矢野先生みたいに死期を悟らなきゃ、思い切ることはできそうにねえなぁ……」

「………」

「へっ。こんなこと話されても困っちまうよな」

吟香は腰を上げた。

「じゃあ、おいらはそろそろ行くぜ」

立ち去りかけた時、

「岸田さん」

漣太郎が呼び止めた。

振り返ると、漣太郎は、しゃがみこんだまま瞼を閉じていた。

何か、耳を澄ませている風である。

「……波の音が聞こえませんか」

「はあ？」

「波止場を打つ波の音です。人の声もする。今日も波止場に船がついて、遠い異国から新しい人、新しいもの、新しい考えがこの国へやってきています……」

「…………」

「この横浜から、日本という国は変わっていく。すでに変わり始めている。いずれ岸田さんがご自身の胸の内を隠さずともよい日がやってきます。その小さな芽のひとつが矢野先生だったのでしょうね」

漣太郎は、再び瞼を開き吟香を見た。

「守っていかなきゃなりませんねぇ……そういう芽を……」

しみじみと口にした漣太郎の言葉は、己自身へも言っているかのようだった。

「ああ、そうだな」

吟香は頷きを返した。

岸田吟香が横浜に芽生えた信仰の自由の芽を守りたいように、彼の仲間たちは各々己にとっての芽を守ろうとしている。

高橋佁之介は、日本に入ったばかりの西洋画の芽を。フランスお政は異人と日本人とが自由に恋愛できる日への芽を。漣太郎は――

「なあ、漣太郎」

「なんですか？」

「おまえは……」

と、尋ねかけて吟香はやめた。

「いや、なんでもねえ」

吟香がヘボン邸へ出入りする以前から漣太郎は横浜にいた。佁之介がワーグマンの下に弟子入りを志願しに通うようになる前から、お政がモンブランの恋人となる前から、すでに漣太郎は、この水神社の玉楠の木の根元に飄然たる姿を見せていた。

まるで玉楠の木の精ででもあるかのように……。

どこから来て、なぜここにいるのか、誰も知らない……。

（なあ、漣太郎やい。いつかおいらたちに教えてくれよ。おまえのその顔の傷の理由、おまえの守りたい芽、おまえの望む新しい日本のことを……。おいらがクリスチャンだってことを打ち明けたようにさ……）

ふと、世界が明るくなる。雲間から陽が射したのだ。

「やあ、これで少しは暖かくなる」

微笑んで漣太郎が空を見上げ、木漏れ日に目を眇める。

ふたりの頭上で玉楠の木が潮風に吹かれ、ざわざわと枝葉を鳴らす。

玉楠の木の葉は、冬でもなお青かった。

厳冬を耐えきった玉楠の木は、春にはさらに多くの葉を茂らせ、夏には暑い日差しをさえぎる憩いの場を横浜の人へ提供するだろう。

何やらその時が待ち遠しいような気のする吟香であった。

参考文献

『横浜もののはじめ考』横浜開港資料館　横浜開港普及協会
『絵とき横浜ものがたり』宮野力哉著　東京堂出版
『大君の都―幕末日本滞在記』上、中、下　オールコック著　山口光朔訳　岩波文庫
『一外交官の見た明治維新』アーネスト・サトウ著　鈴木悠訳　講談社学術文庫
『ヤング・ジャパン―横浜と江戸』1、2　J・R・ブラック著　ねず・まさし、小池晴子訳　平凡社
『スイス領事の見た幕末日本』ルドルフ・リンダウ著　森本英夫訳　新人物往来社
『江戸幕末滞在記』エドゥアルド・スエンソン著　長島要一訳　講談社学術文庫
『古代への情熱―シュリーマン自伝』シュリーマン著　村田数之亮訳　岩波文庫
『シュリーマン―黄金と偽りのトロイ』デイヴィッド・トレイル著　周藤芳幸、澤田典子、北村陽子訳　青木書店
『シュリーマン旅行記―清国・日本』ハインリッヒ・シュリーマン著　石井和子訳　講談社学術文庫
『鎌倉英人殺害一件』岡田章雄著　有隣新書

『写真伝来と下岡蓮杖』藤倉忠明著　神奈川新聞社
『幕末漂流―日米開国秘話』青木健著　河出書房新社
『ジョナサン・ゴーブル研究』川島第二郎著　新教出版社
『ジョセフ＝ヒコ』近盛晴嘉著　吉川弘文館
『アメリカ彦蔵自伝』1、2　浜田彦蔵著　中川努、山口修訳　平凡社
『ジェームズ・バラの若き日の回想』ジェームズ・バラ著　飛田妙子訳　キリスト新聞社
『古き日本の瞥見』マーガレット・バラ著　川久保とくお訳　有隣新書
『ヘボン』高谷道男著　吉川弘文館
『岸田吟香―資料から見たその一生』杉浦正著　汲古書院
『高橋由一―日本洋画の父』古田亮著　中公新書
『高橋由一画集』土方定一編　講談社
『幕末開港綿羊娘情史』中里機庵著　赤炉閣書房

小学館文庫
好評既刊

八丁堀強妻物語

岡本さとる

ISBN978-4-09-407119-1

日本橋にある将軍家御用達の扇店〝善喜堂〟の娘である千秋は、方々の大店から「是非うちの嫁に……」と声がかかるほどの人気者。ただ、どんな良縁が持ち込まれても、どこか物足りなさを感じ首を縦には振らなかった。そんなある日、千秋は常磐津の師匠の家に向かう道中で、八丁堀同心である芦川柳之助と出会い、その凛々しさに一目惚れをしてしまう。こうして心の底から恋うる相手にようやく出会えたのだったが、千秋には柳之助に絶対に言えない、ある秘密があり――。「取次屋栄三」「居酒屋お夏」の大人気作家が描く、涙あり笑いありの新たな夫婦捕物帳、開幕！

小学館文庫
好評既刊

人情江戸飛脚
月踊り

坂岡　真

ISBN978-4-09-407118-4

どぶ鼠の伝次は余所様(よそさま)の隠し事を探る商売、影聞きで食べている。その伝次、飛脚を商う兎屋の主で、奇妙な髷(まげ)に傾(かぶ)いた着物をまとう粋人の浮世之介にお呼ばれされた。瀟洒(しようしや)な棲家(すみか)狢亭(むじなてい)に上がると、筆と硯(すずり)を扱う老舗大店の隠居・善左衛門がいた。倅の嫁おすまに悪い虫がついたらしく、内々に調べてほしいという。「首尾よく間男と縁を切らせたら、手切れ金の一割、千両なら百両を払う」と約束する隠居に、生唾を飲み込む伝次。ところが、思わぬ流れとなり、邪な渦に呑み込まれ……。風変わりで謎の多い浮世之介とともに弱きを救い、悪に鉄槌(てつつい)を下す、痛快無比の第１弾！

小学館文庫
好評既刊

勘定侍 柳生真剣勝負〈一〉
召喚

上田秀人

ISBN978-4-09-406743-9

大坂一と言われる唐物問屋淡海（おうみ）屋の孫・一夜は、突然現れた柳生家の者に御家を救えと、無理やり召し出された。ことは、惣目付（そうめつけ）の柳生宗矩（むねのり）が老中・堀田加賀守（かがのかみ）より伝えられた、四千石の加増にはじまる。本禄と合わせて一万石、晴れて大名となった柳生家。が、大名を監察する惣目付が大名になっては都合が悪い。案の定、宗矩は役目を解かれ、監察される側に立たされてしまう。惣目付時代に買った恨みから、難癖をつけられぬよう宗矩が考えた秘策が一夜だったのだ。しかしなぜ召し出すのが商人なのか？　廻国中の柳生十兵衛も呼び戻されて。風雲急を告げる第1弾！

小学館文庫
好評既刊

突きの鬼一

鈴木英治

ISBN978-4-09-406544-2

美濃北山三万石の主百目鬼一郎太の楽しみは月に一度の賭場通いだ。秘密の抜け穴を通り、城下外れの賭場に現れた一郎太が、あろうことか、命を狙われた。頭格は大垣半象、二天一流の遣い手で、国家老・黒岩監物の配下だ。突きの鬼一と異名をとる一郎太は二十人以上を斬り捨てて虎口を脱する。だが、襲撃者の中に城代家老・伊吹勘助の倅で、一郎太が打ち出した年貢半減令に賛同していた進兵衛がいた。俺の策は家臣を苦しめていたのか。忸怩たる思いの一郎太は藩主の座を降りることを即刻決意、実母桜香院が偏愛する弟・重二郎に後事を託して単身、江戸に向かう。

小学館文庫
好評既刊

さんばん侍 利と仁

杉山大二郎

ISBN978-4-09-406886-3

二十四歳の鈴木颯馬は、元は町人の子。幼くして父を亡くし、母とふたりの貧乏暮らしが長かった。縁あって、手習い所で働くうち、大器の片鱗を見せはじめた颯馬だが、十五歳の時に母も病で亡くし、天涯孤独の身となってしまう。が、捨てる神あれば拾う神あり。ひょんなことから、田中藩江戸屋敷に勤める鈴木武治郎に才を買われ、めでたく養子に。だが、勘定方に出仕したのも束の間、田中藩領を我が物にせんとする老中格の田沼意次と戦うことに。藩を救うべく、訳ありで、酒問屋麒麟屋の番頭となった颯馬に立ち塞がる壁、また壁！　江戸の剣客商い娯楽小説第１弾！

小学館文庫
好評既刊

春風同心十手日記〈一〉

佐々木裕一

ISBN978-4-09-406843-6

定町廻り同心の夏木慎吾が殺しのあったという深川の長屋に出張ってみると、包丁で心臓を刺されたままの竹三が土間で冷たくなっていた。近くに女物の匂い袋が落ちていたところを見ると、一月前に家を出ていった女房おくにの仕業らしい。竹三は酒癖が悪く、毎晩飲んでは、暴力をふるっていたらしいのだ。岡っ引きの五六蔵や女医の華山らに助けを借りて探索をはじめた慎吾だったが、すぐに手詰まってしまい……。頭を抱えて帰宅した慎吾の前に、なんと北町奉行の榊原忠之が現れた!?　しかも、娘の静香まで連れているのは、一体なぜ？　王道の捕物帳、シリーズ第１弾！

小学館文庫
好評既刊

徒目付 情理の探索
純白の死

青木主水

ISBN978-4-09-406785-9

上司である公儀目付の影山平太郎から命を受けた、徒目付(かちめつけ)の望月丈ノ介は、さっそく相方の福原伊織へ報告するため、組屋敷へ向かった。二人一組で役目を遂行するのが徒目付なのだ。正義感にあふれ、剣術をよく遣う丈ノ介と、かたや身体は弱いが、推理と洞察の力は天下一品の伊織。ふたりは影山の「小普請(こぶしん)組前川左近の新番組頭への登用が内定した。ついては行状を調べよ」との言に、まずは聞き込みからはじめる。すぐに左近が文武両道の武士と知れたはいいが、双子の弟で、勘当された右近の存在を耳にし――。最後に、大どんでん返しが待ち受ける、本格派の捕物帳！

小学館文庫
好評既刊

うちの宿六が十手持ちですみません

神楽坂 淳

ISBN978-4-09-406873-3

江戸柳橋で一番人気の芸者の菊弥は、男まさりで気風（きっぷ）がよい。芸は売っても身は売らないを地でいっている。芸者仲間からの信頼も厚い菊弥だが、ただ一つ欠点が。実はダメ男好きなのだ。恋人で岡っ引きの北斗は、どこからどう見てもダメ男。しかも、自分はデキる男と思い込んでいる。なのに恋心が吹っ切れない。その北斗が「菊弥馴染みの大店が盗賊に狙われている」と知らせに来た。が、事件を解決しているのか、引っかき回しているのか分からない北斗を見て、菊弥はひとり呟くのだった。「世間のみなさま、すみません」——気鋭の人気作家が描く、捕物帖第１弾！

—— 本書のプロフィール ——

本書は、小学館文庫のために書き下ろされた作品です。

小学館文庫

異人の守り手

著者　手代木正太郎

二〇二三年三月十二日　初版第一刷発行

発行人　石川和男
発行所　株式会社　小学館
〒一〇一-八〇〇一
東京都千代田区一ツ橋二-三-一
電話　編集〇三-三二三〇-五二三七
販売〇三-五二八一-三五五五
印刷所――凸版印刷株式会社

造本には十分注意しておりますが、印刷、製本など製造上の不備がございましたら「制作局コールセンター」（フリーダイヤル〇一二〇-三三六-三四〇）にご連絡ください。（電話受付は、土・日・祝休日を除く九時三〇分～一七時三〇分）
本書の無断での複写（コピー）、上演、放送等の二次利用、翻案等は、著作権法上の例外を除き禁じられています。本書の電子データ化などの無断複製は著作権法上の例外を除き禁じられています。代行業者等の第三者による本書の電子的複製も認められておりません。

この文庫の詳しい内容はインターネットで24時間ご覧になれます。
小学館公式ホームページ　https://www.shogakukan.co.jp

©Shotaro Teshirogi 2023　Printed in Japan

ISBN978-4-09-407239-6

第3回 警察小説新人賞

作品募集

大賞賞金 300万円

選考委員

今野 敏氏（作家）

相場英雄氏（作家）　月村了衛氏（作家）　長岡弘樹氏（作家）　東山彰良氏（作家）

募集要項

募集対象

エンターテインメント性に富んだ、広義の警察小説。警察小説であれば、ホラー、SF、ファンタジーなどの要素を持つ作品も対象に含みます。自作未発表（WEBも含む）、日本語で書かれたものに限ります。

原稿規格

▶ 400字詰め原稿用紙換算で200枚以上500枚以内。

▶ A4サイズの用紙に縦組み、40字×40行、横向きに印字、必ず通し番号を入れてください。

▶ ❶表紙【題名、住所、氏名(筆名)、年齢、性別、職業、略歴、文芸賞応募歴、電話番号、メールアドレス（※あれば）を明記】、❷梗概【800字程度】、❸原稿の順に重ね、郵送の場合、右肩をダブルクリップで綴じてください。

▶ WEBでの応募も、書式などは上記に則り、原稿データ形式はMS Word（doc、docx）、テキストでの投稿を推奨します。一太郎データはMS Wordに変換のうえ、投稿してください。

▶ なお手書き原稿の作品は選考対象外となります。

締切

2024年2月16日

（当日消印有効／WEBの場合は当日24時まで）

応募宛先

▼郵送

〒101-8001 東京都千代田区一ツ橋2-3-1

小学館 出版局文芸編集室

「第3回 警察小説新人賞」係

▼WEB投稿

小説丸サイト内の警察小説新人賞ページのWEB投稿「こちらから応募する」をクリックし、原稿をアップロードしてください。

発表

▼最終候補作

文芸情報サイト「小説丸」にて2024年7月1日発表

▼受賞作

文芸情報サイト「小説丸」にて2024年8月1日発表

出版権他

受賞作の出版権は小学館に帰属し、出版に際しては規定の印税が支払われます。また、雑誌掲載権、WEB上の掲載権及び二次的利用権（映像化、コミック化、ゲーム化など）も小学館に帰属します。

警察小説新人賞 検索　くわしくは文芸情報サイト「小説丸」で

www.shosetsu-maru.com/pr/keisatsu-shosetsu/